风情雅韵在宋词

徐昌才 著

文化发展出版社
Cultural Development Press

图书在版编目（CIP）数据

风情雅韵在宋词 / 徐昌才著 .– 北京：文化发展出版社，2017.4（2020.5重印）
ISBN 978-7-5142-1711-7

Ⅰ．①风⋯ Ⅱ．①徐⋯ Ⅲ．①宋词－鉴赏 Ⅳ．① I207.23

中国版本图书馆 CIP 数据核字 (2017) 第 064705 号

风情雅韵在宋词

作　　者：徐昌才

责任编辑：孙　烨　　　　责任校对：岳智勇
责任印制：杨　骏　　　　责任设计：侯　铮
排版设计：YUKI 工作室

出版发行：文化发展出版社（北京市翠微路 2 号　邮编：100036）
网　　址：www.wenhuafazhan.com
经　　销：各地新华书店
印　　刷：三河市华东印刷有限公司
开　　本：710mm × 1000mm　1/16
字　　数：230 千字
印　　张：18
印　　次：2017 年 5 月第 1 版　　2020年 5 月第 2 次印刷
定　　价：59.80元
I S B N：978-7-5142-1711-7

读你的感觉像春天

徐昌才

新书《一眼抵过万千爱》终于完稿了，我长长地吁了一口气，像一位分娩的母亲，无比自豪，无比激动，久久沉浸在宋词所营造的意境之中。坦白说，我还没有回过神来，还徜徉在诗词之旅中。开始这段行程不知始于何时，终结这段行程绝对会等到生命的终点。我乐意用一生的时光和整个生命来呵护每一首诗词，每一朵娇艳的花朵，每一株脆嫩的小草，每一棵参天大树，每一个善感的生命。我认为每一个生命都和这个世界，包括自然与人生，社会与风云，有着深深的不解之缘，只不过，有人意识到了，有人尚未觉察。但是，不管哪种情况，诗词都以不可抗拒的力量，潜移默化地浸润你我的生活与生命，陶冶你我的性情，提升你我的境界。

唐诗注重形象，气势充沛，感情丰富，意韵悠长，神气十足。相对而言，宋诗注重情趣，注重义理，讲究学问典故，喜欢议论说理，格局偏小，气度不足。但是，亦有不少形神兼备，情韵悠长的诗篇广泛流传，脍炙人口。可能由于唐诗太过显耀，宋词太过炫目，宋诗的情韵华彩渐渐被掩盖了。其实，读宋诗亦可领略生命的沧桑与精彩、情感的丰富与深厚，读宋诗亦可带给我们生命的感动、心灵的享受。

相比唐宋诗歌，宋词更见生活气息，更接近世态人情，更直击人心人性，也更能引发读者的生命感动与感发。有人用“诗庄词媚”来评价诗、词之区别，有道理。这个“媚”，就是通过生活写真、情感直录、生命观照所表现出来的艺术魅力。读宋词，感觉就是在重温曾经发生在我们身边的生活，结识我们周围的朋友、亲人和陌生人，走进他们的世界，感受他们的呼吸，分享他们的生命情怀。

读夏竦的词作《鹧鸪天》：“镇日无心扫黛眉，临行愁见理征衣。尊前只恐伤郎意，阁泪汪汪不敢垂。 停宝马，捧瑶卮，相斟相劝忍分离？不如饮待奴先醉，图得不知郎去时。”你会感觉到女子多情、深情到了你难以想象的程度。男子即将离开，女子万分痛苦，难舍难分，难到什么程度呢？词人描写了几个细节，字字见情，句句感人。一是整天无心描眉画黛，梳妆打扮；二是见夫君整理行装不由黯然神伤，愁情汹涌；三是饯别宴上，阁泪汪汪，不敢倾泻，生怕增添男子离别的痛苦；四是相斟相劝，一刻不停，拖延时间，不忍分别；五是面临分别，先醉自己，不知离愁，不知苦恼。一路写来，步步推进，不断掀起情感高潮。女子愁眉紧锁，女子泪如雨下，女子心如刀割，女子无可奈何，女子醉语奇想，一切都是离别惹的祸。生离超过死别，是有点残酷，但是，我们和即将离别的男子一样，不也深深体会到女子的一腔情意重于一切，甚至重于生命吗？这正是多情女子最最感人的地方。为情而来，为情而别，为情而苦。我读词作，是有点担心，如果女子酒醉醒来，她又将如何面对生活的空落与孤寂呢？

读柳永的词作《甘草子》：“秋暮，乱洒衰荷，颗颗真珠雨。雨过月华生，冷彻鸳鸯浦。 池上凭栏愁无侣，奈此个、单栖情绪！却傍金笼共鹦鹉，念粉郎言语。”特别描写一个细节，正当女子百无聊赖，转身走进屋子的时候，无意中听见一只关在笼子里的鹦鹉在说话，说什么呢？说当初他们小两口以前相聚相亲时候，夫君经常调教鹦鹉的话。比如“你好”“我爱你”“你早”之类的。那些话见证了他们夫妻的幸福生活，那些话传达出年轻夫妻的柔情蜜意。她喜欢听，她久久陶醉其中，她久久回味夫妻相伴时的温馨甜蜜。可是现在，鹦鹉在身边，话语在耳畔，夫君却在远方。这拿腔拿调的鹦鹉学舌岂不深深刺痛她的内心？岂不让她更感觉到凄凉寂寞？屋子里什么也没有，除了她和那只鹦鹉。她们也许会同病相怜，惺惺相惜。可是，鹦鹉能够装模作样地发声说话，却不能够理解和分担女子内心的凄苦。秋夜漫漫，如何是好？女子无奈，天地无语。

读一读辛弃疾的词作《西江月·遣兴》：“醉里且贪欢笑，要愁那得工夫。近来始觉古人书，信着全无是处。 昨夜松边醉倒，问松‘我醉何如’。只疑松动要来扶，以手推松曰：‘去！’”印象中辛弃疾的词作多写刀光剑影，浴血拼杀；多写慷慨激昂，豪气干云；多写矢志抗金，图谋恢复，一副铁血豪情，一身正气凛然。可是，读这首《西江月》，感觉就是好玩儿、有趣、轻松。淡化深刻内涵，换作寻常生活理解，你会看到辛弃疾烂醉如泥，倒在树下，醉眼昏花，还以为他身边的松树是一位朋友，还以为朋友正要出手扶持他一把，可爱的辛弃疾想努力站起来，自己走，可是白费力气，腿脚瘫软，索性抬手一挥，“去，去，去，我自己能行”！一个典型的醉汉，一股倔强的脾气，一颗天真的童心，多好玩儿。与这样的人做朋友，一块喝酒，真是快乐。

读老年辛弃疾的休闲词《清平乐·村居》：“茅檐低小，溪上青青草。醉里吴音相媚好，白发谁家翁媪。 大儿锄豆溪东，中儿正织鸡笼；最喜小儿无赖，溪头卧剥莲蓬。”真恨不得早点退休，穿越时空，与辛弃疾做邻居，与吴地翁媪做朋友，过居家日子，悠闲生活。看白发老太太、老大爷门前喝酒，款叙衷情，微微醉意，温言软语，很是动人；看小孩劳作，大儿溪东锄豆，勤劳能干，中儿编织鸡笼，心灵手巧，小儿卧剥莲蓬，天真活泼。一家老少，各司其职，各得其乐，和谐相处，幸福无比。如此生活，清静悠闲，轻松愉悦，谁不向往，谁不羡慕？我相信读宋词，会带给我们一份纯净，一份美好，一份和睦。

读秦观的《行香子》：“树绕村庄，水满陂塘。倚东风、豪兴徜徉。小园几许，收尽春光。有桃花红，李花白，菜花黄。 远远围墙，隐隐茅堂。 青旗、流水桥旁。偶然乘兴，步过东冈。正莺儿啼，燕儿舞，蝶儿忙。”词作记叙词人一次出游，信步东西，触目皆是芬芳花朵，张耳皆闻鸟语嘤嘤。大自然的一切，声光色态，形香气味，感染词人，激动你我。最后三句给我们描绘了一幅图景，一段情节。伴着酒意，趁着兴致，词人继续游玩，走过村庄，走过田园，来到东边的山冈。看漫山遍野，百花绽放，芳草鲜美。黄莺躲在绿叶丛中，纵情歌唱。她们已经被禁锢了一个冬天，好不容易盼来春天，怎能不欢唱呢？燕子翩翩飞舞，忙忙碌碌，她们可要追赶时节，衔泥筑巢，生儿育女啊，懈怠不得，马虎不得。蝴蝶呢，拈花惹草，轻盈飞舞，像个快乐的小天使。蜜蜂呢，嗡嗡嘤嘤，采集花粉，酿制甜蜜。各忙各的事，各操各的心。一派热闹，一派繁忙。春色满目，春光荡漾，这一春风光全部属于词人，当然也属于春心未眠的你我。

读不尽的宋词清韵，品不完的生命风光，但是，只要我们从生活出发，从生命出发，从心灵出发，就可以无限接近一个个古老而鲜活的诗魂。从生命本源意义上说，每一个人都是诗人，每一颗心灵都有诗意，每一双眼睛都渴望享受诗情画意，每一张嘴巴都乐意吟诵诗词。只是由于社会的分工太过精细，生活的琐碎太过繁复，人生太多的不由自主，很多充满诗意的生命承担了并不诗意的工作或使命。很幸运，我的职业与我的精神生命紧密相关，我的生活与诗词雅韵形影不离。多少年来，耳濡目染，研读品味，心中蓄满浓浓诗意，眼里遍布如画诗词，我感觉，诗词就是一个百花园，五彩缤纷，姹紫嫣红；诗词就是一个生命场，洋溢悲欢，充盈爱恨；诗词就是一座巍巍高山，有清泉潺潺，也有急流飞瀑；有花谢花开，也有草荣草枯。阅读诗词，就是感受一段五彩缤纷的生命情怀。

2016 年 9 月于长沙雅礼

目录

CONTENTS

【第一辑】

淮南皓月冷千山·11

【第二辑】

锦瑟年华谁与度·65

【第三辑】

一寸相思一寸灰·111

【第四辑】

一丘一壑也风流·149

【第一辑】

淮南皓月冷千山

守得莲开结伴游

——晏几道《鹧鸪天》悟读

人人都有青春时光，人人都曾向往美好，人人都盼意气风流。对于那些生长在江南水乡，天生热爱美丽，追求自由和幸福的女子来说，这些向往和期盼具有不同寻常的含义。多情多爱的词人晏几道用细腻灵动的笔触描绘了江南女子的美好期盼和青春怅惘。走进她们，走进江南水乡那片绿油油的荷塘，你会情不自禁，心生波澜。词作《鹧鸪天》如此描绘：

守得莲开结伴游，约开萍叶上兰舟。来时浦口云随棹，采罢江边月满楼。花不语，水空流，年年拚得为花愁。明朝万一西风动，争奈朱颜不耐秋。

春去夏来，江南水乡到处绿意盈盈，生机盎然。那些等候了一年的年轻女子，心怀向往，蠢蠢欲动。她们喜欢成群结队，荡舟荷塘，采莲

对歌，热闹风流。她们喜欢出没绿波，招摇谈笑，彼此嬉戏，妙趣横生。她们喜欢蕴藏在荷塘之中的那份欣喜和惊奇。她们渴盼歌声招来风流倜傥的少年关注。年轻的心，不分你我，不分岸上还是塘中，一起跳动，怦然有声，自己听见了，词人听见了，还有千秋百代的读者也听见了。于是，我们怀着激动和期待，怀着幸福和喜悦走进那片水乡天地。

一望无垠的荷塘，莲叶平铺，绿满天地。姑娘们相约出游，结伴同行。她们来到岸边，拨开浮萍叶，跳上小船，竹篙轻轻一点，轻舟滑过水面，慢慢远去。渐渐进入荷塘深处，渐渐隐没活泼身影。有时候，冷不防又从某处水域露出脸面，伴着荷花，笑意盈盈，远远看去，活像一朵朵绽放的荷花。有时候钻入荷叶，隐没身影，银铃般的笑声久久回荡在荷塘上空。笑声也罢，笑脸也罢，此起彼伏，若隐若现，急坏了岸上的少年！怎么，一下子都不见了，我中意的那个女子！那边，刚露出脸的那位笑口涂抹深红口红的女子，就是我要对歌的对象，盯住她，追寻她，不信我找不到她！哎哟，亲爱的姑娘，别再逗引我，别再和我捉迷藏，快快和我一道回家，带上你的嫁妆，还有你的心。一场风花雪月的故事就这样每个夏季，每个日子在荷塘上演。晏几道看见了故事波澜起伏的情节，也听见曼妙动人的歌声，他沉浸在这些美丽的故事中，久久不能回过神来。

你瞧瞧词人是怎样表达自己的感受的。一个“守”字，那么执着，那么强烈，那么坚定，苦苦地等待，等待花开，等待结果，等待幸福。没有什么力量可以改变姑娘们的心愿，没有传统可以束缚姑娘们对自由的向往。没有什么世俗的偏见可以禁锢青春的热烈。

一个“游”字，则远远超越了劳动，超越了艰辛，或者说，那不叫劳动，那是去游玩，和丽日晴空之下结伴郊游踏青一样，快乐和幸福像阳光一样洒满每个人的心间。她们喜欢家乡的每一朵荷花，每一粒饱满的莲子，每一株招摇的水草。她们喜欢每一片风光后面的动人心弦的故事。她们乐意自由追寻自己的爱情，乐意分享彼此的欢乐与惆怅。她们是江南水乡的好姐妹啊。

一个“约”字写姑娘们的动作，轻盈而生动，立体而鲜活，让我们看到纤纤玉手拨开萍叶，让我们神往娴熟的动作曼妙如舞。我乐意相信，词人是在美化水乡女子，美化劳作艰辛，美化无边风月，这份美化后面隐藏着一颗猛烈跳动的心，一腔满怀向往的情。和岸上的男子一样，看得如痴如醉，乐得神魂颠倒。谁能抵挡青春的魅力呢？谁能牵住粉嫩的玉手呢？

一个“上”字写女子跳上轻舟的动作，非常麻利，非常灵活，习惯了，自然熟练。但是，我要提醒多情的读者，这里面有激动，有向往，有快乐，有热切期待，有兴奋莫名。但不是江南女子你难以懂得，不是亲见亲历你难以共鸣，不是身处热恋你难以分享。我倒是看到，如画兰舟之上，一群女子在放歌，一些衣袂在飞舞，颗颗春心在荡漾。

早晨出发，朝露未散，朝雾未消，朝阳初照。激动了一夜的姑娘们在如纱薄雾中划动，离开浦口，滑向荷塘深处，滑向莲叶深处，也滑向快乐的天地。名义上，她们是去采莲，“江南可采莲，莲叶何田田”。实际上，她们是去放飞一段性情，寻觅一种梦想，“鱼戏莲叶东，鱼戏莲叶西”。沉湎劳作，沉湎欢乐，忘记了时间，忘记了夕阳，忘记了父母的嘱托，忘记了回家的水路。及至夜雾笼罩，月满江楼，她们才发现，应该摇船回家了，应该满载而归了。同样荡着轻舟，装满皎洁月光，怀揣满腹心事，分开茂盛的荷叶，往岸边，往家里划去。没有人知道她们收获了什么，除了一船莲子之外；没有人体会她们的喜忧愁乐，除了词人晏几道之外。劳动很累很苦，但是，她们忽略这份辛苦。她们的心思不在这里，而在采莲之外的向往和追寻。星月辉映之下，绿波荡漾之上，田田荷叶之中，他们收获了充盈和希望。

欢乐总是短暂的，忧伤不时涌上心头。姑娘们懂得“一年好景君须记”，更懂得“流水落花春去也”。荷花不语，流水无情，星月沉默，夏夜无声，谁能懂得姑娘的心事，谁能分担少女的忧愁。年年岁岁，岁岁年年，苦苦期盼，孜孜等待，迎来春暖花开，迎来姹紫嫣红，可是时光流逝，花颜难留。一片枯焦，一片衰残，总是令人难以接受。特别是爱美如花的姑娘，从绽放的艳丽中读到了美好的希望，从零落的花瓣上读到了青春的凋谢。她们拼尽一年心思为了花开叶绿，拼尽一生心血，为了自由幸福。她们是生活的有心人，执着者。花作证，水作证，白天作证，月夜作证。

尽管如此执着，如此专注，如此用心，可是，她们不能确保秋风萧瑟，红花永驻，她们不能确保时光流逝，红颜灿烂。花开一年复一年，给人以期望；青春一生只有一次，不容草率错过。没有人能够漠视青春，没有哪位少女能够忽略爱情，没有哪位少男能够无视梦想，因此，这时间就有了留恋和痴迷，向往和执着。明朝万一西风动，争奈朱颜不耐秋，岂止是少男少女惆怅明天，忧心未来，多愁善感的你我何尝不感慨连连，唏嘘泪下呢？

鹦鹉叨念粉郎语

——柳永《甘草子》悟读

秋天是一个感伤的季节，秋天是属于女子的季节。古代社会，男女有别，各司其职，男主外，女主内。女子留守家中，养儿育女，奉养公婆，操持家务，里里外外一肩挑，忙忙碌碌不停歇。男子或是从军远行，戍守边疆；或是求取功名，旅食京城；或是贬谪蛮方，滞留天涯，离家千里万里，留下女子独守空房，留给女子无限相思。每一个秋风瑟瑟的黄昏，每一片随风飘零的黄叶，每一声惊心动魄的雁鸣，都会唤起女子内心的惆怅和痛苦。一代词人柳永是写词高手，更是红尘女子的心灵知音，许多词作抒写了苦恨离愁，情意凄恻，感人肺腑。《甘草子》描写一个女子的孤独寂寞，相思愁苦。

秋暮，乱洒衰荷，颗颗真珠雨。雨过月华生，冷彻鸳鸯浦。

池上凭阑愁无侣，奈此个、单栖情绪！却傍金笼共鹦鹉，念粉郎言语。

有道是“月儿弯弯照九州，几家欢乐几家愁”，故事中的主人公应该是一位贵族女子，出身高贵，生活富足，衣食无忧，并且会生活，懂情调，有品位。可是，当丈夫离开家门，远行天涯之后，她的生活，她的情趣，她的品味全都化为乌有，索然寡味。一个秋天的傍晚，冷雨敲打着枯黄的荷叶，噼里啪啦，一阵乱响。冷风吹过荷塘，吹得女子肌肤冰冷，心神寒凉。以前，夫君相伴身边的时候，她或许会相约夫君，观赏残荷，聆听秋雨。颗颗雨滴落在即将枯萎的荷叶上，溅起美妙的水花，也平添了小两口恩爱生活的浪漫色彩。可是今天，夫君远去，天地暗淡，风景衰败，她没有丝毫兴致听雨观荷。雨滴如泪，滴滴溅落在心坎上。冷风似剑，阵阵切割面庞。这个凄冷的秋夜，她孤苦无奈，度日如年。

不知过了多久，不知夜深几许，雨已经停止，风已经平静，女子仍然凭栏凝望，忧心忡忡。天空之下，峰峦之上，一轮明月冉冉升起，清辉朗照，天地空明。明月和秋雨一样冰冷，清辉和秋风一样凄清，女子却没有心思欣赏眼前美景。不远处的水边沙洲之上，成双成对的鸳鸯自由戏水，欢欢畅畅。她们太幸福了，相依相伴，相亲相爱，不离不弃，不孤不单。可是女子呢，茕茕孑立，形影相吊。鸳鸯戏水，深深刺痛她的心，人不如鸟，情何以堪？看到眼前欢乐甜美的场景，她的心头涌起一股凄冷，凉透全身！是啊，这样的日子何时才能结束？

可怜的女子，不得不面对残酷的现实，她无依无伴，孤身一人，她有气无力，心神憔悴。她忍受不了巨大的孤独和无边的寂寞，她感觉到心很累很苦。干脆，回转身子，步入闺房，一睡入梦，或许会忘记这冷彻心扉的孤寂。可是，一走进屋内，她就看见了笼子里那只鹦鹉，整天陪伴她的那只同样孤独的鹦鹉。鹦鹉或许知晓她的内心，或许能够体察她的孤独，有意无意地说出几句当初她和夫君相伴时非常熟悉的话语，算是安慰孤独的女主人吧。那些话，是夫君逗引、调教鹦鹉所说，那些话传达出年轻夫妻的柔情蜜意。她喜欢听，她久久陶醉其中，她久久回味夫妻相伴时的温馨甜蜜。可是现在，鹦鹉在身边，话语在耳畔，夫君却在远方。这拿腔拿调的鹦鹉学舌岂不深深刺痛她的内心？岂不让她更感觉到凄凉寂寞？

屋子里什么也没有，除了她和那只鹦鹉，她们惺惺相惜。虽然鹦鹉能够装模作样地发声说话，却不能够理解和分担女子内心的凄苦。秋夜漫漫，如何是好？女子无奈，天地无语。

问郎花好奴颜好

——无名氏《菩萨蛮》散读

宋词来自生活，来自民间，来自底层。有相思爱恋，苦怨情愁，也有边塞风云，大漠孤烟；有无边春色，姹紫嫣红，也有小桥流水，笑语喧哗；有功名富贵，飞黄腾达，也有落魄潦倒，羁旅天涯。一句话，宋词贴近土地，贴近人生，贴近性情。读多了男女相思，苦恨离愁，再来读读那些别具情趣，启人心智的词作，另是一番享受。宋代一首无名氏的词作《菩萨蛮》描写了一个发生在年轻夫妻之间小故事，传达女子爱恨交加，机智风趣的生活情致，很逗人，很风趣，读之品之，拍案叫绝，捧腹大笑。

牡丹含露真珠颗，美人折向庭前过。含笑问檀郎：花强妾貌强？

檀郎故相恼，须道花枝好。一向发娇嗔，碎挼花打人。

生活中，相爱的两个人，为了试探对方对自己的情意深浅真假，常常出其不意，设问对方，考验对方真诚与否，情意几许，从而逗引出许多风趣好玩的笑话。在这首词作中，问者有意，答者有心，故意出错，真问假答，风趣连连。

春天的早晨，一户人家的庭院里，几株牡丹开得正艳，雍容华丽，光芒四射。硕大的花朵上面，还挂着粒粒珍珠一样的露珠，闪闪亮亮，迷离动人。人人都说牡丹好，国色天香，名动天下，象征着大富大贵，大福大利，可谓人见人爱，交口称赞。一位装扮亮丽，光彩照人的美女，走向花枝，轻摘花朵，闻一闻，看一看，无比喜爱，笑脸如花。她很爱美，爱美如花，爱花如画，一脸欢快，轻手轻脚走过庭院，正巧看见夫君也在庭院门前，他也起了个大早，不知是来看花，还是另有其他事情。女子抓住他不放，神情庄重地询问夫君，你看看，和这朵牡丹相比，是我漂亮，还是牡丹漂亮？夫君一时无语，笑而不答，故弄神秘。

显然，女子爱花，更爱自己，一看到牡丹艳丽、光芒灿烂，就联想到自己也是青春貌美、艳丽迷人。花一样的年华，花一样的容颜，花一样的青春，也应该享有人生最幸福，最美好的爱情啊。她将自己与牡丹相比，并向夫君发问，反映出她对美的欣赏和追求，对自己的自信和肯定，当然他丝毫不会怀疑夫君的回答，甚至她在提问之前就已经知道夫君的答案。但是，明知故问，硬要夫君亲自回答，再一次当着她的面，当着牡丹的面，说她漂亮，远远超过牡丹。这样，她只在乎夫君的赞美的虚荣心才会得到满足，她的爱情似乎才会得到保证。

我们不需怀疑和责怪女子的多余和啰唆，对于热恋中或是新婚不久的年轻女子来说，亲自听到夫君一而再，再而三地说自己美丽迷人，是永远不会厌倦，永远不会满足的。哪怕天天说，时时说，也是满心欢喜，心花怒放。词人敏锐地发现了女子这种微妙的心理习惯，精准地描绘这位女子的随意随景发问，正好表现出女子特定时刻的浓浓情意。可谓切情切境，惟妙惟肖。

词作上片没有描写男子的回答，故意留下悬念，吸引读者思考联想。词作下片，紧接上片，进一步写男子的反应。男子明明知道女子提问的意图，也知道女子希望听到的回答，却不愿投其所好，夸赞女子比牡丹漂亮，而是故意惹恼、激怒女子。开口就说，牡丹艳丽，比你漂亮多了。这下可好，引来了女子的嗔怒，责怪。也许男子只是想开开玩笑，逗乐女子，可是没想到女子却很较真——你不随我意，我就对你不客气。女子立马撒娇，顺势揉碎花朵，扔向男子，表达自己的不满。得不到男子满意的回答，有点气恼，但也知道男子在和自己开玩笑，不必当真，真正漂亮的还是她，尤其在男子心中，这一点，她从未怀疑。她用花枝、碎瓣扔向男子，不过是闹着玩儿，也不当真。

词人说她“娇嗔”，意思是既有嗔怪不满，又有撒娇求哄，情意丰富、风趣，引人发笑。显然，两个人的世界，两颗心的秘密，彼此知晓，他人难窥。男子故意说假，女子故意嗔怪，其实两个人都心知肚明，在对方心中，彼此都是对方的最爱。一份深情，一份真爱，就在这种随意、简单而又机智、逗趣的问答中体现出来。令人羡慕，令人向往。是的，像他们小两口一样生活，插科打诨、谈笑风生、心意相通、情趣相投，如何不幸福，不甜蜜呢？

北宋词人张先非常喜欢这首无名氏的《菩萨蛮》，他将结尾两句改为“花若胜如奴，花还解语无”，意思是，牡丹若是比我漂亮，她还会像我一样能说会道、善解人意吗？显然，这样一改，撒娇、嗔怪的意味没了，少了风趣，少了活泼，少了韵味。意思也大大改变，好像是女子不满意男子的回答，乘势紧逼，质问男子，胡搅蛮缠，绝不放过，硬要比个输赢。女子的追问有些无理荒唐，有些小气狭隘，全没了机智、逗趣的情味了。

无独有偶，明代唐寅也是对这首《菩萨蛮》情有独钟，曾经将之改写成诗歌《妒花歌》：“昨夜海棠初着雨，数朵轻盈娇欲语。佳人晓起出闺房，将来对镜比红妆。问郎花好奴颜好？郎道不如花窈窕。佳人闻语发娇嗔，不信死花胜活人，将花揉碎掷郎前，请郎今夜伴花眠！”如此一改，铺叙细致，情节完整，却是改变了人物性格。女子不是撒娇逗趣，完全变成了撒野骂街，泼妇一个，泼辣粗犷有余，精明风趣不足。比来比去，还是无名氏的词作摹绘人物心理，写实人物动作情态，高人一等，刻画深入，堪称绝妙。

一春弹泪说凄凉

——晏几道《浣溪沙》散读

每一个普通的生命都值得我们关怀，每一颗受伤的心灵都值得我们悲悯，每一份勇敢的选择都值得我们敬畏。人生天地之间，唇齿相依，彼此温暖，我们需要呵护与同情，我们需要理解与分担，我们更需要欣赏与支持。读宋词中那些灵魂的呻吟，那些青楼女子饱受践踏、饱受欺侮的生活，内心总是激起义愤，每每为一些刚烈的性子、坚贞的态度所震撼。词人晏几道的词作《浣溪沙》无意讲述一位底层女子的苦难与屈辱，无意渲染一段艳情的柔靡与浅俗，只是描述几个生活细节，点染人物神采，揭示底层歌女内心的坚贞与勇敢，张狂与苍凉。读来打动人心，引人深思。

日日双眉斗画长，行云飞絮共轻狂。不将心嫁冶游郎。

溅酒滴残歌扇字，弄花熏得舞衣香。一春弹泪说凄凉。

佛图一炷香，人争一口气。对于那些陷身底层，生存危难的女子来说，守护尊严与风骨，张显执着与坚守，尤其显得珍贵，尤其让人感佩。晏几道这首词作就是描述这样一个有骨气、有风范的女子。她的身份很卑贱，很低微，青楼卖唱，承欢颜笑，秋月春风，浮艳度日。像一株小草，任凭风雨摧残而无可奈何。像一只蝼蚁，随时遭人践踏而自身难保。她的存在似乎就是为了给他人带来快乐，她的工作似乎就是满足他人的欲望。

你看，她每天描眉画黛，涂脂抹粉，照镜梳妆，将自己打扮得漂漂亮亮，让人喜欢，让人陶醉。和万千风尘女子一样，迎来送往，强欢颜笑，谄媚、讨好客人。词人用一个“斗”字来夸张她的生活，出于职业的特殊和竞争的激烈，她要和同行姐妹比试化妆，比试美丽，心思花在打扮上，心思花在客人上。

她的行为，轻佻狂野，辛辣孟浪，很像一个脾气暴烈，毫无节制的女子。随心所欲，我行我素，无人能管，也无人敢管。可谓自由到了极点。词人形象的描绘，说是像行云飞絮一样，轻狂放浪。云朵漂浮天空，无根无底，无依无傍，随风飘荡，身不由己，足够凄惨，足够可怜。柳絮离开枝头，随风起舞，不知去向，或是委地成泥，任人践踏，或是沉落江河，随水漂走，或是勾挂树枝，伤痕累累。不管行云还是飞絮，都是漂泊不定，都是无依无靠，这位青楼女子的命运与此类似。

虽然暂时寄居青楼，靠青春吃饭，靠欢颜度日，但是朝不保夕，处境堪忧。谁能保证她的命运不像云朵一样去向不明，谁能保证她的命运不像柳絮一样体无完肤呢？所谓轻狂，我的理解是表里不一，内外矛盾。表面越是张狂快活，越是豪迈奔放，内心越是痛苦难捱。轻狂是一种无可奈何的挣扎，轻狂是一种不能自主的发泄，轻狂更是一种内心创伤的宣泄。

描眉画黛，争风吃醋，水性杨花，轻狂度日，天天如此，月月如此。词人痛心下一叠词“日日”，似乎强调这位青楼女子生活的奢靡荒淫，腐烂至极，绝非一日，而是由来已久。读者品读词句，似乎也容易对女主人公心生厌恶，不屑一顾。两相合力，将女子推向罪恶的审判台，用道德来审判她。读到上片结句，你会突然感觉上当受骗了，词人运笔巧妙，欲擒故纵，欲扬先抑的手法，先是故意渲染女子青楼生活的淫靡腐烂，目的在于反衬女子内心的高尚与坚强。女子身不由己，任人糟蹋，但是心性孤傲刚强，绝不趋同流俗。一般歌妓或许会利用青楼逢场作戏的机会委身于人，草率成家，但是这位女子却是不嫁漂游浪荡、薄情寡义的男子，不嫁寻欢作乐、醉生梦死的男子，哪怕年老色衰，嫁不出去，也绝不改变自己的信念和选择。内心刚烈，原则严肃，性情坚贞，可谓青楼中的“异类”，词人大加赞赏。特别是万千女子习惯于忍辱含羞，承欢卖笑，习惯于听天由命，任人摆布的时候，这位女子还能保持内心的清醒和坚强，还能捍卫做人的尊严和风范，的确令人钦佩。

如果说词作上片侧重通过抑扬反衬突出女子内心的纯洁和高贵，那么，词作下片则主要突出女子内心的凄凉和悲哀。词人给我们描绘了一幅歌舞欢宴、沉醉不醒的生活图景。女子陪客人喝酒，觥筹交错，歌舞生辉，免不了心血亢奋，激情高扬，场面一度喧哗混乱，神态一度恍惚张狂。就像白居易笔下琵琶女的生活，“钿头银篦击节碎，血色罗裙翻酒污。今年欢笑复明年，秋月春风等闲度”（《琵琶行》）。欢畅酣饮，忘形尔汝之时，溅出的美酒滴落到轻罗小扇扑上，渐渐漫漶扇上字迹，些许模糊，些许浸迹。拈花起舞，轻歌曼唱之际，袅袅花香，浓浓脂粉熏得衣襟清香四溢，红艳迷人。足够投入，足够尽兴，女子或许沉浸在一片歌舞繁华之中，暂时忘记了屈辱和悲辛，暂时忘记了明天和希望。但是，欢乐越是疯狂，痛苦越是沉重，表面越是糊涂，内心越是清醒。清醒之后，宁静之时，女子暗自神伤，泪眼婆娑。一个春天，伴着欢笑和疯狂，就这样过去了。几许姿色，伴着红粉和酒香，就这样消散了。人生能有多少时光可供挥霍？人生又有几多青春可供消磨？欢乐之后是凄凉，繁华之后是冷清，女子只能后悔、懊恼，遗憾、惆怅。可是，毫无作用，无可奈何。

世态繁华，风尘扰攘，很多沦落青楼的女子，出卖身体，也出卖灵魂，纸醉金迷，醉生梦死，忘记了自己的身份，丧失了做人的底线，麻木了心灵的诉求，破罐破摔，烂船烂耙。相比之下，晏几道词作中的这位女子，尚未彻底丧失自己，甚至可以说，对于生活还保留一份清醒，对于过去还保持一份反思。她孤寂失落，她痛苦凄凉，她泣泪悲伤。泪水也许不能洗刷她的屈辱，但是我们坚信，反省自己，痛责自己的人毕竟还是有廉耻，有自尊的。这首词写风尘女子，意义就在于发现了心灵的杂音，异类的风范。我们敬重那些挣扎在社会底层却能保持内心清醒与明智的人，比如这位“不将心嫁冶游郎”的女子，这位“一春弹泪说凄凉”的女子。

不嫁春风误秋风

——贺铸《踏莎行》散读

关于孤独，孟子曾经这样描述：一个人，假如他在一乡范围之内是杰出的，那么，他必然在一乡之中寻找同样杰出的人为友；假如他在一国之中，或在整个天下是杰出的，那么，他必然在一国之中或者整个天下寻找同样杰出的人为友。如果寻遍天下都找不到呢？他只能将目光投向古代，引千古同调为友。孟子描述了一种旷世孤独，万古遗恨。这就是李白诗歌中的“万古愁”。因为自己的出类拔萃，卓尔不凡，一般人难以企及，就连羡慕、赞许、嫉妒之心也懒得表示。孤独者只能更孤独，因为你远离了时代和大众。如何排解孤独、郁闷呢？除了凭吊古迹，抒发幽思，像陈子昂一样，吟唱“前不见古人，后不见来者。念天地之悠悠，独怆然而涕下”；还可以远离人海茫茫，远离芸芸众生，移情天地万物，倾诉一腔忧愤。对话一片云，抚慰云一样的漂泊生涯；注目一棵树，安抚树一样的孤独；聆听一声空谷鸟鸣，共鸣鸟一样的寂寞。宋代词人贺铸这首《踏莎行》就是一首剖白一腔心志，倾诉长久郁闷，释放沉重情绪的辞章。或者说是自己与花木默会，自己与自己对话，自己倾听自己的心声。一花一木，片风丝雨，都是心灵的战栗。

杨柳回塘，鸳鸯别浦，绿萍涨断莲舟路。断无蜂蝶慕幽香，红衣脱尽芳心苦。

返照迎潮，行云带雨，依依似与骚人语。当年不肯嫁东风，无端却被秋风误。

词作上片写荷花，芳香高洁，幽雅贞静，自开自落无人问，自叹自怜影孤单。一池荷塘，曲曲折折，随岸走势，随水赋形。株株杨柳，枝枝吐绿，婆娑作态，随风婀娜。荷塘水流弯曲的地方，有一对鸳鸯，时而戏水玩乐，泼辣有声；时而相向和鸣，婉转动听；时而双栖双宿，恬静安详。

风物别致清新，环境窄狭幽僻。没有杨万里的荷塘那种一望无尽的壮观景象——“接天莲叶无穷碧，映日荷花别样红”（《晓出净慈寺送林子方》）；没有周邦彦的荷塘的风姿绰约的清朗气韵——“叶上初阳干宿雨，水面清圆，一一风荷举”（《苏幕遮》）；没有王昌龄的荷塘的风情曼妙的采莲画面——“荷叶罗裙一色裁，芙蓉向脸两边开”（《采莲曲》）。但是，如果你我置身其中，必然会心生风雅，心怀荡漾。因为每一丝柳絮飘逸在我们眼前，每一脉清波流淌在我们心间，每一片荷叶撑开在我们头上，每一对鸳鸯闯入我们心怀。爱美丽风光，爱美丽人生，这是每一个人的心性追求。更不必说那些追风逐花，才情横溢的文人了。可是，关联全词文句，我又隐隐约约读到一种落寞，一份凄清，一点伤感。荷塘回环，封闭了一池清水。别浦伤别，触动了一腔心事。似乎有点走不出去，留在心间，沉寂久长，郁结不展的意味。鸳鸯欢乐无忧，自由快活，似乎又隐隐反衬出一颗心灵的孤零落寞，惆怅若失。至于谁在忧愁，有何心事，何以释怀，似乎不必坐实，意会即可。当然，这些风景深处隐藏怎样的情意取决于词人的心灵态度。我们读一片词，读一片风景，更多的是在深入风景背后的人生情意。

词人又言，浮萍长满荷塘，碧绿一色，层层叠叠，几乎遮断了摇舟采莲的去路。换句话说，此处尽管荷花艳艳，荷叶纷披，莲子满塘，却是无人知晓，无人采摘。此路不通，此莲沉没。一个“断”字，斩钉截铁，掷地有声，是沉痛语，是果决话，不容商量，不得拖沓，一点不留情面，一点不留余地。真为荷花绽放，芳华美丽无人欣赏而悲哀，真为莲子结实，果实累累无人采摘而悲愤。词人心怀敏感，触景生情，睹物伤心，全在一个“断”字当中。我们可以联想到《西洲曲》描写的荷塘，“采莲南塘秋，莲花过人头。低头弄莲子，莲子清如水”。采莲是江南水乡的风流趣事，采莲释放少男少女的柔情蜜意，采莲衍生了一系列浪漫故事，多么迷人，多么令人神往。可是，贺铸笔下的荷塘，不见一丝热闹，不闻一声欢笑，异样的幽静，异样的生僻，静得可以听见微风拂过杨柳的声音，静得可以听见荷花盛开的响动。静得让人心冷，也静得让人生寒。

荷花静静开放，荷叶无声无息，杨柳自在飘拂，微风悄悄拂过。荷花散发出淡淡清香，弥漫在空气中，似有若无，似真似假。宛若春天的游丝，晴天丽日之下，袅袅升腾，远看则有，近观则无。粉红的光色，像一幅油画，画在平铺直展的绿叶之上，画在清波粼粼的水面之上。意境如诗如画，如梦如幻。可是，无人知赏，无人艳羡。就连追芳逐味的蜂蝶也不曾光顾。何等失落，何等孤凄。美丽的荷花只能在寂寞感伤之中渐渐褪尽红色的花瓣，最后剩下莲子心中的苦味。很容易让人联想到一个亭亭玉立的美人，身着红衣翠袖，面目涂脂抹粉，双眉弯弯如柳，两目脉脉含愁，无语面对清风，无神黯然心事。一些词语，比如“红衣”“芳心”“幽香”，很容易给人造成一种扑朔迷离的感觉，拟人乎？拟物乎？写景乎？写意乎？模糊不辨，彼此交融，浑然一体。爱恋者读出爱恋，孤独者读出孤独，忧伤者品出忧伤，一切取决于欣赏风景的人。晚唐诗人陆龟蒙《白莲》诗云：“无情有恨何人觉？月晓风清欲堕时。”芬芳欲散，美丽欲堕，谁人知晓？谁人怜惜？恨无人知恨，怜无人哀怜，独立清风晓月之中，形单影只，茕茕相吊。贺铸词作中荷花也有如此悲凄的命运。一朵荷花，凋谢的诗人读出凋谢的人生。我们有理由相信，词人也许就是一株荷花，绽放在无人的幽静中，忍受漫长的孤独，煎熬周围的冷清，最后凋谢在无边的冷寂之中。

词作下片倾诉一朵孤荷的悲愁苦恨。转换一个时空场景，定格黄昏夕照时候，余晖脉脉斜照荷塘，绿萍沐浴金辉，清波粼粼泛光，翠柳披上艳服，一切光景明媚，似在迎接晚潮到来。天空彩云流动，隐隐捎带薄薄雨意，偶尔几滴溅落荷塘，水面泛起丝丝涟漪。一个人站立岸边，目送夕晖，默默无语。他看到了暮色降临，苍茫渐起。他看到了雨滴无声，涟漪扩散。他看到了绿荷无声，凝愁带恨。需要吟诵诗句来排解内心的不安与郁闷吗？需要高亢几声来释怀久积的不快与沉寂吗？没有必要，在这空旷的荷塘，在这无人的天地，也许能够做到的，就是凝视那一朵孤独的荷花，凋零惨败的荷花，与她无声对话，与她默会交流，与她惺惺相惜。谁能懂得一朵寂静绽放的清荷？谁又能理解一颗饱经磨难的心灵？花也罢，人也好，天地这么大，找不到知音，前世或许有，早就已经错过；后世或许来，只是等不及；今世已孤独，凄美在岁月深处，凋零在时光尽头。那么，就这样，超越你我，交融生命，用一朵花的美丽来美丽一个诗人的心灵，用一个诗人的忧伤来理解一朵花的忧伤吧。互相对视，互相欣赏，你知我知，天地不知，万众不知，万物不知，这又何妨？

喜欢词人笔下一个“依依”，想起一些深情的词语，依依不舍，依依惜别，依依之感；想起古老的《诗经》，“昔我往矣，杨柳依依”。贺词“依依”是在描写荷花，与人相亲，娇柔美好，情意深深。犹如一个美丽女子，与人携手相依，娇羞欲语，脉脉含情。她需要倾诉，她需要有人倾听，她乐意与知音交流。一个“似”字，又道出了欲言又止，欲罢不能的情态，也隐含词人空灵蒙昽，恍恍惚惚的感觉。一个“骚人”自然不是轻佻浅薄之徒，也不是风流倜傥之辈，源自兰心蕙质的屈子辞章，泛指怜花爱美，才华卓异的文人墨客。词人贺铸就是其中之一，也暗示了他才比天高，命比纸薄的悲剧命运。古往今来，多少才华横溢，壮志满腹之士，生不逢时，沉默一世，才华埋没，壮志沦空。就如眼前这朵芙蓉，寂寞生长，寂寞开放，寂寞凋谢。

一株荷花在思考，当年不像群芳百卉一般，迎春绽放，争奇斗艳，大红大喜，风光无限。如今却是独立一方，盛开夏秋，临风瑟瑟，红衣落尽，芳华消逝。岂不可悲，岂不可怜，岂不可恼。不嫁春风，寓意不同凡花，不同流俗，不趋时尚，坚持自我，保守贞静，孤芳自赏。贻误秋风，寓意不由自主，随风凋谢，消逝芳华，暗淡生命。心中不肯，命中贻误，折射出时光拨弄无情，生命沉浮不定的挫败感与失落感。写一朵花，实际上是在写一种人生命运。写词人自己的命运。“无端”是无缘无故，莫名其妙，表明心里毫无准备，又意想不到，结合后面一个“却”字思考，可以看出词人对秋荷陨灭无比痛心，无比惋惜。一株荷花，一位美人，一位骚客，三位一体，演绎了世态冷暖，见证了社会不公。我相信，贺铸落笔辞章，心情宛如秋风一般冷涩、沉重。

此处情怀欲问天

——刘辰翁《山花子》散读

喜欢宋词的直率热烈，畅所欲言，但是更喜欢宋词的含蓄蕴藉，朦胧迷离。正如生活本身的千变万化、丰富多彩一样，宋词的表情达意也不拘一格、多姿多彩。读刘辰翁这首《山花子》，我初步感觉此人似乎在和读者玩游戏，捉迷藏，欲隐欲现，似有若无，只是运用一些词句撩拨读者的情思，激发读者的想象，就是不告诉你词人到底遭遇怎样的人生变故，情感起伏；细读神思，静心品味，似乎又觉得词人心中蕴含无限情愁，无比痛苦，想表达却又有所顾忌，想释放却又遮遮掩掩。于是，我们从那些飘浮的文字里感受到一种沉重，从那些跳跃的意象上感受到一种凝滞，每一个人都不明白词人真实的心意与情感。但是，每一个人都可以从词作中找到自己的人生影像与心理波澜，不管是爱情的悲欢离合，还是仕途的酸甜苦辣。

此处情怀欲问天，相期相就复何年。行过章江三十里，泪依然。
早宿半程芳草路，犹寒欲雨暮春天。小小桃花三两处，得人怜。

我承认，于诗词而言，正如白居易的诗歌《花非花》一样，朦胧也是一种美丽，一种魅力，只是看你以怎样的心态去把玩与品味。我只能以己之心，度词人之腹，以今天之情意，猜古人之情怀，就只这样，也深深感动，为那些泪水，为那些芳草，也为那些不期而遇的花朵。是的，人生有许多感动，说不准哪一个时段会遭遇怎样的人情世故，你没有把握计划自己的前景，你能做的只是等待和面对已经发生以及早就过去的生活。

我愿意相信，词人一定经历了天翻地覆的变故或是挫折，不管是爱情婚姻还是科举功名，不然词人不会如此激动，如此控制不住自己，就像闸门突然打开，洪水奔腾直泻，就像灯光突然点亮，黑夜瞬间变成白昼。我看到词人身陷困境，走投无路，他找不到倾诉的对象，他不考虑如何表达自己，他脱口而出，就是内心最真实的感受，火山爆发一般，喷涌而出，震撼人心。此情此境，此时此刻，呼天抢地，似乎号啕喊叫，才能宣泄积郁多年的苦楚，又似乎不能表达自己胸中的块垒。但是，这种喊叫的姿态与过程，让词人至少获得一点安慰，一点宽心。我知道，很多人都问天，但是问法不同，情意不同，心境不同。屈原问天，那是因为自己壮怀激情，上下求索，终究知音不遇，抱负莫展。司马迁问天，那是因为自己横遭不测，疾痛惨怛，举目无依，只好昂首长天，一吐心曲。窦娥问天，既是对恶人当道，社会不公的厉声控诉，又是对自己哀哀无告，求助无门的悲凄倾诉。人生悲凉，世道险恶，唯有到了山穷水尽，一筹莫展的境地，唯有经历身心煎熬，灵魂撕裂的痛苦，才会呼天抢地。词人开篇就是一句“此处情怀欲问天”，突兀而来，让人猝不及防，一脸错愕，一身惶恐，设身处地，心想词人到底怎么了，遭遇了怎样迈不过的坎，正在经历何等的创伤剧痛。不知不觉，自己也会跟着词人悲戚、忧愁。如此开篇有技巧的考虑，但我更相信是词人心血悲情的自然流泻。

问天天不语，喊地地不灵，只有词人最清楚自己正在经历的一切，似乎太沉痛，太悲惨了，一旦说出来，不但会惊吓了别人，甚至也会惊吓了自己。很多人都相信，将心中的痛苦表达出来，可以获得一点安慰，哪怕是自我安慰。但是，能够表达出来的痛苦或许不是最大的痛苦，那些独自承受，无法表达的痛楚，才是真正折磨人心的痛楚。词人对于自己的心灵创痛，只用一句“相期相就复何年”含蓄点示，至少可以从两个方面去猜读，一是对朋友的思念与期盼，好比李白与杜甫相会相知，游山玩水，谈诗论文，快乐无比，一旦分别，不知何年何月可以相见，两个人天各一方，音信难通，自然会缅怀从前，互相忆念。杜甫诗歌《九日寄岑参》：“寸步曲江头，难为一相就。”就是表达朋友相见，欢乐一叙的心愿。相就，就是两个朋友走过千山万水，沐浴风霜雨雪，走到一块，畅叙衷情，共话人生。二是对妻子或是情人的刻骨思念，好比李商隐诗歌《夜雨寄北》：“君问归期未有期，巴山夜雨涨秋池。何当共剪西窗烛，却话巴山夜雨时。”秋夜秋雨，秋池秋山，秋意袭人，引发诗人对远方妻子的思念，期盼一个美好的未来，两个人相依相伴，西窗剪烛，共话凄凉，共享幸福。词人周邦彦《花心动》有这样的描写：“兰袂褪香，罗帐褰红，绣枕旋移相就。”此处“相就”就是指男女之间的幽期欢会。当然也可以将“相就”理解为词人对家乡亲人的牵挂与思念，这是每一个常年漂泊在外、归家无期的游子都具有的情感。词人的“相就”情思缘何而产生，还是不得而知，只是隐隐感觉遥远的地方，有一个人在等待词人，等待一颗漂泊憔悴的心。

这个人是谁呢？是白发慈母还是沧桑老父？是红颜知己还是患难妻子？是青春朋友还是学问良师？读下去，词人似乎又给我们透露了一点信息。行船已过三十里，章江山水一路随。孤独，寂寞，凄冷，无聊，万千忧思翻涌心间，万千头绪困扰词人。这个秋天，身处异地他乡，想起了李煜的春天："问君能有几多愁，恰似一江春水向东流。"词人视通万里，心骛八极，寻找自己的方向，追寻自己的爱恋，黯然销魂，潸然堕泪。泪水滴进章江，泪水滴落相思，眼前这一江春水啊，似乎也是万千泪水汇流而成，汩汩流淌，源源不断。又像春天的目光，镶嵌在大地上，照得见词人的孤舟，照得见憔悴的面影。特别不可忽视"三十里"这段旅程，是写实纪行，更是深情难抑，一路漂泊，一路伤心，一路流泪，有多少泪水可以表达自己的思念，又还需要洒下多少泪水才可以了却心愿，不知道，只觉得，那一天，章江上，一叶孤舟承载一位词人，还有一颗憔悴的心，泪流成河，缓缓前行。一个漂泊者将思念洒满天涯，一个旅行者将疲惫镌刻水上。

词人荡舟江面，心境凄凉，泪雨潸然，一路前行，不知哪里才是终点，又不知要经历怎样的烟雨黄昏。只是出于本能的提防与担忧，观云识天气，观水知潮声，能早则尽量早一点靠岸投宿，安顿疲惫不堪的身体，安慰孤寂无聊的心灵，只走半程水路，却见两岸芳草萋萋，生机勃勃。换作常人，自然会激发生命豪情，萌生无限希望，可是，对于流离辗转，相思如潮的词人来说，满目芳草却撩拨起万千愁思。对家乡故园的思念，对妻室儿女的怀想，对亲朋好友的回忆，或者是对红颜知己的依恋，种种相思离愁全在芳草翠色之中。想起淮南小山的《招隐士》："王孙游兮不归，春草生兮萋萋。"想起白居易的《赋得古原草送别》："远芳侵古道，晴翠接荒城。又送王孙去，萋萋满别情。"想起王维的《山中留别》："明年春草绿，王孙归不归？"春草见证友情深深，春草关涉离别愁绪，寄寓诗人送别友人难分难舍之情，也传达诗人想念朋友无穷无尽之思。似乎芳草绿遍天涯，思念也像春草一样疯长。朋友在哪，相思也就洒向哪儿。又容易想起另一类相思情怀。李煜词作《清平乐》云：“离恨恰如春草，更行更远还生。”借春草疯长，更行更远，遍地皆是，隐喻离恨忧思溢满心间，表达对远方情人或妻子的刻骨思念。结合前面泪如雨下，后面桃花夭夭来看，词人刘辰翁很有可能是怀念以前一位相知相恋的情人。朋友之情似乎没有这么明媚鲜艳，没有这么深挚绵长。

半程水路，不算是远，不但可见两岸芳草遍地，牵扯离忧；更有暮春天气，欲雨天寒，无疑又增添了时令的寒意，也烘托出离人内心的悲凉、冷寂。一个“犹”字勾前连后，更近一层，凸显词人心神凄凉之感。依照常情常理来看，词人应该高兴欢喜才是，春寒暮雨，芳草遍地，似乎可以想见一幅朦胧迷离图景，自有轻柔飘逸之美。可是，在心事重重的词人眼中，草牵离愁，雨添寒意，心生寒凉，处处是凄冷，物物含忧思。一切景语皆情语，情景相生，妙合无垠。

随着流水漂泊，随着轻舟流荡，偶尔透过舟舱往外一瞥，但见远处岸边，几株桃树花枝凋零，仅有稀稀拉拉几朵小小桃花挂在枝头，虽然红艳耀眼，却已是凋谢殆尽，样子十分凄楚，词人不免产生怜香惜玉之感。多么可怜，多么难堪。可以想见，早春时节，桃花盛开，朵朵鲜红，灿烂了一江春水，灿烂了游子心空，可是，风雨无情，春晖将尽，美好的桃花也纷纷飘散。词人还算幸运，看到了三两处灿烂枝头。但是，词人很敏感，自然会想到一些什么，是不是自己家乡，或是某个遥远的地方，也有那么一位像桃花一样艳丽的女子也在等我，也在经历风吹雨打，日渐凋谢美丽容颜。青春随时光而流逝，美丽随时光而苍老，谁能挽留？谁不伤感？谁又不心疼？词人想到了人生有些东西等不得，经受不了时光的无情摧残，比如青春与爱情，比如生命与理想，每一个人，能够做的也许只是把握现在，把握自我。词人在流浪，词人也在想念，想念远方那一树桃花，那一个桃花一样的女子。隔着河流与山峰，隔着时间与空间，两个人的思念交汇成一条河，浓浓艳艳，流过眼前。

突然想起苏轼的诗句："竹外桃花三两枝，春江水暖鸭先知。"（《惠崇春江晓景》）写早春之景，桃花已开，还未怒放，生机勃勃。刘辰翁词作写晚春之景，桃花开过，枝头空落，满心失望。我读到此处，更是想起唐代运气很不好的诗人崔护的诗歌《题都城南庄》："去年今日此门中，人面桃花相映红。人面不知何处去，桃花依旧笑春风。"崔护不见美人面目，不闻美人声音，只见桃花灿烂，深深刺痛诗人的心。相比而言，刘辰翁既不见美人面容，更不闻美人声音，似乎还隐隐感到，时光无情，美丽消逝，一时揪心痛苦，一时无语发呆。于是我们看到一幅画，一条江水清清亮亮，一叶孤舟缥缥缈缈，一位词人失魂落魄，几朵桃花零零落落。词人恍惚了，不知道身在何处，不知道桃花何在。

此情惟有落花知

——苏轼《浣溪沙》散读

都说男子志存高远，心思粗犷，行止大气，胸怀大度，其实，在相思爱恋面前，男子也表现得如同女子一样高度敏感，心思细密如发，情感细腻如水。读苏轼的词作《浣溪沙》，深感词人一腔缱绻缠绵，一腔思念离恨，绵远流长，无穷无尽。有道是，男儿有泪不轻弹，只是未到伤心处。一旦到了相思断肠，愁苦揪心的时刻，男子也会黯然神伤，泪眼婆娑。苏轼这首词大概是描写一位男子面对明媚春光所产生心灵感应、情感变化。丝丝入扣，缕缕关情。

风压轻云贴水飞，乍晴池馆燕争泥。沈郎多病不胜衣。

沙上不闻鸿雁信，竹间时听鹧鸪啼。此情惟有落花知！

记得一个春天的日子，不可确知哪一年哪一天，不可确知在何方在何处，一个男子出游池塘，漫步回廊，所见所闻，所感所思，全是凄凉，全是落寞。因为心怀离忧，因为情意低落，一切风光景物都涂上了一层暗淡忧伤的感情色彩。应该是一个美丽的初春，词人笔下出现了一幅如诗如画，生机勃勃的图景。远处，春风拂过水面，波光粼粼。云朵飘浮高天，轻盈自在。云影倒映水中，给人感觉，半亩方塘一鉴开，天光云影共徘徊，或者是，云朵飘浮水天相接之处，贴近水面，被风吹动，与风同飞。还有池塘岸边，遍植杨柳，逢春吐绿，随风婀娜，又是一番风情。远望如烟似雾，成团成堆，苍苍翠翠。近处，几只新燕翻飞，衔泥筑巢，忙忙碌碌，不时可以听见她们甜美的呢喃软语。天气特别好，雨过初晴，阳光朗照，春光明媚。池塘上下，风光景物，无不生机焕发，仪态迷人。写云朵，词人落一“轻”字，可见轻盈飘逸，悠闲自由。写燕子，落一“争”字，可见活泼灵动，紧张忙碌。这些生动有趣的风物，按说应该引起词人莫大的兴趣，应该激起词人纷飞的诗意，可是，读下去，我们却发现，词人面对这一切毫无兴致，或者说，一切风光景物与词人无关，他的心不在这里，不在盎然春意。

良辰好景虚设，万千风情添恨。词人心在何方？忧念何事？一句“沈郎多病不胜衣”，给我们推出一幅肖像，一副模样。词人自比沈郎，体弱多病，腰围带减，瘦损不堪，值此惠风和畅，阳光明媚的初春日子，更是气喘微微，弱不禁风。完全一副弱柳扶风，娇花照水的病态模样。令人想起曹雪芹笔下的林黛玉：“态生两靥之愁，娇袭一身之病。泪光点点，娇喘微微。”虽为男子，却柔弱多情，悲不自胜。虚弱到了连穿衣服也难以支撑的程度。词人显然是在夸张，读者自然不难从中窥见词人内心的深重愁苦。何以如此病弱不堪，何以如此不胜春风？柳永有词“衣带渐宽终不悔，为伊消得人憔悴”（《蝶恋花》），说男子为了心中的她日思夜想，忍受煎熬，哪怕形体消瘦，衣带渐宽，也无怨无悔，痴心不改。古乐府诗亦云：“相去日已远，衣带日已缓。” 表达女子对男子的思念，自从你离别以后，我容颜憔悴，首如飞蓬，我日渐消瘦，衣带宽松，游子啊，你还不归来啊！不管是男子相思女子，还是女子相思男子，情真意切，度日如年，都发出声声呼唤。正是这种心灵上无声的呼唤，才越过千百年，赢得了人们的旷世同情和深深惋叹。词人述说自己病不胜衣，弱不禁风，其实正是相思缠绕，离恨折磨的缘故。为了远方的她，为了痴迷的情。为何有情人不能相依相伴，为何人生命运如此坎坷，词人不说，没有一词半语暗示，留给读者去思考，去回味。

“沈郎”一语，其来有典。指南朝梁沈约，亦借指腰肢瘦损之义。著名词人李煜词中有“沈腰潘鬓消磨”（《破阵子》）一句，指的便是沈约。后来，明代诗人夏完淳也有“酒杯千古思陶令，腰带三围恨沈郎”（《杨柳怨和钱大揖石》）之诗句，这个细腰男子指的也是沈约。后人多用“沈郎腰瘦”泛指因故腰细的男子。苏轼词中当然是自比，腰肢瘦损，不是求学辛苦、夜以继日的缘故，而是相思煎熬、忧心如焚的缘故。一个男子，为了心中的她，茶饭不思，寝食难安，垂头丧气，情绪低落，十分可怜、狼狈，可是，我们却从这副模样中看到了爱情的忠贞与执着。词中一个“病”字，一语双关，言此意彼，耐人寻味。字面上指身体疾病，愁容满面，憔悴不堪，深层里则是指男子相思透骨，肝肠寸断。一个“多”字，描写平常状况，不是一时半会身体生病，感觉不适，而是经常如此，可见分离日久，相思强烈，久而久之，自然会折磨人心，憔悴身体。

如果说词作上片主要是描述大好春光，以乐景反衬词人内心悲凉冷寂的感觉的话，那么词作下片则是侧重捕捉细节，以哀景烘托词人凄恻哀怨的心理感受。只写两个细节，一为所见鸿雁无信，一为所闻鹧鸪有声，所见所闻，凄凉冷寂，痛断肝肠。

可以想见，词人日复一日，月复一月，盼星星，盼月亮一般，盼望天空的大雁捎来远方的书信，可是大雁一直不见，一声不闻，哪来半点声影？哪来书信问候？词人久久等待，音信杳无，无比失望，冷彻心扉。鸿雁传书，源自《苏武传》，汉武帝时，使臣苏武被匈奴拘留，并押在北海苦寒地带多年。后来，汉朝派使者要求匈奴释放苏武，匈奴单于谎称苏武已死。这时有人暗地告诉汉使事情的真相，并给他出主意让他对匈奴单于说：汉皇在上林苑射下一只大雁，这只雁足上系着苏武的帛书，证明他确实未死，只是受困。这样，匈奴单于再也无法谎称苏武已死，只得把他放回汉朝。从此，“鸿雁传书”的故事便流传成为千古佳话。而鸿雁，也就成了信差的美称。

古代诗词中，大凡写到鸿雁意象的诗词，多含相思怀远、急盼书信之意。如“鸿雁几时到，江湖秋水多”（杜甫《天末怀李白》）、“朔雁传书绝，湘篁染泪多”（李商隐《离思》）等。南朝乐府民歌《西洲曲》有“忆郎郎不至，仰首望飞鸿”。“望飞鸿”就是盼望书信的意思。李清照词云：“雁字回时，月满西楼”“雁过也，正伤心，却是旧时相识。”大雁没有带来盼望已久的书信，引起了女词人无法排遣的相思。苏子词中，只是轻点鸿雁，婉见词人相思深情。词中“沙洲”一词带有凄冷孤寂的感情色彩，很容易让人联想到苏东坡另外的词句“拣尽寒枝不肯栖，寂寞沙洲冷”（《卜算子　黄州定慧院寓居作》）。

池馆附近，应该是一片竹林，郁郁葱葱，生机勃勃。词人毫无兴致欣赏。只听见竹林之间不时传来声声鹧鸪鸣叫，其声很有意味，很有特点，谐音“行不得也，哥哥！”“行不得也，哥哥！”……声声呼唤，声声动心，更是勾起词人对心上人的思念。可是，思念归思念，现实还是形只影单，茕茕孑立。词人什么都不说，只是突出鹧鸪声声啼鸣，渲染凄清气氛，凄厉读者心神。注意一个“啼”字，拟人生情，悲壮造势，大有像人一样放声痛哭，悲痛欲绝的意味，给人以号啕大哭，撕心裂肺之感。换作一般的鸣叫，自然传达不出词人悄怆幽邃，凄神寒骨的感受。想起另外一种鸟——布谷鸟的叫声，“布谷、布谷、布谷……”，鸟叫于初春，催促农人抓紧时机，下地耕田，播种谷粒。声声鸣叫，催人奋发，催人劳动，给人以力量和希望。没有一点悲凉失落，没有一丝沮丧悲观。

面对此情此境，词人感慨，天地之大，相思之痛，无人能知，无人抚慰，何等孤寂，何等凄楚。看看眼前花开，伴随春风，瓣瓣飘落，恐怕只有这些零零碎碎的花瓣知晓我的心事吧。不去多想，不去奢望，一任相思泛滥，一任落花零落。也许词人隐隐感觉到一些什么，他情思复杂，一时半会还说不出来。但是，敏感聪慧的读者，却不难从落花无语当中读到一些什么。是美丽凋谢，芳华暗淡还是生命陨落，青春不在？是年华流逝，一筹莫展，还是红颜如水，一去不返？是花朵凋谢，满地狼藉，还是理想沦空，才情东流？落花有意，人世无情，词人久久站立回廊，耳边回荡凄厉的鸣叫，眼前飘舞可怜的落花。

不知道以后的日子怎么样，不知道远方的她又是否有所感应，也不知道词人还会站立多久，只感觉一春风光无以抚慰失落的心灵，一腔思念无人能解。苏子多情，苏子深情，情系何人，情缘何解，恐怕无人知道，只能听凭命运安排。

飞梦不醒到扬州

——晁补之《临江仙》散读

人到中年，漂泊半世，读一读那些载饥载渴、羁旅天涯的词作，自会产生共鸣，为曾经的美好年华悄然流逝、为曾经的风花雪月化为泡影、为遥远的故乡归程无计、为熟悉的山川梦里依稀。宋代词人晁补之词作《临江仙》为我们描绘了一段旅途风光，抒写了一段悲欢人生。山水夕阳涂染情思，风花垂杨飘荡离愁。吟咏词作，你会随词人的见闻心绪不宁，也会随词人的怅恨感叹唏嘘。

绿暗汀州三月暮，落花风静帆收。垂杨低映木兰舟。半篙春水滑，一段夕阳愁。

灞水桥东回首处，美人新上帘钩。青鸾无计入红楼。行云归楚峡，飞梦到扬州。

一次停舟靠岸，一次漂泊暂住，不知道置身何处，不知道行程几许，没有亲朋故友临江迎接，没有红巾翠袖热情相拥。只记得，那个阳春三月的日子，那个夕阳西下的黄昏，词人驾着一叶孤舟，载满重重心事，静静地漂泊，江波辽阔，沙洲汀岸隐然在望。远处，绿草萋萋一片，碧树蓊郁成林，暮霭沉沉如烟。没有风吹草动，没有人声喧闹，寂静得有些清冷，词人困惑，这是到了哪里？何处可以投宿？近岸，江水平静如镜，纤尘不染，倒映着渐渐暗淡的天空，还有那轮苍凉的夕阳。岸边，一些花朵纷纷凋零，缕缕垂杨轻轻飘拂。词人卷起风帆，跳下孤舟，系好缆绳，准备暂住一晚，等待第二天，再继续赶路。一个人的黄昏已然孤单，更何况又是一个敏感多愁的文人，极目所见，山水花柳，清风夕阳，无不触动心怀，无不牵扯忧思。

阳春三月，本当是百花争艳，五彩斑斓，可是，词人行走天涯，遭遇暮色黄昏，遭遇汀州苍苍，只感受到景色凄迷，天地暗淡。一个“暮”字，双关含情，惹人联想，一方面指暮春时节，春意浓深，花木繁茂，呼应“绿暗”；另一方面又暗示一天将尽，暮色降临，词人仍然漂泊江上，当然要停舟靠岸，投宿人家。一个“暗绿”，不是翠绿欲滴，生机勃勃，不是明媚亮眼，熠熠生辉，而是苍苍翠翠，深绿暗淡，似乎词人眼前呈现一幅如烟似雾、如云似墨的图景，让人感觉沉寂、压抑。加之暮霭沉沉，夕阳惨淡，词人所见所感更多凄清与冷寂。曾记得崔颢有诗云“日暮乡关何处是，烟波江上使人愁”（《登黄鹤楼》），柳永有词云“念去去，千里烟波，暮霭沉沉楚天阔”（《雨霖铃》）。词人行舟江上，远眺绿草萋萋，近观绿水荡漾，置身烟波暮霭之中，寻觅移舟靠岸之处，自然备感凄寂，免不了思念远方的亲人，免不了怀想离别的朋友。自然就是如此神奇，不需要任何提醒与点拨，只是如实呈现不同季节，不同时段的特定风光，就可以将人带入遥远而伤怀的过去。

写到落花，没有风，没有声响，哪怕一丝细小的响动也没有，周围一片沉寂，沉寂得有点吓人。词人卷起布帆，停舟岸边。落英缤纷，无声无息，平添了环境的幽静，暗烘词人内心的不安宁，一如江波荡漾，涟漪涌起，一圈一圈慢慢荡漾开去。想起了陶渊明的旷世名篇《桃花源记》：“缘溪行，忘路之远近。忽逢桃花林，夹岸数百步，中无杂树，芳草鲜美，落英缤纷，渔人甚异之。复前行，欲穷其林。”武陵渔人沿溪行船，忽然看见一片桃林，落花纷飞，绿草鲜美，惊喜不已，又疑窦丛生，于是带着好奇与期待走进这片桃林，走进一片神秘的天地。和武陵渔人大不一样，词人晁补之虽然也是看到了一片落英，一片芳草，但是，他的心思不在这里，他没有心情欣赏暮春的美丽风光，相反，他只是感受到一个人的心跳与孤单，一个黄昏的暗淡与凄凉。

词人为何感触如此凄清，如此哀怨呢？一个意象“垂杨”隐隐透露出个中奥秘。古代诗词写柳，多与离别相关，多是牵扯离愁别恨、相思愁苦。古人有“折柳赠别”的习俗，柳又谐音“留”，因此，赠柳传情，托柳言别，缕缕见于诗文。王维诗云：“渭城朝雨浥轻尘，客舍青青柳色新。劝君更尽一杯酒，西出阳关无故人。”（《送元二使安西》）李白诗云：“谁家玉笛暗飞声，散入春风满洛城。此夜曲中闻折柳，何人不起故园情。”（《春夜洛阳城闻笛》）刘禹锡诗云：“清江一曲柳千条，二十年前旧板桥。曾与美人桥上别，恨无消息到今朝。”（《柳枝词》）显然，词人特别点明江边杨柳葱葱，丝丝垂拂，自然暗示词人心头的离恨忧思，特别又写道垂杨低低，几乎触摸兰舟，几乎轻抚词人脸庞，更是撩人心绪，浮思万里。那个人是谁呢？当年又是在哪里执手相看，挥泪离别？“昔我往矣，杨柳依依”，今我思矣，烟波茫茫。追念过往的美好，伤感美好的流逝，何以为证？词人借用“木兰舟”道尽诸多情意。词人乘坐的小舟，想来不过就是一种非常简陋、非常普通的小木船，可是词人硬要说是“木兰舟”，何为“木兰舟”？就是用木兰树造的船。南朝梁任昉《述异记》卷下：“木兰洲在浔阳江中，多木兰树。昔吴王阖闾植木兰于此，用构宫殿也。七里洲中，有鲁班刻木兰为舟，舟至今在洲中。诗家云木兰舟，出于此。”后常用为船的美称，意味做工精致、彩绣辉煌、图案美丽的船，并非实指木兰木所制。很多文人吟诗作词，习惯于说“木兰舟”，包含深沉底蕴、无限情意。词人晁补之这里点到木兰舟，还有另外一重含义，想起了自己早年与妻子或是情人两情相悦、荡舟清波的快乐时光，多么幸福，多么风光啊。可是，今天，自己只能孤零零一个人漂泊在异乡的江面上，心中的她在哪里呢？可曾也像我一样想起了过去的幸福生活？

心有千千结，情是万万缕，剪不断，理还乱，是离愁，别有一番滋味在心头。词人撑着竹篙，荡着小舟，划过泱泱春水，撑进一片柳荫浓密的岸边，回眸远眺，只见江波粼粼，夕阳返照，洒下缕缕阳光，泛起点点金光，跃动在江面，闪烁在黄昏。词人没有心情欣赏风光，没有兴致吟诗作词，似乎眼眸迷离，神思恍惚，阵阵忧思汹涌心间，缕缕思念飞越万水千山，停落在遥远的故园。这个黄昏，注定凄婉。这个夜晚，注定无眠。词人心绪细密，情意深挚，点染景物，处处伤心。言风曰“静”，言花曰“落”，言春曰“暮”，言柳曰“垂”，言舟曰“滑”，从整体上营造出一种深幽、宁静、暗淡、沉寂的环境氛围，巧妙地烘托出词人的心绪不宁，情意凄婉的状态。

词作上片落笔眼前风光景物，轻言细描，由远及近，由景及情，情景交融，营造浓郁氛围，点明心境愁恨。词作下片围绕一个“愁”字，生发开去，时空错置，今昔交织，表现词人的复杂情思。曾记得，当年离别的情境。灞水桥东，惠风和畅，杨柳飘拂，自己和心上人泪眼相看，依稀分手，不胜哀怨。一步一回头，断肠不忍看，千难万难，无所适从。

不看不行，难舍难分；看又揪心，心如刀割。词人挑出一个细节描摹，离别女子之时，游子回望美人所居红楼，只见艳妆美人正在卷帘伫望，泪眼婆娑，意态恍惚。何等难堪，何等痛苦。对面落笔，言美人不堪忍受离别痛苦，婉转到自己离别之际万箭穿心之巨痛。

注意词中几个极富暗示性的词语。灞水桥，在今陕西长安区东边。唐人离开京都，多半于此折柳赠别，如郑谷《阙下春日》：“秦楚年年有离别，挥鞭扬袖灞陵桥。”罗邺《莺》：“何处离人不堪折，灞桥斜日袅垂杨。” 李白《灞陵行送别》：“送君灞陵亭，灞水流浩浩。”文人赋诗，灞桥送别，数不胜数，相沿成习，因此，灞桥就成了送别之所。“回首”一词很容易让人联想起白居易的诗歌《南浦别》：“南浦凄凄别，西风袅袅秋。一看肠一断，好去莫回头。”词人所写其实与白居易诗意类似，区别在于白诗字面奉劝离人一去莫回头，以免心痛难忍，其实暗示离人一步一回头，依依难分舍；晁词只写一次回眸，浓缩万千难舍；又写对面不舍，婉曲道尽词人深情。两首诗词均是突出离人的艰难与痛苦，均是表现人间的爱恋与痴情。

词作最后三句，转换时空，落笔现实，复写词人别后相思，凄楚苦涩，永难释怀。自从当年灞水桥东一别，不知过了多久，不知辗转何方，词人总是盼星星、盼月亮一样渴望再度与美人团聚，可是，苍天不遂人愿，世态不顺人情，词人依然漂泊江湖，归思无计。多少相思血泪，化作一封封书信，寄往遥远的故地，可是，这些情意缱绻的书信一去不回，杳无音信，留给词人无尽的牵挂与思念。不知道是什么原因，更不知道女子心意如何，只是感觉到一种分手即永别的残酷与绝望。词人似乎产生一种感觉，感觉心中的她已经飘然远去，消失在岁月的深处。就像那个古老的神话传说一样令人沮丧、悲观。楚王巡游三峡，梦遇巫山神女，一场云雨欢爱之后，神女离去，对楚王说：“妾在巫山之阳，高丘之阻。

旦为朝云，暮为行雨，朝朝暮暮，阳台之下。”（宋玉《高唐赋序》）楚王神思迷离，怅然若失。词人此时此刻，此情此境，岂不类似当年的楚王？心中的女子已然远去，如同虚无缥缈的巫山神女，留下一个孤独落寞的词人。无奈、凄凉，悲痛、伤心。很多时候，面对很多事情，经历了风风雨雨，可以拿得起，放得下，可是，对于词人来讲，最是纠结于心，难以释怀的恐怕就是这份男女相思了。还是不能平静地接受现实，还是伤痛之余沉湎过去，过去的美好时光，或许才是对失落者最好的安慰。于是，如痴如迷，不知不觉，又进入梦乡，在一个寂静深邃的夜晚，回到曾经相会的地方，回到两人厮守的幸福时光。缠绵相依，款款深情，说不尽有多么甜蜜，有多么幸福。可是，梦总有醒来的时候，我们只能祝愿词人，祝愿与词人一样心有牵念的游子，浪迹天涯的同时，有美梦相陪，久久不会醒来。

扬州是哪儿？扬州与词人，与我们有何关系？巫山何其遥远，楚峡何其幽深，不去深思细想，不去梳理坐实，只要想想，站在词人的角度上，就会明白，人生一世，漂泊沉浮，有多少地方值得我们牵挂，有多少爱恋让我们刻骨铭心，有多少故事演绎我们的真情，说不清楚，欲说还乱，不说又不安。其实，内心明白，不管走向哪儿，天地之间，总有一些人、一些故事、一些情意永远触动我们柔软的心。

古屋寒窗听叶飞

——周邦彦《夜游宫》散读

古典诗词讲究短小精悍，尺幅千里，讲究深沉含蓄，意蕴悠长。很多词作，表面上看不过就是寥寥几句描绘风光景物，展示风俗画卷，深沉想则是暗示人心百态，情意千种。读周邦彦词作《夜游宫》，边读边想，心神凝聚，不难体会字字句句蕴含情思，里里外外全是愁怨。

叶下斜阳照水，卷轻浪、沈沈千里。桥上酸风射眸子。立多时，看黄昏，灯火市。

古屋寒窗底，听几片、井桐飞坠。不恋单衾再三起。有谁知，为萧娘，书一纸？

上片看风景，看风俗，没有局外人的欣喜与好奇，没有性情人的风雅与浪漫，词人只是平静如实描摹眼前所见，暗含隐隐作痛心事。不知道词人从哪里来，不知道词人泊舟哪里，也不知道词人要赶往何方，只知道一叶孤舟在夕阳西下的时候靠岸，只知道词人眼中所见一幅幅画面慢慢展开。近岸，斜阳晚照，穿过密密层层的树叶，在水面上投下或浓或淡的光影，点点金光，微微荡漾，一如起伏跳动的心。水波流动，微澜兴起，潺潺远去。极目远方，但见天空明朗，江水浩茫，流向水天相接之处，触动词人的遥远思念。一切景物都很静寂，一切光色都很明媚，看到这般景致，一般人都会感觉到温馨美好，安详宁静，有一种远行回家，心境平和的味道。但是，词人好像不是这样，寂静之下有孤单，平和之中含冷清。何以如此？揣摩一下风景所烘染出来的氛围吧。写夕阳，落一“照”字，静寂无声，清冷似水。写树木，点明“叶下”，暗示秋柳萧萧，叶叶憔悴，加之秋风瑟瑟，柳枝飞舞，更见凄凉。写江水，波随风起，静流无声，隐隐透露出词人心中的孤寂不宁。写远方，江流沉沉，千里远去，给人秋水长天阔远无极之感，更感觉到天地之间、夕阳之下，自己的孤单渺小。这个时候，很容易想家，想亲人，想与自己一生有缘的心上人。柳永词作《雨霖铃》不是有这样经典的描述吗？“念去去，千里烟波，暮霭沉沉楚天阔”，一方设想另一方，水路远去，千里烟波，万里暮霭，江天辽阔，无边无际，一叶孤舟飘荡其间，何等孤独，何等落寞。哪里才是终点，何时才能结束这种漂泊呢，此情此境，想来令人揪心。词人周邦彦不是送别离人，也不是离开朋友，而是移舟靠岸，目极天涯，沉沉江水流向远方，沉沉夜色慢慢袭来，沉沉心事也随之涌现。另外，这个“沉沉”（即“沈沈”），也很容易给人一种沉重压抑，心情不快的感觉，也许让人联想到崔颢的乡愁，“日暮乡关何处是，烟波江上使人愁”；也许让人联想到李清照的心事，“只恐双溪舴艋舟。载不动、许多愁”。总之，心神不爽，情意郁结。

词人上桥，迎风而立，倚栏而望，秋风飞舞衣襟，寒意侵袭肌肤，身心感到寒凉。就连眼睛似乎也难以睁开。词人特别点出一个“射”字，奇险生僻，极言寒风刺目，惊心寒神。换做“刺”字，寒风刺骨，平易通俗，少了韵味。“射”字似乎让人联想到秋风如箭，砭肌扎肤；或是寒风袭人，如刀割面。一个“酸”字描写秋风，其来有源。唐代诗人李贺《金铜仙人辞汉歌》：“魏官牵车指千里，东关酸风射眸子。”“酸”是一种味觉感受，“风”是一种触觉形象，诗家借用味觉形象来描述触觉形象，两种感觉交错贯通，表现复合多义的情味，修辞学上叫作通感。“酸风”这种超常搭配，既描述了秋风凛冽，清冷逼人的特点，又暗含心酸苦涩，凄楚难过的意味。一个句子，两用险字，奇崛突兀，触目惊心。不难想见词人站立桥上，无心赏景，有心远方。读到这个场景，很容易联想起现代著名诗人卞之琳的《断章》：“你站在桥上看风景，看风景的人在楼上看你。明月装饰了你的窗子，你装饰了别人的梦。”抒情主人公都是站在桥上，一个是津津有味看风景，也被别人如痴如醉欣赏；一个是心事重重对秋风，感觉风冷心凉，意绪低落。一个有梦有明月，有热烈的憧憬；一个是恍惚迷离，怅然若失。词人在看什么呢？如此冷清，如此落寞，到底是什么事情触动了他的情怀？不知道，暮霭沉沉一派迷茫。

久久站立桥头，似乎忘记了秋风寒凉，似乎忘记了夜色加浓，看灯火人间，看街市繁华，看曾经的风景。似乎超脱了现实，神思遥远，沉湎过去，为一段或悲或喜的往事，为一位有缘无分的情人，或是为一处长亭古道的离别。我们看得见词人的意态神情，却读不懂词人的心灵隐痛。或者说词人不急于诉说自己的心事，只是用风景点染，用神态暗示，烘托一种气氛，让人流连其中，心有所感，却又百思不解，兴味盎然。这是词作的技巧，也是词情的使然。

街市的夜景有什么好看的呢？用得着如此久久站立吗？只能理解，

这番风景触动了词人的心怀，令词人想起了一段往事。也许像冯延巳词作《鹊踏枝》所写：“独立小桥风满袖，平林新月人归后。”也许像辛弃疾《青玉案·元夕》所云：“众里寻他千百度，蓦然回首，那人却在灯火阑珊处。”也许像欧阳修《生查子》所云：“月上柳梢头，人约黄昏后。”总之，心有牵念，心在远方。远方有谁？远方与自己有何关系？留待词作下片去解答。

词作下片转入对人物内心情意的抒写。镜头转换，时空转移，由上片的烟波江上，夕阳黄昏转入古屋寒窗，衾枕卧榻，多少不安，多少煎熬，尽在其中。夜深人静的时候，一间简陋寒碜的老屋子，隔断不了呼呼风声，隔断不了飕飕寒意，词人躺在床上，辗转反侧，坐卧不宁。听得见屋子外面院落当中，井栏旁边，一株高大的梧桐树在瑟瑟秋风中落叶纷纷。一片，两片，三片，断断续续，飘零而下，窸窣有声。秋夜足够凄冷，秋叶足够衰败。一同枯萎、凋零的还有词人多愁善感的心。注意一个意象“梧桐”，一写落叶萧萧，枯黄惨淡，既见深秋肃杀，又现心境清冷；二写落叶几片，屈指可数，凸显词人百无聊赖，心绪纷乱。当然，“梧桐”一词又关涉相思苦恋，关涉追思怀远，词人点明“梧桐”，很可能是暗示自己生命历程中的一段情缘，一段爱恋。曾记得，李清照词作写过梧桐，“梧桐更兼细雨，到黄昏，点点滴滴”，梧桐枯黄，落叶纷纷，秋雨点点，无穷无尽，景物描写烘托出词人的孤独寂寞，度日如年。温庭筠词作《更漏子》亦写梧桐，“梧桐树，三更雨，不道离情更苦”，梧桐秋雨，烘染离情凄凉。显然，周邦彦词作点明“梧桐”，应该与相思愁怨相关联。

深更半夜，词人心乱如麻，无法入眠，只好静听风声，计数桐叶，借以打发无聊的时光。寒风吹打窗户，呜呜作响。落叶离开枝头，哗哗有声。阵阵寒意袭来，让人瑟瑟发抖。词人蜷缩身子，裹紧衾被，期盼暖和暖和身心，希望尽快进入梦乡，也许这样，才可以忘却寒冷，忘却那段凄美的记忆，可是，不曾想到，越是想安然入睡，越是心绪烦乱，越是想尽快忘却些什么，越是刻骨铭心。几次起身，又几次睡下，不恋衾被暖热，不贪睡卧安逸，不想赖床不动，心有牵念，辗转不眠。一个“再三”，强调词人起而又卧，卧而又起，反复无数，度夜如年。一个“单衾”，不仅言说被单微薄，寒凉逼人，还暗示词人漂泊异地，茕茕孑立，形影相吊。

如此坐卧不安，如此心神不定，词人到底遭遇何事，到底思念何人，读到词作最后一句，前面所有的悬念和疑窦全部解开。原来词人刚刚收到远方心上人的一封书信。书信上面说些什么，词人又是怎样展纸细读，读的时候脸上又流露怎样的表情，读到欢欣处是怎样兴高采烈，读到悲酸处是怎样欲哭无泪，凡此种种，一概不写，词人只是层层叠加，多方烘染，营造一种凄清冷寂的气氛，深深感染读者，以至引发共鸣，但是，读者却不知道词人的生活发生了怎样的故事。也许这就是词作耐人寻味，引人深思的魅力所在吧。不过，细心的读者还是不难从一些关键字眼读懂词人的心意。词中一个“萧娘”，是唐人诗句惯用的词语，指心中爱恋的女子。杨巨源有诗“风流才子多春思，断肠萧娘一纸书”。据此推断，词人周邦彦当是为心中所恋或故园妻室而失眠，而不安。不知道发生了什么，只知道词人所见所闻，所思所感，无不凄凉，无不惆怅，为一个人，为一场梦。

淮南皓月冷千山

——姜夔《踏莎行》散读

古人在江湖，身不由己，免不了辗转奔波，颠沛流离，免不了孤独寂寞，长夜难眠，这个时候，不管白天还是夜晚，如果能够安顿下来，休整一番，小憩一下，做一个梦，梦回家园与亲人团聚，梦回闺房与情人相依，梦回酒筵与朋友畅饮，自然缓解疲惫与困顿，抚慰孤独与落寞。游子心中怀揣梦想，时时刻刻牵挂远方，一路漂泊，一路思念，即便好梦三月半载不能成真，哪怕能够流连梦幻，重温温馨，这也比自己风尘仆仆，马不停蹄要好上千万倍。宋代词人姜夔有一年大年初一，奔波在外，漂泊江上，因为思念情人，因为难忍相思，做了一个美梦，梦暖心头，梦也冷心怀。梦醒之后，感叹唏嘘，吟咏成词，写下这首《踏莎行》。词前有一小序，“自沔东来，丁未元日至金陵，江上感梦而作”，温温婉婉，冷冷清清，一词一字，纠结心怀。

燕燕轻盈，莺莺娇软。分明又向华胥见。夜长争得薄情知？春初早被相思染。

别后书辞，别时针线。离魂暗逐郎行远。淮南皓月冷千山，冥冥归去无人管。

梦很美好，梦很缠绵，梦后回忆，万万千千，时空跳跃，内容纷繁，但是，姜夔只写给自己留下深刻印象，也是最能触动心魂的一幕。不知道女子姓甚名谁，不知道女子何方人士，不知道女子何来何去，词人只记得，梦幻中的她，身材修长，腰肢款摆，步态轻盈如翻飞春燕，娇声细语如呢喃黄莺，眼眸一转，千娇百媚，最是摇荡心旌，最是勾人魂魄。我设想，词人应是满面春风，快步迎上去，紧紧握住对方的纤纤玉手，四目相对，默默无语。离别了多少时日，分隔了多少山水，经历了多少煎熬，才换来这一夜的梦中相会，太不容易，太出乎意料了。两个人惊喜，紧张，激动，泪光闪闪。携手相依，互诉衷肠，聆听彼此的心跳，感受别后的相思，也享受美好的欢聚。不知是在哪里，不知遇到怎样的风景，也许都不重要，重要的是，在彼此心中，你最美，你最好，你是我的牵挂，你是我一生的希望啊。

词人感觉这次幽会很幸福，很陶醉，以致产生幻觉，仿佛来到了当年黄帝梦游所至的华胥国，美轮美奂，和谐安宁。注意这个典故“华胥国”，据《列子》记载，黄帝即位十五年后，白天睡觉做了一个梦，梦游华胥国。华胥国里没有君主，一切都是自然状态，老百姓都没有嗜欲，不以生为乐，不以死为恶，人与人的关系非常和谐，因而也就没有什么爱憎，无利无害，因而也没有争斗，没有需要处理的人际关系。那个国家的人都没有恐惧，甚至入水不溺，入火不热。这样的一个国家简直比天堂还美好。后人就用“华胥国”来指美得不能再美的梦境。姜夔竟然以“华胥”来比喻自己与情人幽会的所在，可见有多么激动，多么欢欣。

喜欢词人的用语，不直说女子的名字，就用泛称“莺莺”“燕燕”指代，重叠用词，多了一些亲切，一些爱怜，一些甜蜜，不难感知情侣之间的卿卿我我，缠缠绵绵。另外，这两个泛称，也很容易引发人们的联想。北宋时苏轼听说词家张先老年买妾，作诗调侃道：“诗人老去莺莺在，公子归来燕燕忙。”中国文学史上，又有以“莺莺燕燕”代称娇美女子的传统，词人以泛称代特称，将自己心中的女子推到美的极致，美的巅峰。一个称呼，一声深情，一声快乐啊。

梦中还有什么，除了娇美的面容、柔媚的眼眸、樱桃小口、粉嫩脸庞，除了苗条的身材、轻盈的步态、纤纤玉指、婀娜风情，还有两颗跳动的心，为对方，为爱情。词人记得一场对话，一片表白。女子含情脉脉，语带娇羞地说道，在这迢迢春夜之中，薄情的你啊，又哪里知道我相思的深重？言下大有“换我心，为你心，始知相忆深”的意味。词人呢，感觉自己早已被春夜的相思，春天的生意，感动得一塌糊涂。也许说了一些什么，也许什么都说不出来。这个时候，相知相恋的两个人，说话也许是多余的，一切的情感都流露在眉宇之间，投足之上。词人不说，女子也不必说。一片沉默，一片感动。但是，女子就是女子，有脾气，耍娇羞，急性子，快言语，一个称呼“薄情郎”就道尽了爱恨欢喜。相比而言，作为男子的词人就要克制一点，内敛一些，不言不语，任凭幸福泛滥，任凭心旌摇荡。想到了春天，收获了爱情。

喜欢词人的形象表达，“初春早被相思染”，春回大地，绿草萋萋，生机勃勃，大江南北，无处不相思，无时不相思。王维送别朋友，“唯有相思似春色，江南江北送君归”，以春草相思送别朋友远去。白居易送别朋友，“又送王孙去，萋萋满别情”，同样以春草萋萋寄寓别情。

王昌龄思念心上人，“明年春草绿，王孙归不归”，以春草寄寓一腔牵挂与思念。同样，词人姜夔写春草遍地，蓬蓬勃勃，染绿了大地，染透了相思。词人被对方的情意打动，词人心中也早就泛起相思狂澜，词人也被自己的深情打动，这个时候，不说一句话，就是最深情的表白。

梦中相会总是情深深，意蒙蒙，甜甜蜜蜜，缠缠绵绵，无限美妙，无比幸福。可是梦醒之后，依然是身在江湖，惆怅不已。为如烟消逝的梦幻，为遥遥无期的相聚，也为风雨飘摇的现实。翻检远方情人的来信，一封又一封，厚厚一摞，字字是情，句句温暖，历历如画，如在目前。那些日子，那些欢乐，那些风花雪月，那些桃红柳绿，想一想就令人心动。看看身上的衣服，避风防寒，保暖护身，是情人一针一线，密密缝制的，倾注了多少心血，缝进了多少思念。谁能数得清一件衣衫有多少根丝线，谁能道得出针针线线凝结多少柔情。越是远离家乡，久别情人，越是相思入骨，揪心断肠。看到衣衫，想起离别，针针线线，丝丝缕缕，万千叮咛，万千不舍。要缝制得密密麻麻，严严实实，寓意游子远行，一路平安，一帆风顺。也寄寓自己心心念念，无止无休。

我相信，姜夔落笔至此，一定心潮翻滚，激动不已。我读词句，突然想起苦命诗人孟郊的肝胆之作《游子吟》：“慈母手中线，游子身上衣。临行密密缝，意恐迟迟归。谁言寸草心，报得三春晖。”说的是白发慈母牵挂远方游子，飘零游子感念慈母深情，但是，换作姜夔词作情人之间类比，也未为不可。爱到深处，深入血肉，深入骨髓，深入灵魂，爱你一人，爱你一生，风雨不变，千年万年啊。这是一种怎样的感情，这是一种怎样的执着。一针一线，词人记得清清楚楚。一字一句，词人读得热泪盈眶。

感动之时，泪雨之际，又情不自禁想起了那个美梦。亲爱的人啊，衣带渐宽终不悔，为我消得人憔悴。相思久远，相思成疾，相思抑郁，甚至梦幻屡屡，魂灵脱开身体，飘飞而去，千里万里，追寻着我，围绕着我。与我相依相伴，不离不弃。我能够感受到自己心花怒放，我能够感受到自己热血沸腾，是亲爱的人为我带来了巨大的幸福。注意词人的表达，不说自己梦回情人身边，而说情人山水迢迢追随自己，对面写来，情意深重，婉曲出之，更为感人。类同晚唐情种李商隐《夜雨寄北》："君问归期未有期，巴山夜雨涨秋池。"不说我盼归期，反言君问归期，君念我心，更见我想对方，我盼团聚。又想起唐代诗人岑参的《春梦》诗："洞房昨夜春风起，遥忆美人湘江水。枕上片时春梦中，行尽江南数千里。"相思透骨，无以复加，以致梦魂飞渡，片刻之间，就是千里万里。这是爱的驱使，这是情的极致。不要以为梦幻如烟，荒唐至极，不要看轻深情姜夔，我总相信，爱到深处，绝对会产生奇迹。心灵感应，生命同构啊。

当然，除了感动得泪眼婆娑，一塌糊涂，除了心灵共鸣，彼此呼应，词人永远难以忘怀，难以释怀一个时刻，一段凄冷。那就是情人魂魄归去的孤寂与落寞，冷清与惆怅。淮南千山万岭，洒满皓月银辉，冷冷清清，凄凄惨惨。情人就这样一路远去，孤孤单单，无人陪伴，无人照顾。我心忡忡，无可奈何；一声长叹，爱莫能助啊。我何尝不想早日结束这种漂泊，我何尝不想早日团聚情人身边，可是，人在江湖，身不由己，只能听凭命运摆布，只能将一腔忧虑埋藏心间。希望远方的你懂我，等我。

梦已经醒来，姜夔还要赶路，还要做梦，他只能带着梦境奔波生活，忙碌人生。不知道未来怎样，不知道等待他的是一个怎样的港湾或驿站。他一直在漂泊，一直在思念，一直在做梦。直到今天，我们有幸品读词人的心声，并从中发现我们的爱恋，我们的人生。

老了刘郎远玉箫

——李彭老《祝英台近》散读

读那些伤怀恋旧，别情依依的宋词，你会产生一种感觉，每一个人心中都有一段美好的爱情，都经历过一场刻骨铭心的爱恋，不管你事实上是否曾经像词人所叙那样热热烈烈地爱过一场，或是轻描淡写地风雅浪漫一回，你得承认，词人的文字和文字背后美好的情思激活了你沉睡已久的记忆，唤起了你对世间最真最纯爱情的强烈向往。这种向往一旦复活，便会成为你精神生活、情感记忆的美好体验。这份情感不随时光的流逝而淡薄，不随空间的变异而消逝。你会时时想起，细细品味，感悟美好的人生，珍视宝贵的体验。读宋代词人李彭老的词作《祝英台近》，我就感觉到自己似乎与词人一道，老迈苍苍的时候，回忆青春风雅的浪漫。甚至分不清楚，似乎也不愿意区分清楚，词作所写恋情是词人的体验还是自己的经历，反倒乐意将词人的经历与体验自己的经历与体验，一起悲欢，一起喜忧，重温一回人生情意的温馨缠绵，重温一场含愁带怨的爱恋。

杏花初，梅花过，时节又春半。帘影飞梭，轻阴小庭院。旧时月底秋千，吟香醉玉，曾细听、歌珠一串。

忽重见。描金小字题情，生绡合欢扇。老了刘郎，天远玉箫伴。几番莺外斜阳，阑干倚遍，恨杨柳、遮愁不断。

恋爱中的日子总是格外美丽。不管是雨雪纷纷、北风呼啸的隆冬，还是春暖花开、惠风和畅的春天。只要相爱的双方彼此点燃了青春的烈焰，冬天就变得温暖，夏天就变得清凉，春天就充满诗意，秋天就不再悲伤。词人记得许多年前那个春天，说早不早，梅花已经开过，不见玉洁冰清，不睹高洁芳华；说晚不晚，杏花刚刚开放，一片粉红，一片生机，似乎可以想见粒粒青杏悬挂枝头，叶叶青翠荫凉院落。时光流逝，风物变化，一切如旧，一成不变，年年如此，那年也是一样。只是许多时光，词人和你我一样都不会刻意注意，不会敏锐觉察，那一年春天，词人感觉有点不一样，似乎心中想起了一些什么，感到失落、郁闷、不快。特别留意时光的流逝，特别想起一段情缘。注意词中一个“又”字，貌似平凡，实则含情，明说时光流逝，新春过半，年复一年，春复一春，暗示心中慨叹，有些东西也随春光而去，想挽留也来不及，有些美好记忆浮现，想重温而心情起伏激荡。谁对季节如此敏感，谁对物候如此留意，当然是心事满怀的词人，当然是多愁善感的你我。“又”字下面似乎还有一点孤独与寂寞，一点伤感与甜美。春天从来就是一个花开如画，水绿如天的时节，也是一个绿草遍地，杨柳泛青的季节，这些自然景物很容易触动多情男女的相思爱恋，很容易激发青春萌动的芳心。王昌龄早就写过：“闺中少妇不知愁，春日凝妆上翠楼。忽见陌头杨柳色，悔教夫婿觅封侯。”（《闺怨》）闺中少妇本来无忧无虑，快乐开心地过日子，但是春天来了，偶然看见道路尽头的青青杨柳枝叶茂盛，生机勃勃，自己的春心也一并萌动，她早已是名花有主，身有所属，可是夫君去哪了，从征服役，杀敌边关，建功立业，扬名立万，真是后悔，后悔自己当初鼓励夫君远行。小两口相亲相爱，居家度日，不离不弃，远远强过万千功名啊。一绺杨柳春色撩拨少妇悸动的心。同样，李彭老开笔叹咏春花开谢，自然心中春意萌动，心事也一同汹涌。换句话说，浓浓的春意撩拨起浓浓的春思。词人想得很远，想得很多，想得很细。点点滴滴，丝丝缕缕，历历在目，栩栩如生。

庭院很寂静，静到只能听见自己的心跳。只能听见自己的呼吸。就连窗外的日影，飞快掠过，摩擦窗棂，似乎也有轻微的嗞嗞声响。一帘帷幕，轻轻垂挂，似乎也有丝毫动静。小院笼罩一片阴凉，树枝挂满绿叶，日光照射下来，透过层层绿叶，落下斑斑驳驳的暗影，地面好比铺上一层碎银，明暗相宜，动静有声。整个院子幽静冷清到了极点。置身其中的词人，徘徊留恋，神思恍惚，情意汹涌心间。就像一股暗流汹涌于河水之下，而表面上确是出奇的平静。我看见，词人在观察每一缕阳光投下的阴影，我看见词人在注视每一道光影经过窗棂的姿态，我看见词人在聆听庭院的一丝一毫的轻微动静。词人表现得很宁静，很平和，但是内心却是激荡有声，起伏难宁。我在琢磨，词人在想些什么呢？他有雅兴欣赏一院的妩媚光影吗？他有兴趣吟诗风雅一番吗？想起了大唐诗人王维的《鸟鸣涧》：“人闲桂花落，夜静春山空。月出惊山鸟，时鸣春涧中。”那个古老的春山静夜之中，王维多么清静，多么悠闲，又是多么风雅。他听见了桂花飘落的声音，他听见了月亮升起的声音，他听见了春泉流淌的声音，他听见了宿鸟惊飞的声音，最重要的是他听见了自己内心需要什么的声音。和王维不一样，词人李彭老却是心潮起伏，情意绵绵。他既孤独、寂寞，又甜蜜、兴奋，想起了过去一段美好的时光，想起自己相伴伊人，卿卿我我的时刻，陶醉不醒，无比幸福。一院的幽深宁静，一窗的日光帘影，一春的轻阴微凉，都没有声响，都不忍心打扰沉思入梦的词人，梦里有太多值得细细品味的情景，梦里有太多牵动词人心魂的情意。

词人看见了什么？在那个月朗星稀的夜晚，在那个幽深静谧的庭院，一架秋千静静悬挂空中，支撑秋千的木柱、缆绳缠绕着一些知名或不知名的花草青藤，你看不出是绳索，分明是翠绿的藤蔓缠上了绳索，鲜艳的花朵点缀了木架。皎洁的月光，静静地将银辉洒在庭院，洒在秋千架上，隐隐可闻淡淡芳香随风吹来。可以想见，相恋的两个人，夜深人静的时候，皓月当空的时刻，坐在秋千上，荡来荡去，晃晃悠悠，好不惬意。欢声笑语，像一串串快乐的音符，飞向夜空，久久回荡在院落里。也许玩累了，女子香汗微微，气喘吁吁，想到该歇息一会。男子稳控住晃荡的秋千，女子轻快地跳下。玉手纤纤，梳理如云秀发，整理凌乱衣襟；轻轻碎步，踏碎一地月光，勾勒娇美身影。女子随意坐在院落石凳上，端起早已准备好的香茗，慢慢品味，笑意盈盈。男子也坐在一旁，相依相伴，含情脉脉。不需话语，不需歌赞，坐在男子身边的就是这样一个体貌芳洁，面容娇美的姑娘。面色红润，声气起伏，目光如水，炯炯有神，颈项如凝，洁白似雪。词人沉醉，心旌摇荡，意乱情迷，竟然恍恍惚惚，不知云里雾里。词人回忆这一幕令人眩晕的美丽图景的时候，没有忘记用一个“吟”字，一个“醉”字。吟者，声情激动，不由自主，想说几句赞美的话、陶醉的话，一时却又说不出来，吟哦有声，情意朦胧。醉者，沉醉不醒，不能自拔，烘托女子美貌多情，娇羞动人。不管是谁，遇上词人一般的境况，肯定也会痴迷恍惚，心驰神往。

词人还特别记得，女子的歌声，一串串，一曲曲，如珠似玉，清脆圆润；如雏燕呢喃，软语轻声，娇嫩可爱；如黄莺歌唱，流畅明快，婉转动人。什么都没有写，什么都没看见，只拈出一串歌声，以一当十，以少胜多，凸显女子神韵十足，美丽动人。“歌珠一串”，其来有典，白居易诗歌《寄于驸马》云："何郎小妓歌喉好，严老呼为一串珠。"后人遂用珠玉来形容女子貌美如玉，歌声似珠。词人显然不忘如此美丽，如此动人的歌声，所以，要细细听，专注听，忘情听，以致多少年过去了，还不会忘记，歌声还时时回荡在词人耳畔心间。

如今，天涯已远，伊人不见，多少时光苍老了青春，多少风雨淋湿了心灵，词人不忍心看到眼前的团扇，不忍心听闻过去的歌声，不忍心说起从前的爱恋。因为言语之间，忆念之时，悲喜交织，感慨丛生。有吟香醉玉，轻言细语的温馨与欢悦，也有好景不再，伊人远去的惆怅与揪心；有相亲相爱，甜甜蜜蜜的幸福时光，也有隔山隔水，遥不可及的凄清落寞。特别是看到眼前一把生绡织成的团扇，更是深深刺痛了离人的心。一针一线，一丝一缕，刺绣图案，描绘花样，织进了女子多少深情蜜意，融汇了女子多少美好祝愿。团扇上面，又有泥金小字，诗歌一首，书写女子的爱恋合欢，抒写生活的顺心如愿。字字含情，句句见意。

一把团扇啊，团团圆圆，花好月圆，象征爱情的美满如意，象征日子的幸福快乐。古乐府《怨歌行》云："新裂齐纨素，鲜洁如霜雪，裁为合欢扇，团团似明月。"诗词之中，常以团扇表现男女合欢之意。词人随身携带，一路远行，大约是女子当初赠送给他的定情信物吧。自然又不难想见两人花前月下，海誓山盟的情景。当然，"合欢扇"也让人滋生相反的联想。古乐府《怨歌行》又云："常恐秋节至，凉风夺炎热。弃捐箧笥中，恩情中道绝。"世易时移，人心冷淡，如同团扇，临夏承欢，逢秋见弃，可谓此一时彼一时，变化无常。团扇的无常隐喻爱情的变化，这又不能不令女子警惕和担忧。封建社会，女子的命运大多与一把团扇一般，变化莫测，起伏无常啊。当然，词人这里描写"合欢扇"主要是反衬现实分离的痛苦与无奈。

团扇还在，伊人远离，不由想起人生悲凉的一些经历。李商隐诗歌

《无题》：“刘郎已恨蓬山远，更隔蓬山一万重。”离人漂泊天涯，远隔万重山水，无由相见情人。词人借“刘郎”自喻，慨叹时光荏苒，白了须发，老了青春。玉箫，唐人小说中一个婢女的名字，据《云溪友议》记载，韦皋与姜辅家的婢女玉箫有情，韦归，一别七年，玉箫遂绝食而死。后再世，为韦侍妾。词中大约以“玉箫”代指远别的相好女子，很可能是一位青楼女子，吹得一手漂亮的玉箫。刘郎也罢，玉箫也罢，相聚无缘，离别久远，各自面对山水阻隔，青春老去，无可奈何，一筹莫展。我读此处，倒是设想词人与歌女从前的景况。一个是风度翩翩，仪表堂堂的风流公子，一个是穿红着绿，千娇百媚的漂亮歌女。歌女玉手纤纤，轻扶玉箫，深情吹奏。一曲妙音，缓缓飘出，如春日游丝飘荡，如夏日黄莺歌唱，听得词人如痴如醉，不辨东西。场面再盛大一点，我又想到唐代诗人杜牧的描写：“青山隐隐水迢迢，秋尽江南草未凋。二十四桥明月夜，玉人何处教吹箫。”（《寄扬州韩绰判官》）皓月当空，银辉四射。绿水悠悠，碧波荡漾。许多如花似玉的女子站在桥上吹奏洞箫，许多痴迷观众忘情倾听。歌声将观众带入到一个遥远的世界。对于李彭老而言，我这些联想太过刺激了他，他不会有这样浪漫，这样风流的联想，天涯玉箫带给他的只是揪心断肠，黯然销魂。

回到现实，回到黄昏。不知多少回了，都是这样，词人倚着栏杆，远眺落日，听杨柳丛中黄莺的歌唱，想珠玉一般女子歌声；等时光流逝，伊人重现，想无边心事，愁绪翻涌。恨天恨地，恨山恨水，山水天地阻隔相思，阻隔相见。恨杨柳疏疏，恨枝叶空荡，青青杨柳遮不断无边无尽的春愁，丝丝柳枝缠不住时光的脚步。也许，将来的某一天，在遥远的天边，在杨柳夕阳之外的一角，有一场相会，两个饱经沧桑的恋人，两颗憔悴不堪的心灵，相会在夕阳之外，相会在白发暮年。我们祝福吧，祝福天下有情人终成眷属，哪怕来得晚一点也好。

【第二辑】

锦瑟年华谁与度

此恨不关风与月

——欧阳修《玉楼春》散读

一直惊奇，男性词人，吟诗作歌，何以心细如发，纤毫毕现，何以柔情似水，绵绵不绝，何以相思透骨，冷彻心扉。每次品读那些爱恨离愁，飘游浪荡之作，总是莫名感动，浮想联翩。词人像是你我腹内心中慢慢蠕动的小虫，熟谙肝肠肺腑，熟悉肌理血脉，又像一架高倍放大镜，晾晒你我情思意蕴，放大人生世相百态。总是困惑，世间竟然有人体物察情，至纤至微，至真至诚，似乎比他人还熟悉他人，比你我还熟悉你我，比自己还熟悉自己。他们用情至深，用心至细，情动于衷，诉诸诗词，才有多姿多彩，见情见性的精彩演绎。欧阳修词作《玉楼春》写离愁别恨，抒人生忧患，动心动魄，动情动人。

尊前拟把归期说，欲语春容先惨咽。人生自是有情痴，此恨不关风与月。

离歌且莫翻新阕，一曲能教肠寸结。直须看尽洛城花，始共春风容易别。

一个春暖花开，春风浩荡的日子里，一对相知相恋，有情有义的男女即将离别。男子将要远行，奔赴他乡，不知道此去多远、离别多久，不知道何日归来、归程何在。女子设下饯别酒宴，为男子送行，祝福他一路顺风，人生快意，祈福他平安康顺，无病无恙，同时也提醒他，记得绿罗裙，处处怜芳草。人生一世，有缘有分，相爱相知，殊为不易，女子万分珍惜。离别的宴席上摆满了菜肴美酒，女子举杯，频频劝慰男子，希望通过这杯酒，延缓一下离别的步履；也希望喝下这杯酒，倾诉万千柔情，万千不舍。

男子呢，无心美酒佳肴，无心谈笑风生，克制万箭穿心，强忍泪水汪汪，三番五次，五次三番，想要告诉女子，今番离别，再会有期，或是今天分别，相聚无日，却又说不出来。实在不忍心看到痴情的女子惊闻归期的错愕和慌乱，实在不想给痛苦的心灵再添加伤痛。面对大好春光，面对桃红柳绿，面色无光，目光凝滞，心绪混乱，心中一团乱麻，剪不断，理还乱，是离愁，别有一番滋味在心头。嘴巴刚刚张开，话语尚未出口，早已哽咽有声，呜呜而泣。

像个男子汉吗？啼啼哭哭，儿女情长，哪能走四方，闯江湖？哪能树雄心，立壮志？哪能四海为家，大有作为？可是，别忘了，男儿有泪不轻弹，只是未到伤心处；别忘了，无情未必真豪杰，洒泪如何不丈夫。男子哽咽，相对无语，泪眼婆娑，一颗心为女子而伤悲，一番泪水为离别而洒下，有情有性，有血有肉，也是一个心间充满柔情蜜意的痴人。想起了柳永《雨霖铃》（寒蝉凄切）的离别："都门帐饮无绪，留恋处、兰舟催发。执手相看泪眼，竟无语凝噎。念去去、千里烟波，暮霭沉沉楚天阔。"也是万种风情，也是肝肠寸断。离别对于痴情男女来讲，无异于从自己身上割下一块肉，钻心疼痛；无异于从自己身上抽掉一根肋骨，瘫软在地。古人有情，情深义重，情意无限，懂得为对方坚守，懂得为对方付出。还在今天，紫陌红尘，钱潮滚滚，欲海滔滔，还有几分情义在？还有几个人为情而生，为情而死？

人生有情，为朋友两肋插刀，万死不辞；人生有情，为红颜目断神枯，形销骨立；人生有情，为双亲养老送终，恪尽孝道；人生有情，为儿女冷暖病痛，忧心如焚；人生有情，为家国安宁康泰，血战沙场。太多的情义，太重的恩德，太广的胸怀，一时半会还说不尽，道不明。特别是男女之间，爱恋相依，灵魂相悦，纵然天遥地远，风雨阻隔，也是心有灵犀，魂飞魄应。若是朝夕相伴，形影不离，更是如漆似胶，水乳难分。今天要分离，哪怕短暂分别，也不能容忍，无法承受。看什么都不顺眼，看什么都没有好心情，似乎天地万象都和自己作对。春风知别苦，不遣柳条青，为何还是杨柳青青，婀娜多姿？流水知别苦，不作呜咽声，为何还要稀里哗啦，响声乱耳？“感时花溅泪，恨别鸟惊心”（杜甫《春望》），为何花朵今天不掉眼泪，为何飞鸟今天依旧快乐？为情所困的人啊，失去了理智，心血来潮，感情用事，心有不快，迁怒于物，见屋恨屋，见山恨山，见水恨水，其实，你的怨怒离恨，爱恋欢喜，与风月何干？与春秋何干？此恨不关风与月，此情不关花与鸟。明知无关，偏偏牵扯，偏偏附会，偏偏诬陷，这就是情痴，这就是情种。

回到酒宴，回到现场。酒过几巡，脸热心跳，离愁翻涌心间，激情奔泻胸怀。说不出话语，道不尽离情。那就怀抱琵琶，轻拢慢捻，弹奏几曲吧。也许琵琶声响，能够包孕万千情意，能够传达无限情思。像白居易的《琵琶行》一样，“弦弦掩抑声声思，似诉平生不得志。低眉信手续续弹，说尽心中无限事”。可是，弹奏离歌，演唱别情，还是那个曲调，还是那样愁情郁结，谁能承受？谁不伤怀？《折杨柳曲》吗？幽怨凄婉，低沉哀伤，绵绵苦情难诉，道道心绪难理。睹物伤情，临别断肠，翻奏新词一阕吧，也许音调和缓一些，声情轻淡一点，弹者轻松，听者和悦。这样想，手指一拨，琴声飞出，一曲新调，和婉清幽，声情凄怨。男子一听，顿觉不对，还是伤愁，还是痛楚。新曲也罢，旧调也罢，都会痛切肺腑，痛断肝肠。请求女子别再弹奏，别再吟唱，兴许自己情不自已，难以承受。不知道女子作何感触，是否也有男子的感受？是否继续演奏？猜想两颗心，知根知底，相恋相悦，必会感同身受，灵犀相通。

人生苦短，聚少离多。既然离别不可避免，既然相会遥遥无期，总不能身陷痛苦深渊，沉沦不起，饱受煎熬吧。与其这样度日如年，忧心忡忡，倒不如振作起来，珍惜时光，珍视离别，趁现在还有一些相聚的日子，两个人骑马赏花，游遍洛城，共沐春风，共赏春光吧。我要带走你的忧伤和欢乐，你要留下我的失意和幸福，我们一起，将美好的春光留在心间，将我们美好的日子留在心间。无论分离多久，无论走遍天涯海角，我们都会将彼此深深忆念。

词人豪宕，吟咏凄婉沉痛之余，又起高亢激越之声，悲喜交织，忧乐相生，构成了人生，构成了离别。词人心软，被离情感染，被真心打动，被生活裹挟，走不出离愁，走不出春天。但是，我们相信，体味人生百态，体察心底情愫，如此细密，如此幽微，词人应该拥有美好的人生，拥有善感心灵的人就一定拥有美好的人生。

今夜泪满春衫袖

——欧阳修《生查子》散读

好的诗词总是用情怀打动人，用生活吸引人，用浪漫引诱人。我读欧阳修先生的词作《生查子》，就被词作中的“月上柳梢头，人约黄昏后”深深吸引，太喜欢，太神往，太兴奋了。词句描写古时元宵之夜，少男少女相恋约会的情景，神秘浪漫，温馨动人。很喜欢那种味道，那种气氛。月亮悄悄升起来了，挂在柳树枝头，散发出皎洁的光辉。白天相识，心怀好感的男女，黄昏之后，相约出来，找一个僻静的地方，谈情说爱，吐露心曲。没有人来打扰，没有任何拘束，相爱的男女打情骂俏，谈笑风生，耳鬓厮磨，缠缠绵绵。这一夜，幸福属于他们，自由属于他们，风流也属于他们。总在想，现代社会，农村城市，青年男女还是那样约会吗？还有那份古老的情怀吗？还有那份令人心动，令人向往的瑰丽梦想吗？一个元宵之夜，演绎千古爱恋，一场黄昏约会，见证一份真纯情怀，欧阳修的词作《生查子》实在是爱情词作中的经典。

去年元夜时，花市灯如昼。月上柳梢头，人约黄昏后。
今年元夜时，月与灯依旧。不见去年人，泪满春衫袖。

元宵之夜，万家团圆，举国同庆。我们会包饺子，煮元宵，舞龙灯，踩高跷，逛庙会，参加丰富多彩的游艺活动，到处人山人海，络绎不绝，气氛热热闹闹，欢欢畅畅。这些活动，传达人们祈求一年好运，祈求国泰民安，祈求生活美好的心愿。封建社会，元宵节对于青年男女而言，还有一项特别重要的意义，那就是青年男女可以自由交往，谈情说爱，私订终身。因为平时，清规戒律太多，礼教世俗禁锢，女子居家不出门，男子主动交往女子的机会不多。元宵节给青年男女提供了一个社交往来的平台，提供了一次梦想未来的机会，万分珍惜，不容错过。在很多人心中，这个节日甚至比春节还重要。欧阳修这首词作就是描述一个发生在元宵节的爱情故事。

时间是去年的元宵之夜，背景是如海如潮、如江如涌的人流，地点选在灯火通明，流光溢彩的灯市，主人公大概是一对青年男女。先不说他们的见面相识，只是点明色彩，制造光亮，渲染气氛，让人感觉今夜火树银花，热闹繁华。可以想见，一个城市，倾城出动，万人空巷，都到灯市来了，都在享受美好的夜晚、美好的生活。有人参与竞猜灯谜的游戏，惊喜不断，收获多多；有人围观踩高跷，大声喝彩，鼓掌叫好；有人追随龙灯，串街走巷，鱼游人海；有人观赏礼花，昂首天空，大饱眼福。

青年男女也对这些活动感兴趣，也会成群结伴，混入人群，挤挤拥拥，推推搡搡，一块享受狂欢之夜的快乐。但是，他们总想寻找一位令人心动的对象。男子寻找年轻漂亮，风情浪漫的女子；女子寻找年轻力壮，英俊潇洒的男子。游走人群，搜寻目标，一旦发现自己中意的异性，男子就主动上前搭讪，当然也要找个合适的理由。比如，不小心踩着了女子的脚后跟，说声道歉，顺便弯下身去，用手擦拭弄脏的鞋子。比如，趁人海汹涌，主动靠近中意的女子，碰挤一下，亲密接触，试探女子的反应。人流如潮，女子也习惯了，回眸一笑。如是觉得男子帅气，多会大胆示意，秋波流盼，眉目传情呢。这个时候，男子最激动，因为后面的约会大有希望啊。又比如，男子看上了哪位女子，就会紧随其后，紧追不放，也许人声嘈杂，不便说话，但是聪明细心的男子总会瞅准时机，暗示女子有心交往，或是眼神示意，或是口哨提醒，或是无话找话，搭讪几句。女子会心解意，好事也就十有八九靠谱了。

词作中的男女主人公，大约就是这样相遇相识的。男子主动，女子多情，双方互有好感，一番游走灯市之后，便私下约定，今晚黄昏晚饭之后、月上东山之时相聚。很开心，很激动，很幸福。两人都对对方，对未来充满幻想。毕竟，这是万分难得的机会，这是他们自己的终身大事。作者将约会的场面描写得很朦胧，很曼妙，像爱情一样美好，像夜晚一样神秘。其间倾注了词人的欣喜和激动，祝福和向往。

我们可以发挥自己的想象，勾勒一幅符合我们心意的恋爱场景。河边柳树下，月亮高悬天空，银辉洒满河面，波光粼粼，闪闪烁烁。一对男女相依相偎，坐在树下，呢喃私语。月光照在柳枝上，投下浓密的树影，影影绰绰，印在他们的脸上、额上、手上、脚上。朦胧、精美，甜蜜、清幽。这场约会是一首诗，是一幅画，还是一首小夜曲。

或者像古老的《诗经 · 邶风 · 静女》所写的场面：“静女其姝，俟我於城隅。爱而不见，搔首踟蹰。静女其娈，贻我彤管。彤管有炜，说怿女美。自牧归荑，洵美且异。匪女之为美，美人之贻。”翻译成现代汉语：女孩含羞不语多么秀丽，她在城脚边等我相见。心仪的人儿怎不出现，我方寸大乱满心疑猜。女孩含羞不语浅笑嫣然，将朱红苇管交在我手间。苇管遍体朱红光彩熠熠，我爱女孩天然娇妍。从乡郊赠嫩茅表白，愈见红管美丽非凡。苇管或许本无何艳美，佳人手赐怎不教人神迷目眩。

或者像沈从文笔下《边城》所描写的场面，天保和傩送兄弟两人同时喜欢上了美丽清纯的翠翠姑娘，按照当地风俗，二人要在八月十五的夜晚，给翠翠唱一夜的歌，看谁的歌声能够打动翠翠的芳心，翠翠就嫁给谁。

总之，不管是怎样的画面，不管发生了怎样的故事，那个夜晚都充满了传奇浪漫的色彩。人生能有几多传奇呢？相恋的两个人又能拥有几个这样的夜晚呢？不能忘记，不能忘记今夜甜美，今夜梦幻啊。

时间过去了一年，美好的夜晚永不褪色，永远激动人心，但是世事难料，人生莫测。男女的爱情，发生了变化，不知道原因如何，词人似乎也不想去追究原因，男主人公似乎也觉得这个时候糊涂也罢，明白也罢，大都无济于事了。一年之后的今天，又到了元宵夜，明月在天，银辉朗照，天地空明。街市灯火，光芒四射，照亮了夜晚，也照亮了欢乐的人群。街上还是人来人往，络绎不绝，人们依然沉浸在无边的狂喜与幸福之中。可怜的男主人公，也随人流，慢慢走动，可是，精神低落，心不在焉，意绪茫然。泪水潸然而下，沾湿了单薄的衣衫。心中的人，相恋的她，不见了，失散了，而且是永远不能再见，不能相聚。有缘相识，无分结合，怎不令人肝肠寸断？想起了唐代举子崔护的艳遇："去年今日此门中，人面桃花相映红。人面不知何处去，桃花依旧笑春风。"（《题都城南庄》）一个人站在春风中，桃花前，暗自神伤，怅然若失。同样，欧阳修词中，一个男子，站在灯火阑珊处，目光呆滞，面无表情。他在等待，他在祈盼。

千年已过，岁月蒙霜，青春早已凋零，芳华早已谢尽，可怜的男子，你等到了什么呢？你还要等待多久？

水剪双眸点绛唇

——秦观《南乡子》散读

达·芬奇的一幅《蒙娜丽莎》，让万千观众神魂颠倒，心旌摇荡。神秘一笑，轻盈浅淡，温热如酒，散发出迷人的魅力。有人读到母性的慈祥温柔，有人读到人性的自由舒展，有人读到女性的亲和温婉，见仁见智，莫衷一是。这就是艺术的魅力，不给答案，不限思维，激活你的兴趣，唤醒你的生活，激动你的情感，让你慢慢沉浸其中，神思千里，浮想联翩。

宋代词人秦观，有幸欣赏到一幅美人写真照，心无旁骛，目不转睛，久久站立，出神发呆，想入非非，简直产生错觉，似乎画作上面的美人正款摆腰肢，袅袅走来，一头秀发如云如瀑，一双眸子顾盼生辉，一张笑脸妩媚生情，一张小口含情欲语，一双玉手纤纤柔柔，一副步态举世无双。近了，近了，词人的心在狂跳，怦怦，怦怦，几乎抑制不住自己的激动和狂喜，想张开双臂，拥抱美人。可是定睛一看，却发现，美人不动，封尘纸上，蒙上了薄薄的尘灰，暗淡了素艳的色彩，只是岁月风尘退化不了画中女子无与伦比的美艳与风姿。

这就是秦观词作《南乡子》描写的一位美女，一幅写真，一份痴情。词作是这样写的：

妙手写徽真，水剪双眸点绛唇。疑是昔年窥宋玉，东邻；只露墙头一半身。往事已酸辛，谁记当年翠黛颦？尽道有些堪恨处，无情；任是无情也动人！

这是一首题画词，画中人物是美艳名妓崔徽。据唐代诗人元稹《崔徽歌》题下小注云："崔徽，河中府娼也。裴敬中以兴元幕使蒲州，与徽相从累月。敬中使还，崔以不得从为恨，因而成疾。有丘夏善写人形，徽托写真寄敬中曰：'崔徽一旦不及画中人，且为郎死。'发狂卒。"崔徽容颜俏丽，风姿绰约，腰肢婀娜，玉手纤纤，动步生情，顾盼生辉。虽然沦落风尘，却有一腔真情，一片赤诚，爱恋裴敬中，相思成疾，相思发狂，及至终了红颜，散尽芳魂，给后人留下千古叹惋。苏东坡有诗描写崔徽："玉钗半脱云垂耳，亭亭芙蓉在秋水。"（《章质夫寄惠崔徽真》）玉钗半脱，秀发如云，披拂流泻，半遮面颜，含而不露，羞羞答答，自有含蓄蕴藉之美。面如芙蓉，灿烂绽放，身材修长，亭亭玉立，临流照影，自有风雅脱俗之态。很难想象这是一位风月场中的女子，给人感觉气质清雅，性情沉静，情怀深挚，情趣恬淡。

词人秦观面对丘夏精美绝伦的画作，心驰神往，意乱神迷，感慨万千，挥笔题写了这首《南乡子》，表达一份刻骨铭心的爱恋，表达一份失魂落魄的神往，也表达一份沧桑无语的感慨。写眼睛，盈盈一水间，脉脉不得语，眼似秋波，脉脉含情。清纯明澈，生动明媚。恨不得与她眉来眼去，暗送秋波，恨不得与她心领神会，四目交会。写嘴唇，樱桃小口，丹膏一抹，红艳一点，如花绽放，灿烂迷人。嘴唇微启，似张似闭，欲说还休，意态娴雅，莲香诱人。真想凑上画前，一亲芳泽。只是不敢造次，不敢冲动。崔徽美艳，神采奕奕，光艳照人。词人只写眼眸，传神写照，尽显风流。余下的美丽和惊艳，留给读者去猜想，去回味。我会想到弱柳扶风，春花照水，我会想到纤纤作细步，精妙世无双，我会想到口如含朱丹，指如削葱根，我会想到腰若流纨素，耳著明月铛。我会搜肠刮肚，绞尽脑汁，穷尽一切美好的语句词汇来描绘崔徽的美丽。我会在无穷而美妙的想象之中陶醉不醒，意态恍惚。

秦观和我不一样，他想起了宋玉与宋玉东邻的女子。宋玉是春秋时期的美男子，美在何处，美到何种程度，史料不详，我们今天也不得而知，倒是宋玉自己的美文《登徒子好色赋》有一则小故事可以帮助我们猜测、推想。说是宋玉东邻的女子，仰慕他的美貌，偷偷登墙窥视他多年，多年窥视，多年执着，多年思慕，就是不敢越墙相会，私订终身，不知何种原因。此女应该大胆炽烈，热情似火，完全可以为了自己心仪已久的男子付出一切，可是一堵高墙硬生生隔断了她的相思和焦灼。宋玉呢，竟然面对一美貌女子多年的仰慕，无动于衷，毫无觉察，不知是故意躲避，还是真不知晓，总觉得不近人情，薄情寡义，即便不喜欢，也要礼貌回绝，总不能视而不见，充耳不闻吧。亏他还是屈原弟子，连中国传统的礼仪情义都不懂得。总是幻想，要是他们两个人眉来眼去，情投意合，能够越墙相会，私订终身，能够冲破一切阻力，喜结连理，执手相守，白头偕老，那该多好啊。宋玉也不是不知道东邻的女子，美到极致，美得销魂，他在《登徒子好色赋》中如此描写这位美女："天下之佳人莫若楚国，楚国之丽者莫若臣里，臣里之美者莫若臣东家之子。东家之子，增之一分则太长，减之一分则太短；著粉则太白，施朱则太赤；眉如翠羽，肌如白雪，腰如束素，齿如含贝；嫣然一笑，惑阳城，迷下蔡。”真是替宋玉遗憾，貌如天仙，倾城倾国的女子不去追求，无心迎娶，到底心有何求呢？秦观看到崔徽画像，想起了宋玉邻女，亦真亦幻，恍恍惚惚，似乎眼花缭乱，心意摇荡，不知云里雾里。词中一个“疑”字准确地描绘出词人迷幻恍惚，意乱神迷的情态，风趣夸张，细腻微妙。因为东邻女子是登墙窥视，只见半个身子；又因为崔徽画像也只是玉体半露，眉目传情，所以词人马上联系起来，想入非非。

如果说词作上片是侧重对崔徽画像的容颜姿色进行描绘的话，那么词作下片则是对崔徽内心的隐微情感的形象写照。词人只描写一个细节，美女皱眉，翠黛含颦，隐现心怀伤痛。所以者何？不得而知，只能从“往事酸辛”四字加以推想。自古红颜多薄命，轻薄男子多如鲫，女子沦落风尘，歌舞娱人，强欢颜笑，纸醉金迷，表面很是风光，可是，地位低下，身份卑贱，任人欺凌，任人蹂躏，毫无安全，毫无保障，整天生活在刺激与惊恐之中。总会遭遇一些人生坎坷，总会遇到一些轻薄男子。命运多舛，可想而知。就像白居易《琵琶行》中的歌女：“自言本是京城女，家在虾蟆陵下住。十三学得琵琶成，名属教坊第一部。曲罢曾教善才伏，妆成每被秋娘妒。五陵年少争缠头，一曲红绡不知数。钿头银篦击节碎，血色罗裙翻酒污。今年欢笑复明年，秋月春风等闲度。弟走从军阿姨死，暮去朝来颜色故。门前冷落车马稀，老大嫁作商人妇。商人重利轻别离，前月浮梁买茶去。去来江口守空船，绕船月明江水寒。夜深忽梦少年事，梦啼妆泪红阑干。”一段风花雪月，醉生梦死的生活结束之后，随之而来的就是人老珠黄，门庭冷落，晚景凄凉，命运悲苦。崔徽也一样，无限心酸往事浓缩在眉宇之间。观者如云，少有关注，少有发现。

甚至还有人稍稍挑剔，美则美矣，亦有不足，那就是冷艳无情，不动声色，仅仅是画像而已，少了活色生香，少了风情万种。苏子诗云：“不如丹青不解语，世间言语元非真。”虽然是在比较世间言语与丹青无语，说前者有假无真，后者无言无语，后者优于前者，但是还是不难看出，丹青不语毕竟还是一种缺陷，一种遗憾。王实甫《牡丹亭　玩真》一折戏文，写柳梦梅端详杜丽娘自画像，略带遗憾说了一句话：“韵情多，如愁欲语，只少口气儿呵！”画中美人，极妍尽态，美艳绝伦，可是不是真人，不通性情，未免让人感到美中不足。可是词人秦观却认为，纵然无情，也是动人摄魄，也是销魂蚀骨。就像崔徽的画像，一眼一眉，一颦一笑，一红一黑，活灵活现，栩栩如生，如何又是无情？如何又不动人？更何况，有情无情，因人而异，因势而别，情态万千，不可表面而论。

想起了薛宝钗，标准的冷面美人，衣着不像王熙凤大红大紫，浓艳生辉，只觉清淡素雅；服食冷香丸，幽香清冷，给人一种迷离美感。对人不亲不疏，不远不近，拿捏分寸，小心相处。对事深思细想，通融灵泛，甚至有点圆滑世故，深不可测。内心隐藏得很深，总是冷眼看人事，谨慎过日子。表面无情，也是动人。更何况，世人不知，宝钗亦有爱恋深情，深夜不眠，相思如雨。她是深知世情如海，难以揣度，不敢去爱，不敢去恨，刻意将一颗敏感多情的心封尘起来。她深知人生在世，聚散无常，烟云万状，转瞬成空，与其忍受一生一世相思煎熬，不如不爱不恨，不喜不忧。谁能说无情如宝钗，冷艳如宝钗，不动人，不动情呢？情到深处，如秋水一潭，清澈沉静，波澜不惊，也是一种明媚，也是一种静美。

人生为情所困，为情所累，很多时候，深陷情网，不能自拔，有热烈火爆，如火山喷发，也有含蓄内敛，如秋水长空，都是一种美，都是一份情。桃花追逐流水，真还说不清是桃花有意还是流水无情呢。

只愿君心似我心

——李之仪《卜算子》散读

现代社会，人来人往，交际应酬，充满了虚情假意，充满了钩心斗角。朋友之间，利益相交，趋炎附势。恋人之间，名利考量，门当户对。陌生人之间，心怀警惕，疑神疑鬼。不知从何时开始，我们失去了天真，失去了淳朴，失去了信任，失去了人之为人所应具备的善良和悲悯。我们的心灵变得粗糙，我们的感情变得苍白，我们的生命变得坚硬。总是怀念古代，总是神往那些刻骨相思，总是感佩易逝千年的魂灵那份情真意切、感人肺腑的牵挂和祈盼。

读李之仪的词作《卜算子》，感觉就像在大红大紫、富丽繁华的大花园里突然发现一株兰草，静静地生长在花园的一隅，寂寞开花，寂寞凋谢，淡雅，朴素，清幽，宁静，带有泥土的气息，散发出清新的芳香。又像行走在人流如潮的大都市，忽然邂逅一位荆钗布裙，素颜朝天的村姑，清新自然，质朴本真，带着乡野的味道，带着清风的气息。词作没有华丽的辞藻堆砌，没有生动的修辞运用，也没有深奥的典故卖弄，就只用平常语、家常话，直截了当表达一个女子对一个男子焦虑不安的思念与期盼。情意绵长，相思透骨；格调明快，类似民歌。词作是这样写的：

我住长江头，君住长江尾。日日思君不见君，共饮长江水。
此水几时休，此恨何时已。只愿君心似我心，定不负相思意。

天地广阔，人海茫茫，两个人的相遇相知，实在是一种缘分。人生道路，说长也长，说短也短，风雨百年，转瞬即逝。一生之中，你会遇到谁，在哪里遇到，是否会走到一起，能否相知相恋，能否喜结连理，都是一种缘分，都是命由天定，缘在前世。就像林黛玉与贾宝玉，一个是绛珠仙子，一个是神瑛侍者，一个有浇灌之恩，一个有还泪之念，投胎凡尘，才演绎出一对生死难离，痴情不改的爱恋故事。这首词作中的男女主人公，有缘生活在同一条江畔，有缘相遇一次，电光石火，一见钟情，但是，不知由于何种原因，两个人分开了，各自回到自己的家园。此后，再也不能相见，再也没有机会约定明天的幸福。“一种相思，两处闲愁”（李清照《一剪梅》）“问君能有几多愁，恰似一江春水向东流”（李煜《虞美人》）。水流不尽，相思不绝。一条江水，自上而下，流贯山山岭岭，连接男女思恋。词作应该是模拟女子口吻直抒胸臆，非常干脆，非常坦荡，毫无遮掩，毫不羞涩。女子表白，你我有缘，一江流水，首尾相接，我们两个同住江边，拥有相似的生活环境，拥有共通的生活习惯，甚至我们的家乡风气习俗都应差不多，自然我们最容易走到一起，共同创造美好生活。

就像唐代诗人崔颢《长干曲》所写：“君家何处住？ 妾住在横塘。停船暂借问，或恐是同乡。”两个人荡舟江面，风里来，雨里去，一路辛苦，不免孤寂无聊，找个人说说话，或许可以缓解疲惫，消除无聊。女子很主动，贸然搭讪男子，你家住在哪里啊？没等对方回话，觉得自己提问唐突，立马改口说我家住在横塘一带。我停下船只，问问你，只是想知道我们是不是同乡。想想看，真的只是想了解一下眼前这位年轻英俊的帅哥是不是自己的同乡吗？我看未必，是否同乡不重要。无话找话，试探对方，想和对方说说话，这才是最重要的。女子一见男子，心生好感，一时激动，心潮汹涌，才有了如此唐突机灵的主动搭讪。显然他们两个，一条水边长大，出没风波，水乡为家，对于江南风物，对于水乡生活，非常熟悉，甚至有大致相同的经历，这一点，聪明的女子不会看不出来。

和《长干曲》类似，李之仪词作也是写江边发生的故事，也是流水见证思念的故事，不同在于，崔颢诗歌中男女主人公同行江面，有过一次近距离的试探性接触，以后怎样，我们就不得而知了；李词则是写男女一次接触交往之后的刻骨思念，至于以前是怎样的相遇交往，一概略去，给读者留下了想象回味的余地。李词中的女子还深情表白，我可是年年月月，天天盼望，思念你，怀想你，就是不能见到你，实在遗憾，实在可惜。有缘无分，终究走不到一起来。生活中总有这样一些人，你遇到了，一见钟情，可是无缘结合，无缘一块儿生活。早在《诗经》就有这样的咏唱："蒹葭苍苍，白露为霜。所谓伊人，在水一方。溯洄从之，道阻且长。溯游从之，宛在水中央。"可望而不可即，可遇而不可求，留下一片烟水迷离，一片苍苍茫茫。类似现代诗人戴望舒《雨巷》所写，我遇见一位丁香一样的姑娘，她朝向我走来，在这寂寥的雨巷。可是，未等我看清面目，招呼一声，她却从我身边转身离去，留下渐渐模糊的背影，最后消失在雨巷的尽头、篱墙的尽头。我满怀困惑，心绪迷茫。生活中，像这样的怅然若失，像这样的相思如雨，实在太多，多得数不胜数，犹如一川烟雨，满城飞絮，又如一江流水，满天云雾。

百无聊赖之时，女子自我安慰，好在我们共饮一江流水，或许流水传情，浪花飞溅，会捎去我对你的思念。如果你我真是天造地设的一对人，如果你我真是有缘之人，那么不管天遥地远，彼此的心灵应该有所感应，应该会产生共鸣，流水也会传递我为你心动的意念。

词作下片从现实的思念转入对未来的设想和憧憬。女子质问苍天，这条江水何时停止？这番离恨何时停止？只希望，你能明白我的心思，相互之间，忠于爱情，忠于对方，痴情不改。有朝一日，定会重逢团聚，再不分离。我猜想男女之间肯定有过一次刻骨铭心的恋爱，双方对天发誓，海枯石烂，永不变心。可是离开之后，就再也不能见到对方，只好寄希望于天意，寄希望于誓言，没有绝望，没有后悔，一如既往，历经岁月，不变心意。

女子心中强烈呼唤，希望此水停止流淌，希望此恨早日结束。既悲壮又苍凉，既执着又矛盾。江水无休无尽，源源不绝，不可断流，不可枯竭，并不存在休与不休的问题，女子心怀郁结，迁怒于水，故有奇怪荒唐之想，也更见女子心思焦虑，度日如年。能够想象这样一幅画面，女子天天站立江畔，日出而始，日落而终，翘首眺望过往船只，目光搜寻那位当年相恋的男子。结果过尽千帆皆不是，斜晖脉脉水悠悠。或许，日复一日，月复一月，年复一年，这样站下去，她真会化作一尊石像，永恒屹立在岁月的风雨之中，等待惊喜，等待希望。只是不知道，她的等待有无结果。但是，我们感动，等待的过程如此艰难、如此执着，等待的心意如此真挚、如此强烈。试问，浮华喧嚣的今天，还有几个人像这位江边女子一样等待、守护自己的相思呢？

想君思我锦衾寒

——韦庄《浣溪沙》散读

有一句话，用来描述男女相思之情比较妥当。你在我身边的时候，你是一切；你不在我身边的时候，一切是你。相爱的双方，相依相偎，耳鬓厮磨，卿卿我我，缠缠绵绵，感觉一切都明媚如花，一切都欢乐似歌。一旦分离，天各一方，相思入骨，忧心如焚，这个时候，一方的所作所为，所见所闻，所感所触，全是对方的影子，全有对方的气息。读那些写满相思离恨，忧愁苦怨的诗词，心里总是隐隐作痛，感叹人间只有真情在，生生死死只为爱，也痛心万般由命不由人，天涯离恨满心间。韦庄词作《浣溪沙》就是抒写男女的离恨愁怨，凄楚揪心，催人泪下。

夜夜相思更漏残，伤心明月凭阑杆，想君思我锦衾寒。

咫尺画堂深似海，忆来惟把旧书看，几时携手入长安。

不知道什么原因，不知道故事开始了多久，也不知道相爱的两个人各自的身世，词作一开篇呈现在我们眼前的就是一幅相思透骨，洒泪满怀的图景。我无端猜想，可能是由于命运太不公平，主人公遭遇外界压力太过强大的缘故吧，分离萍散，已非一日，相思相念，郁积成怨，一旦倾泻就迫不及待，脱口而出。可怜的女子，度日如年，以泪洗面，夜夜相思，辗转难眠。听夜深人静之后打更报时的声音，声声敲击心坎，声声震荡耳膜。听漏壶滴答滴答的声响，感受孤寂冷清的氛围，感受夜长难熬的痛苦。一个人，置身空空荡荡的屋子，面对黑暗无边的夜晚，面对一灯如豆的光焰，枯坐出神，无语伤心。想心事，想情人，想过去的浪漫与风情，想未来的迷蒙与渺茫。思绪纷繁，心事浩茫，剪不断，理不清，是离愁，别有一番滋味在心头。相思相忆，夜夜不息，汹涌心海，“忆君心似西江水，日夜东流无歇时”（鱼玄机《江陵愁望有寄》）。相思相恋，无休无尽，彻夜难眠，“月落星稀天欲明，孤灯未灭梦难成”（李端《闺情》）。漏壶滴完最后一滴水珠，夜寒浓浓裹挟身心，女主人公备感困乏，但是毫无睡意。一时半会儿收不回思念的心灵。

干脆步出闺房，到屋子外面走走，到楼阁上面看看。希望吹吹夜风，让寒冷和清凉消散心灵的忧愁郁闷，让迷茫困惑的自己清醒一下心神。倚栏而立，举目望月，多少清晖洒向人间，多少光明照耀天地。可是，女子想起伤心往事，悲凄现实，心情无比沉重，心绪纷乱如麻。眼前一片迷离，一派朦胧。想当初，也是这轮明月，也是这样的夜晚，她曾经与相爱的他并肩携手，深情款款，共赏风光，互诉衷情；她曾经与他焚香祷告，共订鸯盟，海枯石烂，天荒地老；她曾经与他展望未来，相亲相爱，生儿育女，男耕女织；她曾经与他洒泪作别，揪心分离，无可奈何，一筹莫展。一轮圆月见证过他们短暂的甜蜜，一钩新月见证过他们残缺的痛楚，万千心意，离合悲欢，喜怒哀乐，全都汇聚在明月之上。

这世界，这夜晚，除了明月知晓一对情投意合的男女恩爱故事，再也没有同情的目光关注，再也没有敏感的心灵悲悯。

如今，夜还是一样的深沉，月还是一样的凄清，而人却音尘久绝，踪迹杳无。他到底到哪里去了呢？如何又不告诉我一声？再紧急，再匆忙，后面也应该想方设法捎个音信，报声消息吧。我心飞驰，如月光流照，追寻情人而去，任你天涯海角，任你南北东西，紧紧依恋，形影相随。此时此刻，我的心上人啊，你可也和我一样，倚栏望月，悄焉动容；或是躺在床上，相思不眠，辗转反侧；或是枯坐灯前，默默无语，下笔流泪。一个人孤居一室，冷冷清清，空空荡荡，连心也是凄冷的。再也没有两人相处时的如漆似胶，热热乎乎，再也没有两人对视时的脉脉含情，顾盼生辉；再也没有两人嬉戏时的自由无拘，谈笑风生。枕头棉被都是冰凉的，罗帐红烛都是昏暗的，座椅炕头都是清冷的，没有对方的屋子，变得像地窖一样寒冷。女子真是太了解情人的处境和心理，将心比心，设身处地，感受得到情人对自己的思念。忠诚如此，纵然不见，纵然无知，也多少是一份安慰，一份欣喜。两颗心，彼此默念，感应相通，魂灵相悦，毕竟是一件喜事，一种幸运。

当然，这只是相思入幻的女子的临时猜想，至于男子是否如她所想，我们不得而知，但愿如她所愿，玉成好事。如果另有变故，波澜突起，女子也无可奈何，我们也一筹莫展。谁能确保命运如人所愿变化、发展呢？

词作上片写相思，长夜不眠，望月怀人，思君衾寒，情真意切，动人肺腑。下片转换角色，深化相思，另起波澜，另掀高潮。男子与情人，被迫分开，无缘遇合，相隔很近，相思很深。类似唐代诗人崔郊与爱侣的处境。据范摅《云溪友议》记载：崔郊的姑妈有一个美丽的婢女，对崔郊有爱恋之意。不料其姑将此女卖给观察使于某，郊思慕不已，在一个寒食节中，两人偶然相遇。崔郊情不自禁，赠以诗云：“侯门一入深如海，从此萧郎是路人。”韦庄词作借用典故抒写男子对被禁锢在豪门深院的情人的思念之情。咫尺之隔，竟成天涯，痛断肝肠，冷彻心扉。失望至极，又无可奈何，只好时时捧读女子以前写给他的那些情书，重温过去的幸福生活。每一个熟悉的字眼都如女子深情的眼眸，直直地盯着男子，让他怦然心动；每一行亲切的词句都燃烧着青春的激情，轰轰烈烈，发光散热，深深灼痛男子的心灵。不能平静，无法克制，每一个文字都唤起他对美好爱情的回忆。任凭记忆如春草疯长，任凭感情如洪水泛滥。也许这样，沉浸在过去，沉浸在虚幻之中，暂时可以麻醉一下自己敏感的心灵。可是，心回意转，神清梦醒之后，还得面对残酷的现实，一样的两相分隔，一样的无可奈何。

是不是，就这样死心，绝望，自暴自弃，灰心沮丧？是不是就这样心绪低落，精神萎靡，沉沦不振？男子还是男子，情痴就是情痴，不因为高墙大院阻隔，就了断相思，不因为外界力量干涉，就止步不前；不因为现实残酷，世道不公，就哀哀无告，一无所求。还要苦苦等候，还要想方设法，相信自己的深情可以感动天地，感动神灵。相信自己的执着可以换来奇迹，换来幸福。男子祈盼，有朝一日，能够携手情人，重回故都，过上自由幸福的日子。只是，不知道这一天何时降临。有点渺茫，有点悲凄，却又感人，我们有理由祝福深情重义的男子找到自己的幸福。

读完全词，总感觉到，词人是在隐隐暗露心事，词面上好像是在说男女情侣的相思苦恋，悲怨离忧，实际上是在表达自己的不幸遭遇和心灵苦闷。据记载，韦庄有一相好的爱姬，被后蜀君主王建看上，禁锁后宫，韦庄虽为后蜀官员，整天效力朝廷，却也无可奈何，只能暗自伤神。如此遭遇，催生了一首情词。当然，今天我们品读，不一定坐实史实，机械理解。将词作延伸到生活，延伸到芸芸众生，完全可以看作一首普泛而永恒的爱情佳作。

锦瑟华年谁与度

——贺铸《青玉案》散读

人生在世，男女遇合，缘由命定，并非人为努力，刻意求之可以达成心愿。很多时候，很多事情，我们只可意会，难以言说，或是只可遇见，难以相随，或是擦肩而过，失之交臂。就如男女交往，男子倾心美貌绝色女子，却又苦恨无缘相识，可望而不可即，可遇而不可求，留下一生遗憾。

古老的《诗经》早有咏唱：“ 蒹葭苍苍，白露为霜。所谓伊人，在水一方。溯洄从之，道阻且长；溯游从之，宛在水中央。蒹葭凄凄，白露未晞。所谓伊人，在水之湄。溯洄从之，道阻且跻；溯游从之，宛在水中坻。蒹葭采采，白露未已。所谓伊人，在水之涘。溯洄从之，道阻且右；溯游从之，宛在水中沚。”男子心急如焚，辗转奔波，追寻心仪已久的女子，可是面对秋水浩渺，长天空阔，面对蒹葭茫茫，秋霜霭霭，想尽千方百计，却是始终无法接近，无法相聚。一声长叹，回荡秋空，余音袅袅，不绝如缕。

又如牛郎织女，远隔天河，分居两岸，朝朝暮暮，冥思苦想，梦魂萦绕，就是不能像寻常人家那样相聚团圆，每年仅有一次鹊桥相会的机会。一生一世，聚散离合，缘由天定，团聚欢喜少，离愁苦恨多。品读宋代词人贺铸的《青玉案》，除了凄清落寞，郁闷失望，我还体会到了一种透彻心肺，冷入骨髓的悲凉，万事由命不由人，竹篮打水一场空。一切挣扎，一切哀怨，一切相思断肠，一切捶胸顿足，全都无济于事。不过，越是如此，越发彰显人心之执着，人性之伟大。词作是这样写的：

凌波不过横塘路，但目送、芳尘去。锦瑟华年谁与度？月桥花院，琐窗朱户，只有春知处。

飞云冉冉蘅皋暮，彩笔新题断肠句。若问闲情都几许？一川烟草，满城风絮，梅子黄时雨。

一位女子，闯入了词人的眼帘，掀起心海狂潮，搅动情意旋涡。词人面对突如其来的美艳，目瞪口呆，失魂落魄。太美了，美得震撼人心，美得无与伦比！词人一见倾心，一见钟情。女子“矫如游龙，翩若惊鸿”，飘然而来，光彩照人。词人屏住呼吸，抑制激动，深情凝眸，迎接女子。可是，还来不及呼唤，来不及挥手，甚至还来不及看清楚女子容颜，女子转身离去，悄然无声，飘然无影。留下词人，久久站立，对天发呆、出神。五百年的转身才换来的一次相遇，就这样白白错过了，词人心间无比惆怅、无限苦恼。心悦女子的美貌风情，说她像曹植笔下的女神一样，涉水而来，涟漪荡漾，说她步履平地，腾起尘埃，说她清香四溢，沁人心肺，就连如影随形的尘埃也是香味可人。倾慕女子的神姿仙韵，希望她走向词人的横塘居所，共筑爱巢；渴盼她走进词人的生活，共享甜蜜。不需要思考，不需要冷静，不需要比较，只需一刹那间的相见，

就会电光石火，激情燃烧，心潮滚滚，情海滔滔。可是，多情总被无情恼，女子似乎没有留意词人的关注，没有感动于词人的感动，清风一般，悄悄飘过。

词人站立在春天的旷野，满目河山，凄清迷蒙，满目风光，萧条枯淡。这哪里是春天，比秋天更像秋天，比冬天更像冬天。春风吹过脸庞，带来丝丝凉意；春风飞扬衣襟，似有唰唰声响。词人无语，错过所恋，魂不守舍，没有春天，没有欢乐。一时沉思，心绪邈远。想想心仪的女子，如此青春年华，如此花容月貌，如此风姿绰约，金色年华，与谁共度？美丽人生，与谁共享？李商隐诗云："锦瑟无端五十弦，一弦一柱思华年。"（《锦瑟》）锦瑟精美华丽，彩绣辉煌，声响繁复细密，幽怨凄美，声声动心，惹人联想，想念青春年华，想念美好岁月，想念幸福生活。李商隐抒发一种迟暮之思，清幽之想。词人此处，借用佳词妙语，赞扬女子韶华如金，容颜似玉，青春闪亮，暗露景仰、膜拜，无限神往之意。言下之意，我希望与你共谱人生乐章，共绘生活画卷。我希望与你携手相依，白头到老。我希望与你灵犀相通，心心相悦。我害怕你对我的忽视和不理，我担心别人闯入你的心中，我牵挂你的孤独和寂寞，我关心你的希望和憧憬。所思所想，为你而转；所作所为，为你而来。问题是，亲爱的人啊，你是否知道我的心意。我连对你表白的机会都没有，我连对你示意的眼神都还未曾流露，你就走了，远远地离开我，退出我的视线。

可是，我还是不心甘，又如何能够心甘，一次惊魂未定，一次电光石火，一次惊鸿一瞥，都只有一次啊，这是人生的唯一，这是心魂所系，这是生命的交融，这是灵魂的洗礼。我还是要悬想追索，你的行踪身影，你的花容月貌，你的风姿神韵，你的芳尘气息，甚至连你走过的每一寸土地，连你经过的每一株绿树、每一朵鲜花。你在哪里呢？是在月下桥边，杂树生花的草地流连，还是在花柳婆娑、桂影斑驳的庭院徘徊？是在红门大户，锁窗闺房哀叹，还是在小园香径独赏，秋千架上玩乐？一概不知，无从了解。只有春天知道，春风知道，春草春花知道，风云星月知道。

词人站立在芳草萋萋的水边高地，苦苦等候，呆呆出神，他不明白，生命中为什么有这么一个人，仅仅出现一次，昙花一现，转瞬即逝，美艳风韵迷倒了词人，轻盈风情震慑了词人，此后，神魂颠倒，心醉神驰，跟着她走向天涯，走遍山川，身不能忘，神已飞驰。

暮色苍茫，天地黯淡，词人还是站立原地。为了一生的缘分，为了心中的最爱。一个人坚守一片黄昏，一片苍凉。想到要倾诉无缘遇合的失落和凄清，可是，无人倾听，无人分担，只好自己安慰自己，自己对天静默。写几句诗，算是释放郁闷，算是消解无聊。都是痛断肝肠之句，都是撕心裂肺之语。痛到心头，不能忍受，形诸语言，复增痛楚。痛定思痛，痛何如哉！只好让时间来医治创伤，让时间来沉淀痛苦。

过后回想，这是何种心绪，又是怎样愁苦，又有几多哀怨，说不出来，讲不清楚。是啊，谁能精确量化泪水的分量？谁能精确计算情感的深浅？实在要说，纵目四野，只能类比情意，只能感受氛围。一马平川，芳草萋萋，烟雨迷蒙，谁能说得清数量的多少，颜色的深浅；满城风起，杨柳飞絮，漫天都是，谁能说得清飘飞的方向，飘零的惨淡；梅雨时节，天空昏暗，细雨蒙蒙，谁能数得清丝丝缕缕细雨，谁能辨得明模模糊糊景象。无以复加，数不胜数，风雨凄迷，词人心绪如同天气风物，如同原野景象，一片迷茫，一片缤纷。

想起一句话，你不问我，我心有所感，你一旦问我，我会备感空茫。本来，人生一世，天地之间，困扰人心，纠缠不清的就是情感，就是相思。词人回答了问题，可是又等于没有回答，他只是引导我们走向另一片天地，让我们感受凄风苦雨，天地空蒙。每一个人，都有一片心空，都有一腔思念，只属于他自己，别人无法猜透，无法明说。或许，这就是神秘的情感，这就是奇特的命运吧。

泪眼问花花不语

——欧阳修《蝶恋花》悟读

鲁迅有言，无情未必真豪杰，怜子如何不丈夫。我想说，男儿未必真无情，怜香惜玉大丈夫。欧阳修贵为大宋王朝高官，文坛泰斗，文章多有犀利峭拔，精辟猛辣之风，可是也有婉约细腻，至纤至微之作。历经宦海沉浮、人事沧桑，心灵没有变得粗粝生硬，反而更是敏感多愁，善察人意。其作《蝶恋花》（庭院深深深几许）描述少妇心灵微澜，追踪情感起伏变化，生动形象，感人至深，惹人联想。

庭院深深深几许？杨柳堆烟，帘幕无重数。玉勒雕鞍游冶处，楼高不见章台路。

雨横风狂三月暮。门掩黄昏，无计留春住。泪眼问花花不语，乱红飞过秋千去。

故事发生在一个深深的庭院里面，主人公是一个年轻漂亮的女子。

时间大约是暮春三月。故事主要内容和许多词作一样，无非就是抒写女子的相思愁苦，离恨失落。但是，欧阳修采用一种镜头组接，片段连缀的方法，将幅幅画面一一呈现在我们眼前，让我们沉思回味，让我们悄然动容，让我们悲愁交加。

一处庭院，绿树森森，花草茂盛。万千柳枝随风飘拂，一派苍翠，一派生机。天刚破晓，浓雾未散，轻轻笼罩在杨柳枝头，远远望去，给人以如梦似幻，若有若无的感觉。楼阁的一面，现出几扇窗户，遮着厚厚的帘幕，看不清屋子里面有些什么。词人问自己，如此庭院，幽深静谧，到底有多深啊？他也说不清楚，他只是感觉到这气氛有些不正常，太过森严，太过幽深，令人感到压抑、郁闷。重重帘幕隔断了内外沟通、交流的通道。不知道屋子里面到底住着怎样一个人，她又为何如此拘禁自己，远离春天，远离美丽的风景？如烟似雾一样的风景，严严实实的帘幕，暗藏着一颗神秘孤寂，与世隔绝的心。没有人知道这个人在想什么，没有人愿意停下脚步静静聆听屋子里的动静，只有欧阳修静静地注视，幽幽地思索，他想走进那个屋子，走进那个人的内心。他对绿柳如烟不感兴趣，他对帘幕重重充满好奇和向往。他能够体察得到静谧风景之下的不安心灵。他的文笔早已泄露内心情绪波动。他多么希望，读他的词作的我们能够悲悯、怜惜那些苦楚、辛酸的心事。

镜头拉近，转换画面。我们看到，精致华丽的楼阁之上，一个女子倚栏远眺。她在望什么？她的面目如此凝重，双眉愁苦不展，莫非遭遇了什么不顺心的事情？原来，她是在盼望、在等待夫君的到来。章台并非实指，当是指男女游玩之处。女子登上高楼，极目远望，搜寻夫君的身影，可是，看过千人皆不是，斜晖脉脉暮色浓。她的心中充满了失望和愁苦。想来，她心目中的夫君，应是骑着高头大马，缓缓朝她住所走来。身着白衣白裤，举止从容不迫，神态儒雅安闲，风度翩翩，仪表堂堂。可惜，这不是现实，而是幻影、错觉。高楼之上，无遮无拦，直视无碍，真真切切就是没见夫君！没有夫君的世界纵然一片繁华对于她来说也毫无意义。

白天在无聊中慢慢过去，傍晚在寂寞中悄然来临。女子在难熬中等来了黄昏。乌云蔽天，风吹草动，一场大雨倾盆而至，天地很快陷入风雨茫茫的黑夜。楼前的杨柳随风狂舞，呼呼有声。天空的暴雨敲打着瓦檐和窗棂，噼里啪啦，爆响不断。可怜的花草在风雨中无力地挣扎，终究避免不了萎谢、凋零的命运。不堪孤独的女子轻轻关上房门，走进屋里。她痛心无辜的花草绿树遭受风雨摧残，她伤感美丽的花朵零落衰败，她叹息春天挽留不住悄然逝去。这些风华艳丽的景物不幸零落，似乎暗暗触动她的内心，勾起了她的近思联想。其实，她又何尝不是一朵春天的花，一株春天的柳，一丛春天的芳草呢？没有爱情之水来浇灌，没有习习和风来抚慰，没有灿烂阳光来温暖，她也会枯萎、凋谢。她凋谢青春、凋谢美丽容颜、凋谢宝贵时光，还凋谢蓬勃的生命。谁能懂得她这份心思？谁能分担她无尽的忧愁？心乱如麻万千结，花谢花飞泪满天。一夜风雨会摧残多少美丽的生命？一春过去又会衰老多少寂寞的青春？她想留住春天，留住美丽的花草和花草的美丽。关上门，拒绝风雨，拒绝黑暗，但是，春天还是离她而去，随着风雨，留下惆怅孤寂的她。空空荡荡的屋子，弥漫着料峭春寒。目光和心灵一样清冷。

想起自身处境，想起无望的明天，她潸然泪下，泣不成声。拿一腔心事去问颤抖在枝头的花朵，花朵无语，不理不睬。难道连你，也不理解我的心绪？非但不理睬，反而随风飞走，远远飘过空落的秋千。那架秋千，栉风沐雨，落寞无声。虽然狂风不时吹动，荡起后又退回原位。但是，女子明白，它也是孤寂的、凄楚的。想想以前，也是春天，这个院子里，花红柳绿，芳草遍地。年轻的女子和帅气的少年坐在秋千架上，荡过来，荡过去，有说有笑，好不快活。可如今，男子走远了，不见了，只留下孤苦的女子和同样孤苦的秋千。惆怅的女子看到花朵飞过秋千，不知又要引发多少留恋，多少怀想，多少失落，多少感慨。是啊，人生在世，谁又说得准呢？聚散离合，喜怒哀乐，变化难料，不可捉摸。女子只能像空落冷清的秋千一样，心荡在空中，受风吹，遭雨淋。

一颗心在春天被吹冷，在春天被淋湿。于是，我读到了泪水和沉寂。

谢了荼蘼春事休

——吴淑姬《小重山》散读

暮春时节的一个黄昏，我站在长亭古道边，看天空白云悠悠、大雁飞过，看道旁柳枝垂拂、绿影婆娑，看地上芳草萋萋、绿满天涯，看河边野花盛开、色彩斑斓，心中生出许多感触。怜春爱花，感时伤逝，悲喜交织，爱恨满怀。我喜欢春天的生机勃勃，每一朵野花绽放，都是一种生命的张扬，每一片柳叶招摇，都有一种迷人的妩媚，每一朵白云飘浮，都有自由的向往。可是，我也明白，我也担心，世间万物，人生百态，都无法抵挡时光的流转，年华的老去。花开就会有花谢，不忍心飞红万点愁如海。叶绿就会有叶黄，不忍心无边落木萧萧下。一边喜爱春天风光旖旎，风情万种，一边哀怨春天流水落花，悄然易逝。人心总是敏感多情，总是容易由此及彼，生发联想。红颜女子感叹韶华难驻，青春易逝。风华士子悲怨时不我待，功名无成。伤感连连，情意丛生，演绎出许许多多伤春伤花、伤身伤心的故事。

读到宋代词人吴淑姬的词作《小重山》，我就深深陷入词作意境之中，一边为余春生趣惊喜不已，一边为春事将休忧心忡忡，我内心深处隐隐作痛，或许想起了一些什么，但一时半会儿又说不出所以然，呆坐出神，无语良久，思绪缥缈到很遥远，很古老的过去。或许这就是词作的魅力所在吧。它并不明白给你指点，只是轻描淡写一幅幅风景画面，营造一种浓浓氛围，让你浸淫其中，不能自拔，沉醉不醒。就像一个人独坐屋子，神思远驰。缕缕熏香袅袅升起，慢慢扩散，清淡气味弥漫屋子，渐渐深入你的肝肺，你的心肠，你会不知不觉感到舒畅，感到清爽。这首《小重山》从女性角度入笔，写尽春喜春怨，写尽人世悲欢。词作是这样写的：

谢了荼蘼春事休。无多花片子，缀枝头。庭槐影碎被风揉，莺虽老，声尚带娇羞。

独自倚妆楼，一川烟草浪，衬云浮。不如归去下帘钩。心儿小，难着许多愁。

都说秋风无情，横扫落叶，满地狼藉。其实，春风也有疯狂肆虐、不近人情的时候。你看，词作之中这位女子，暮春时节，徘徊自家庭院，走走停停，看看闻闻，心怀忧念，面带凝愁。一场大风过去，一院花影斑驳，一地残花碎叶。情景令人伤感。洁白的荼蘼凋谢了，春天即将过去，美丽即将消散。很容易想起一个词语“如火如荼”，我愿意相信，春天像熊熊燃烧的烈焰，像洁白艳丽的荼蘼，生机勃勃，魅力四射。但是，一场风雨，吹落了百花美丽，吹老了绿叶苍翠，吹走了芳香四溢，留给女子一院的寂静和落寞。好在，绿树枝头，尚有一些花朵残存，风

雨侵蚀之后，苍老了容颜，暗淡了方向，自有一副坚强的风姿，自有一番沧桑的美丽。女子小心翼翼，计数残存枝头的花朵，一朵一朵，一树一树，满怀哀怨，为芳华容颜不再，为盎然生机不存，为风雨时光无情。

庭院里，槐树下，落叶铺满一地，犹如给庭院铺上一层薄薄的地毯，又像哪位泼墨大师一不小心抖落了一地金黄。阳光透过树叶缝隙照射下来，在地面投下斑斑点点的光影，闪闪烁烁，迷离动人。似乎每一片落叶上面都有一个跳动的精灵，每一缕金黄上面都有一抹闪亮的光彩。清风吹过，树影斑驳，槐叶颤动，就连投射到地面的影子也在微微抖动，环境优雅别致，气氛清幽宁静，实在惹人怜爱。想起了明代散文大家归有光的《项脊轩志》："三五之夜，明月半墙，桂影斑驳，风移影动，珊珊可爱。"不同在于，归有光安心读书，冥然默想，专注入神，完全融入了夜晚的宁静。吴淑姬词作中的女主人公则是伤春惜花之余，发现别样的美丽，小心呵护，细细观赏，欣慰不已，惊喜连连。喜欢树影细碎，落叶无声的感觉，喜欢轻风揉碎树影的静谧，喜欢一个人徘徊树下，遥想心事的寂寞，女子沉浸其中，流连忘返。词人用一个"揉"字，非常轻柔，非常富有情意，给人的感觉，春风就是一位轻手轻脚，心慈手软，甚至略带娇羞的女子，面对缕缕树影，缕缕阳光，轻轻抚弄，不忍用力，不忍破坏，爱不释手，意犹未尽。轻抚似"揉"，"揉"出了风情曼妙，"揉"出了生趣意态，词人写风，实在妩媚至极。

正当女子轻踏槐叶，流连树影的时候，突然耳边传来几声黄莺的歌唱，声音清脆悠扬，略带娇嫩，略显娇羞。似乎不愿意打扰宁静的女子，不忍心破坏幽雅的环境。女子抬头一看，歌手躲在槐叶丛中，还是被女子看了个正着。一身羽毛金黄漂亮，一副模样乖巧可爱，一心欢喜啼叫动人。不是幼莺，经历过风雨，见识过日月，略显老相，但是声音照样稚嫩脆响，照样悠扬动人。女子喜欢，就像喜欢残存树枝的花朵，就像喜欢残落地面的槐叶，就像喜欢轻风细柔的光影。每一朵花开都让人想起春天，每一缕阳光都让人想起青春，每一声莺啼都让人期待未来。可是，花会凋谢，阳光会暗淡，莺啼会苍老，苍老的风景总会勾起人们无穷的伤感。春天就是这样一个惹人爱怜，惹人哀怨的季节。

如果说词作上片主要是描写女子暮春徘徊庭院，发现余春生趣，生发悲喜感触的话，那么，词作下片，则是转换一个角度，从女子倚楼凝望入手，写女子无边无际、无休无止的伤愁。因为一个难以言喻的秘密，或是送别旖旎的春天，或是迎接远方的离人，或是再见美丽的青春，或是伤叹命运的坎坷，女子特意梳妆打扮一番，画好眉毛，描好眼线，涂脂抹粉，对镜细照，打扮出一个最美丽的自己，展示出一副最迷人的笑容。然后登楼赏春，倚栏远眺。不辜负大好春光，不辜负黄金年华。一个人站在暮春的楼阁之上，举目长天，看到天空似海，一片蔚蓝，白云似浪，滚滚翻涌。俯视原野，看到芳草萋萋，一马平川，烟雾蒙蒙，苍苍茫茫。天地辽远，气象壮观，实在震撼人心。

可是，女子突然想起，风光再美，无人共赏，年华再好，无人共度；更何况，美丽的春天很快就会过去，似乎一同过去的还有自己的青春，自己的年华。悲愁涌上心间，情思纷乱如麻。爱也不是，恨也不成，心情矛盾，心绪不宁。再也没有心情欣赏风景，再也没有兴致梳妆打扮。浮云让她想起远方的游子，漂泊不定，行踪莫测，不知所往。芳草让她想起当初的离别，两个人说定了，来年春草绿，游子自归来，可是今天，春草一片繁茂，铺天盖地，还是没有看见游子归来。行将消逝的春天，又引发她的身世忧虑。女子最风光，最骄傲，最幸福的时刻，莫过于青春岁月，莫过于靓丽容颜，可是，这个关键时节，竟然无人相伴，落寞空房，真是担心青春老去，红颜消散。如此看来，所有的风物都会刺激她的神经，所有的见闻都会触动她的心事，幽怨闲愁像江海翻涌，似浪潮奔袭，如长风席卷，无情地煎熬女子的心灵。

不如归去，不如不看，索性走回屋子，放下帘钩，独自待一会，与春天隔绝，与万物不见，或许会减缓一下愁思苦怨，或许会减轻一点心灵疲惫。可是，情思已被春天触动，离恨已被花草挑起，哪能躲进屋子，不见即散呢？屋子空空荡荡，狭小逼仄，也是让人心神不宁，备感压抑。女子甚至敏感地想到，我将自己关在屋子里，我远远地躲着春天，我的心胸实在太狭小了，狭小到令自己惊讶。又悲叹，可怜这颗小小的心，怎么能够装载得下无边如天、深远似海、厚重如山的愁怨呢？看天不是，观云不成，出屋不宁，进屋难耐，左右为难，矛盾揪心，怎么办？一筹莫展，无可奈何。非常担心，美丽柔弱的女子，如何能够承受满天春光带来的伤愁苦恨。

天涯何处无芳草

——苏轼《蝶恋花》悟读

游子在外，离家久远，怀亲念旧，魂飞千里，何以解忧？何以遣愁？杯酒与诗书同在，浪漫与沉重相融。读一读那些深沉厚重而又不乏缠绵愁苦的诗词，也许能够抚慰相思，放松心情。苏东坡的词作《蝶恋花》也许就是这样一首能够给人驱愁解闷，传情达意的佳作。每次品读，脑海里总会浮现家乡的画面，浮现亲人的面目，心中思潮翻滚，浮想联翩。那份回忆和联想充满了甜蜜，也夹杂着忧伤。

花褪残红青杏小。燕子飞时，绿水人家绕。枝上柳绵吹又少。天涯何处无芳草。

墙里秋千墙外道。墙外行人，墙里佳人笑。笑渐不闻声渐悄。多情却被无情恼。

我和苏轼不同，苏轼是贬官蛮荒，路遇人家，看到小桥流水，惊闻佳人朗笑，心头翻滚愁苦思绪。我是远赴他乡谋生，寄人篱下，痛感身不由己，怀想故旧家园，心绪自然乱麻一团。不过，光阴易逝，日月如梭，人生也是百年过客，昙花一现，古今相似的遭遇和情思大致还是能够引发人们的共鸣的。我对苏轼词中感叹心有忧戚，感同身受。

回到那个春末夏初的季节，回到那条遍地离恨的小道吧，苏子的笑貌愁颜又浮现在我的眼前。美丽的春天即将过去，百花纷纷凋谢，枝头残留一些痕迹。杏花不见了，青枝绿叶之间挂着几颗小小的杏子。春天留给词人一片仓促，一片残败。人人都爱春天，人人都格外珍惜美丽风景，可是摆在词人面前的就是如此无情、如此萧索的残花败柳，叫人如何感想？苏子心中充满了伤感和惆怅。好在万物变化，有去有来，词人眼前还是风光旖旎，风情不减。瞧瞧那些轻盈灵巧的燕子，也许是意识到春天即将逝去，依依不舍，格外留恋，它们三五成行，相约出行，飞到水边河岸，或衔泥筑巢，忙忙碌碌，或高低翻飞，呢喃有声，或横空远去，逍遥留影，好不令人羡慕。词人和它们不同，飞不起来，快乐不起来。他迈着沉重的步子行走在异乡的古道上。附近的人家，小桥流水，恬静优美，和谐安宁。词人不属于那个乡村，那些生活。词人也有家，也有亲人故旧，可是，不能团聚家人，不能相守故旧。那些炊烟袅袅不属于词人，那些小桥流水不能愉悦词人耳目。相反，更加刺痛词人心怀，更加勾起词人对故乡亲人的思念。

还记得吗？几百年后，也有一个赶路人，名叫马致远，漂泊天涯，思家念亲，看到他乡异地小桥流水，备感温馨，也备感痛楚，因为他的家不在这里，而在远方。他脱口而出，就是这样痛彻心肺的词句：“枯藤老树昏鸦，小桥流水人家，古道西风瘦马。夕阳西下，断肠人在天涯。”（《天净沙 · 秋思》）其实，人心人情都是相通的，不管是几百年前还是几百年后，苏子的体验永远是每一个游子心头挥之不去的痛。

一路迢迢，风物变迁，除了思乡，词人还想到自己，漂泊天涯，行踪难定，宦海沉浮，凶多吉少，自己就如风中柳絮，飘飘洒洒，去无定向，何等凄惨，何等落寞。一年又过一年，一春又过一春，盼不来回归之日，盼不来出头之时。人生又能有多少个春天呢？人生又能等待多久呢？词人心中充满失望和痛苦。

但是，他又能超脱困境，放眼天地，遥想未来。自己的境遇就像这柳絮，有飘零沉落的时候，也像那芳草，有宽阔茂盛之时。坦然正视，豁达处之，给自己一份期待，给自己一份许诺，坚守内心的美好追求，坚守内心的瑰丽梦想，说不定人生就会焕然一新，大放异彩。天高地远，芳草萋萋，绿意盈盈，生机勃勃，哪里不是希望？哪里不是故乡？心在哪里，故乡就在那里，哪里快乐，哪里就有青春。贬官蛮荒，天荒地老，穷山恶水，听起来很恐怖，很吓人，可是一旦摆正心态，积极面对，倒也没有什么。如果怨天尤人，自甘堕落，灰心丧气，倒是极有可能一蹶不振，一败涂地。苏子明白，苏子达观，一路的漂泊和颠簸消磨不了他的乐观，一生的挫折和打击粉碎不了他的梦想。他在行走，行走天涯，行走风波。

带着梦想，带着期待，也带着忧伤，苏子一路寻觅，一路欣赏。他寻找天涯芳草，消解心中郁闷。他寻找人间性情，抚慰受伤的心灵。他突然听到，高墙大院之内，春风杨柳之中，传来声声银铃般的朗笑声，一个姑娘正在欢快地荡秋千。墙头不时露出秋千的风姿，引发词人对姑娘貌美如花的遐想。一墙之隔，阻断了视线，阻断了风景。但是，心灵的目光却可以穿越高墙，直视青春的庭院。那里，杨柳飘拂，绿草如茵，花开遍地，一位美丽的姑娘正坐在精致华美的秋千架上，凭借春风，荡来荡去，自由自在，无拘无束。爽朗的笑声久久回荡在院子里，也传扬到墙外行人的耳畔。只是，她不知道，她太单纯，她的笑声早已深深刺痛了行人的心。惹得行人浮想联翩，欲罢不能。他多想轻叩门扉，讨杯水喝，借以一睹芳容，和姑娘搭讪几句。他多想爬上墙头，挥手示意，引起姑娘的格外注视，期盼姑娘能够和他说说笑笑。可是，他又不能太过莽撞，太过冒失。客行他乡路，人生地不熟，姑娘知道他是谁？他又凭什么与姑娘搭讪？他只能将爱慕和冲动埋藏在心间。徘徊墙外，默默无语。

不知过了多久，不知想了多久，墙内的笑声渐渐变得微小，以至消失。姑娘累了，玩够了，跳下秋千，回房休息去了。词人还久久站在墙外，久久回味那些清脆悦耳的笑声。虽然那些声音不是对他发出的，但是他喜欢，他从笑声里听出了青春活力，听出了自由欢乐。他相信他和这些声音是有缘分的，他乐意沉浸其中，久久品味。可惜，那些声音并不知晓他的内心，并不呼应他的生命。一会儿之后，消失了，这给词人带来了痛苦和忧伤。谁叫自己多情呢？谁又能指责姑娘无情呢？都是错误，又都没有错。人生就是这样奇妙。你想得到的，苦苦追求，费尽心思，追求不到。你想躲避的，想方设法，上天入地，逃避不了。苏子陷入了矛盾、纠结。这次，他能摆脱绵绵情意的困扰吗？

几年后的一个秋天，在海南，苏子贬所。小妾朝云弹唱《蝶恋花》，唱至“枝上柳绵吹又少”时，歌喉将啭，泪满衣襟，哽咽无语，一副愁苦不堪，忧心忡忡的表情，苏子困惑，忙问小妾何故。妾云伤春，苏子喟然叹道，我正悲秋，你却伤春。看来二人确是知音。过不多久，朝云抱病而亡，苏子终身不听词曲。多少有些悲壮，有些苍凉。问世间情为何物，直叫人生死相许？

相斟相劝忍分离

——夏竦《鹧鸪天》散读

人生百态，风情万种，单就女子离愁别怨而论，有人喜欢含羞带涩，脉脉深情，有人习惯直抒胸臆，和盘托出；有人喜欢捶胸顿足，号啕大哭，有人习惯隐忍不发，凄凄切切。不管哪种方式，不管何种场合，女子身上表现出来的情意却是绝对真诚、深挚，绝对纯粹、本色。

笔者喜欢夏竦词作《鹧鸪天》，喜欢词作中女主人公那种直抵内心，一览无余的干脆和痛快，表达自己直截了当，毫无保留。不需要羞涩，不需要深沉，不需要刻意，更不需要顾忌，想说什么就说什么，是何体验就说哪种体验，读完全词，感觉就一个字：真！真心、真情，真意、真纯、真诚、真挚，举凡一切与“真”相关，用来描写情感的词语，都可以使用到这位可亲可敬、可叹可赞的女子身上。

天地之间，本来就有一种女子，来自大地、来自流水、来自风云，一身清纯、一片天真、一心赤诚。从她们的言谈举止、音容笑貌中，你看不到虚伪和矫饰，看不到世故和遮掩，她们的性情就如一缕清风，让人感觉清爽；犹如一脉清泉，让人心眼明亮；好比一朵白云，让人心醉神往。夏竦真得人性深味，表现女子送别深情，字字含泪，见情见性，句句言心，袒露无余。词作是这样写的：

镇日无心扫黛眉，临行愁见理征衣。尊前只恐伤郎意，阁泪汪汪不敢垂。停宝马，捧瑶卮，相斟相劝忍分离？不如饮待奴先醉，图得不知郎去时。

夫君要离家远行了，做妻子的自然万分不舍，忐忑不安。不知道要去哪里，不知道因何事而去，不知道要去多久，更不知道何日才能回来。或许是从军入伍，奔赴边关；或许是辗转各地，买卖生意；或许是流寓他乡，拜师游学。总之三个字，不知道。只知道，最近会走，不可挽留。女子心绪一落千丈，再不像居家日子那样从容快乐，再没有平日里那种云淡风轻。天天如此，无精打采，无心画眉。夫君马上就要走了，描眉画黛，涂脂抹粉，打扮得漂漂亮亮，给谁看呢？给庭院的花柳草木，给门前的潺潺小河，给春天的呢喃双燕，一切都没有意义。一句话，“士为知己者死，女为悦己者容”。

身为女子，自从嫁给夫君，就成了你的人，身心全部交托给你，喜怒哀乐，离合悲欢，全是因为你。为你生儿育女，为你孝敬双亲，为你纺纱织布，为你生火做饭，肩扛一家重担，心系一人忧乐。你一离开，不管是漫长的三年五载，还是短暂的一年半载，对于我来讲，都意味着煎熬郁闷，度日如年。无意中看见你整理行装，打理包裹，样子很匆忙，很隐秘，似乎不愿意让我看见，分明就是躲着我，怕我看见之后伤心，怕我身子虚弱，伤心过度，承受不起。但是，还是让我看见了。你仓促，你狼狈，你措手不及，你躲闪不赢。我好笑又悲伤，心疼你，又担心自己。顿时，心潮翻滚，忧思汹涌。无语沉静，万箭穿心。帮着你，用颤抖的手，清理那些衣服鞋袜。这个，我懂得。我懂得你，我懂得天气变化，我懂得风雨沧桑。

担忧不能延缓离别的到来，愁苦只能加重离别的痛苦。还是等来了这一天，尽管夫君先前不说，但是却不能不走。妻子相信，就像自己深爱夫君一样，夫君也深深爱着自己，他也不想走，他也万分留恋这个家，他也想和我一起平淡度日，共享天伦之乐，可是，人在江湖，身不由己，心不自主，能有什么办法呢？只好带上行囊，装满沉甸甸的相思，出发，一路向天涯。今天，妻子为夫君设下比较隆重的酒宴，在郊野路边一家客栈，门前几株杨柳，青青一色，枝条飘拂，腰肢依依。虽是仪式，只有夫妻两个人参加，但是，两颗心懂得其中的含义。算是一种冷峻的提醒，一份凄清的警觉吧，两个人，不管天南地北，东游西荡，都要记住对方，忠诚对方，今生今世，生死不变。总以为古人这种送别酒宴，不像一般人们理解的那样浮泛浅显，那样浪漫风雅，什么折柳赠别，什么离歌翻唱，什么执手相看泪眼，什么无语凝噎向天，都没有内心的清醒重要，都没有彼此的忠诚、忠贞来得那样刻骨铭心。

菜肴已经摆好，美酒已经打开，开始吧，为这次离别，为这个仪式。妻子不比男子刚强，心思绵密一些，肝肠柔弱一点，还是忍不住，替夫君着想，不想让离别增加夫君的痛苦。一言一语，一颦一笑，格外谨慎。眼泪汪汪，神色忧郁，快乐不起来，强欢颜笑不得，似乎费心尽力，克制自己，不让眼泪流出来，不让伤痛掉下来。大哭一场不是不可以，抱头挽留不是不可以，但是，那种场面，该让夫君何等凄婉，何等心痛。提醒自己，坚强一点，再坚强一点，千万别掉泪。等到夫君走后，大哭一场，泪雨滂沱，也不为迟啊。

客店外面，杨柳树下，高头骏马不时昂首嘶鸣，似乎在催促，时间不早，该要出发了。酒宴上，夫妻两个眼含泪珠，手捧玉杯，相斟相劝，不忍分离。想用一杯一杯又一杯的美酒来延缓分离的到来。想说千言万语，无止无休，没完没了，盼望可以这样忘记时间，忘记离别。像王维送别朋友远赴安西一样，“劝君更尽一杯酒，西出阳关无故人”；像李白离别江陵子弟一样，“请君试问东流水，别意与之谁短长？”谁也离不开谁，谁也不想离开谁，就这样，喝酒，喝酒，完全放开，毫不节制，一任酒水泛滥，一任离情泛滥。喝个大醉，不醉不休。女子突然做出惊人壮举，夫君啊，今天为了你，为了我们的情意，为了明天的忠诚，就让我豪饮一次，表明心志，此心不改，一如既往，爱你到天荒地老，爱你到海枯石烂。我先醉，酩酊大醉，人事不省，很好，这样，我就不知道你何时离开，怎样离开，是否离开。

感动、震撼、钦佩得五体投地！世间竟有如此烈性刚直的女子，女子竟能想出如此惊世骇俗的举措。也担心，被离愁折磨得面容憔悴，形销骨立的女子，能承受得了酒醒之后的孤寂和痛楚吗？

一字一句，读完词作，似乎陪女子一道打理行装，陪女子一道眼泪汪汪，陪女子一道举杯劝饮，陪女子一道酩酊大醉，陪女子一道人事不省。身心几近虚脱，浑身感觉无力，被爱情灼烧，被离别折磨。人人都疑问，世间情为何物，直教人生死相许。今天，还是不明白。

待得团圆是几时

——吕本中《采桑子》散读

人世间，没有无缘无故的爱，也没有无缘无故的恨，爱恨之间，多是一念之差。对于朋友而言，希望彼此志趣相投，性情相通，不离不弃，若即若离。走得太近，则容易迁就对方，泯灭自我。离得太远，则容易冲淡感情，疏离友谊。对于爱侣而言，希望双方同声相求，同气相通，知心知底，拿捏分寸。太过亲密，则容易日久生怨，心意倦怠；太过疏远，则容易感情淡化，关系浅薄。如何掂量交接往来的分寸，对于正确处理相互之间的关系至关重要。很多人为情所困，深陷其中，不能自拔，痛苦度日。宋代词人吕本中写过一首词作《采桑子》，模仿女子口吻，抒写刻骨相思，恨也不是，爱也不成，爱恨交织，纠结心怀。词作是这样写的：

恨君不似江楼月，南北东西。南北东西，只有相随无别离。

恨君却似江楼月，暂满还亏。暂满还亏，待得团圆是几时？

爱一个人，总是希望对方完完全全属于自己，总是希望对方与自己朝夕相伴，形影相随。可是，人在江湖，身不由己，免不了聚散离合，免不了喜怒哀乐，离人远去，游走天涯，浪迹江湖，自然会给留守家园的女子留下无穷的思念和无穷的痛苦，无人可以替代，无人可以分担，无人可以宽慰，除非等来下一次重逢团聚，除非自己奔赴天涯，追随离人左右。就像词作中这位女子，我想，她应该有俊俏迷人的容颜，流泻如云的秀发，脉脉含情的秋波，应该有修长纤细的腰肢，洁白如玉的手指，轻盈如舞的步态，当然她是一个多愁善感，珍视爱情的青春女子。这个年纪，这番风华，她有一百二十个充足的理由与夫君一起居家过日子，男的砍柴浇园，耕田种地，女的织布纺纱，生儿育女，夫妻和美，其乐融融。

可是，不知什么原因，夫君远去，天涯无踪，留下女子独守空房，消磨时光，苍老青春，消散容颜。女子心中自然爱恨翻涌，感慨万千。她恨自己的夫君，因为爱得深刻，爱得透骨。每一个夜深人静的夜晚，她都会步出闺房，倚栏而望，对月怀远，不知道远方的人是否也像她一样，悄然动容，心驰万里。看到圆月在天，朗照四野，她想起了夫君，想起了团圆相聚的甜蜜幸福，可是，月圆人不圆，天难遂人愿啊，没有办法，命中注定，一切随缘。她在日复一日、月复一月的等待、祈盼中，学会了达观，学会了认命。可是，平静一会，还是会涌动离愁，萌生相思，萌生怨恨。怨恨夫君不像眼前照亮江天楼阁、崇山峻岭的明月，你看，不管你漂泊何方，这轮明月总是流照全身，紧紧相随，不离不弃。要是你也像江楼明月一样，永远照耀我的心间，永远跟随我的身旁，那该多好啊。可惜可恨啊，你只顾东西漂泊，流寓天涯，留下孤苦相思的我。

人心总是矛盾纠结的，情思变化，转瞬之间，难以捕捉。刚刚还是怨恨连连，恨人不如月，恨南北东西，恨相离相隔，现在却又怨恨新生，后悔不已。担心夫君像月亮一样，担心夫君与自己聚散无期。月圆虽好，也有亏损，阴晴圆缺，周而复始，变动不居，给人带来希望，也带来失望。相爱的两个人，总是希望双方团聚，坚守家园，安享幸福，永不分离。可是，人生哪能完美无缺呢？是聚是散，是离是合，皆由天定，皆随缘分，人为努力实在有限。想来悲凉，想来凄楚。人生天地，竟然不能主宰自己的幸福，不能掌控自己的命运，反而被命运安排。多么希望明月团圆，十全十美，不要亏损，不要残缺。只是不知道，这种心愿何时能够实现。想到遥远的未来，女子心中充满了期待，也充满了迷茫和困惑。正如李商隐的诗歌《夜雨寄北》所写："君问归期未有期，巴山夜雨涨秋池。何当共剪西窗烛，却话巴山夜雨时。"不是不想回家，不是不想念美丽的妻子，而是不知道何时能够回去，何时能够团圆，诗人心中一片秋雨淋漓，一片夜色茫茫。吕本中词作的女主人公也是这样，对于花好月圆，对于夫妻团聚，茫然无知，困惑不已。

总之，对于夫君远离，女子怨恨丛生，离愁翻涌，恨也不是，爱也不成。一会儿恨夫君不像江楼月，一会儿恨夫君又像江楼月；一会儿忧念现在，一会担心将来；一会儿平静，一会儿焦虑，情思起伏，心潮翻滚，都是因为爱，都是因为恨。从全词来看，情绪纷乱，情意悲切，情调悲凄，读来动人心魂，催人泪下。换个角度看，正是因为女主人公爱恨交织，忐忑不宁，爱之真挚，爱之悲戚，爱之深刻，才格外伟大，格外动人。对照今天的社会，人心不古，利欲滔天，还有多少真情实意能打动人心？还有多少爱恨离愁揪人心怀？

不知道吕本中是否拥有过一位如此令人动心动情的女子，不知道吕本中的爱情生活是否如此跌宕起伏，只是猜想，词人应该有过一段欢情时光，与一位美丽女子牵手相依，朝夕相处，小两口恩爱甜蜜，卿卿我我，缠缠绵绵，好不快活，好不幸福。后来，不知由于何种原因，离开了佳人，离开了家园，背着行囊，装满沉甸甸的相思，行走天涯，流浪四方。步子越走越沉缓，道路越走越遥远，目光再也看不到故乡的炊烟，耳朵再也听不到家园的犬吠，鼻孔再也闻不到妻子的气息。随着时光流转，春秋代序，心灵变得憔悴，目光变得浑浊。看不见家乡，看不见亲人，看不见妻子。而另一边，回忆中，是熟悉而朦胧的家园，一座楼阁，临江而立，楼阁四周，绿叶繁茂，树影婆娑，掩映楼阁。脚下是潺潺东流的江水，远处是连绵起伏的山峦，落日染红天际，染红江流。女子还站在江畔楼阁之上，望向水天相接之际，数脉脉余晖，数过往船帆，只是不见哪叶孤舟驶向她的楼阁、她的港湾。

夜已深，人初静。月亮慢慢从东边的山坳间升起，散发出清冷的光辉，照耀大地。女子依然站立楼阁，倚栏而望，白天计数过往船只，入夜凝望明月升起。她也许在想，我心如月，明明白白，坦坦荡荡，思念夫君，向往美好爱情。可是，夫君在哪里，夫君又是否知道，她的心中一片迷茫。

发生一段故事，体验一段感情，才有一曲清歌，一曲低吟。我相信，在岁月的长河之中，每个喜欢诗词的读者，都会邂逅一座楼阁，一位佳人，都会被她日夜相思、形销骨立的形象深深打动。清风徐徐吹来，浪花不时溅起，朗月映照，波光粼粼，闪闪烁烁。是迷离的眼眸还是相思的火花？是起伏的心潮还是动荡的情思？不知道。

【第三辑】

一寸相思一寸灰

物是人非事事休

——李清照《武陵春》散读

我很欣赏学者叶嘉莹的观点，文学具有一种感发和触动的功能，不同的读者在不同的情境之下，阅读相同的文学作品，比如古典诗词，应该获得不同的体验和感悟。不仅是因为作品表现生活和情感多么生动和深刻，更多因为人生相通，人性相似，人情相契。换句话说，我在人生阅历中遭遇类似的情境，我会对作品类似描述感同身受，心灵共鸣；相反，如果没有切身经历，感受和体验多少隔了一层，不痛不痒。读李清照的词作，需要时间积淀和人生阅历，不然也是为赋新词强说愁。就拿词人晚年作品《武陵春》来说，没有家国破碎、只身漂泊的经历，断然难以体会词人心灰意冷，万念俱灰的绝望。不过，我们可以设身处地，将心比心，感受词人的人生坎坷，体验词人的悲凉苦痛。词作是这样写的：

风住尘香花已尽，日晚倦梳头。物是人非事事休，欲语泪先流。

闻说双溪春尚好，也拟泛轻舟。只恐双溪舴艋舟，载不动许多愁。

读罢词作，总有一种阅尽秋霜，阳光朗照的感觉，不是高兴欢呼，不是心花怒放，而是苦尽甘来，事事沧桑的觉悟与淡定，而是历经风雨，云淡风轻的平和与从容。我不是李清照，无缘经历国破家散，人生沉浮，但是总可以风雨同舟，休戚与共。词人晚年，夫君仙逝，家国破碎，书画离散，人生离乱，万千不幸犹如狂涛怒潮汹涌席卷，几下功夫将词人击打得晕头转向，魂飞魄散。流寓他乡，漂泊天涯，与国家一同遭难，与黎民一块奔波，李清照说不清心头的苦恨哀怨。行之于言，诉之于词，才有《武陵春》如此沉重哀痛，如此悲凉无奈的句子。

一阵狂风暴雨，摧残百花鲜艳，吹散姹紫芳菲，只剩下枝头残叶，地面碎瓣。词人多愁善感，天性敏锐，看不得风狂雨骤，看不得电闪雷鸣，她担心早春的美好七零八乱，她忧虑百花的鲜艳荡然无存，可是，天意不遂人愿，天公不成人美，现实就是残酷，一场风雨过后，一切千疮百孔，遍地疮痍，还有什么可说呢？还能多说什么呢？没有心情，没有兴致，纵然春光明媚，风物旖旎。无心描眉画黛，无须涂脂抹粉，无须浓妆艳抹，春天与我无关，美丽是他们的，我什么也没有。词人描述眼前所见，平静近似不动声色，冷峻近似无情无义，但是，稍加体味，还是不难发现，风住之后，花尽之际，香散之余，词人满心失落、悲伤。为美丽花朵消逝，为生机活力不见。人都是这样，不只是词人有此感受，你我亦然。词人无心梳头，无心打扮，心中没有春天，心中充满失意。“日晚”暗示时间不早，应该休息，也透露词人一天心绪烦乱，无心姹紫嫣红。若是太平盛世，国泰民安，若是夫妻相聚，甜蜜团圆，若是诗词歌唱，风流快意，哪里还会如此失落，如此悲凄？

不忍回想，不堪追忆，过往的一切都是欢乐与幸福，浪漫与温馨，现在的一切都是痛苦与悲凉，失落与凄清。世事难料，物是人非，桑海沧田，情何以堪？千言万语无从说起，万语千言无法穷尽。任凭泪水汹涌奔流，沾湿衣襟。想起了柳永，送别情人，依依难舍，“执手相看泪眼，竟无语凝噎”（《雨霖铃·寒蝉凄切》），毕竟还是泪眼相对，断肠人送断肠人，到底还有一个人在眼前，还可以执手、相拥，还可以对视、默会。可是词人呢，独守空房，无言无语，无依无靠。泪水犹如决堤洪水，汹涌奔腾，一泻千里，谁能说得清心中苦恨有多绵长，谁能说得清心中愁怨有多沉重。

翻开李清照的人生阅历，着实让人惊叹连连。生逢乱世，外敌入侵，国破家亡，漂泊东南，颠沛流离。夫妻相爱，情趣相投，夫君早逝，独守空房，晚年孤凄。酷爱金石书画，诗词歌咏，一路南奔逃难，一路车马颠簸，文物散失，古玩蒙难。晚景凄凉，遇人不淑，学无后继，才无所用，无奈无助。命运如此不公，诸多磨难全部降临词人身上，真是让人愤愤不平。甚至产生联想，也许上天赐予一个女子绝世才情和美丽容颜的同时，也不忘降临千难万苦折磨女子，砥砺女子。一生一世，早年享尽荣华富贵、恩爱甜蜜，晚年饱尝艰苦辛酸、穷困潦倒，这就是李清照的人生。大起大落，跌宕起伏，让人感慨万千，让人涕泪涟涟。

心怀郁结，愁愤深重，自然需要舒展，需要发泄。可叹词人孑然一身，形单影只，无处发泄，无人相诉。纵然春光明媚，风物旖旎，也是无心青睐，无意流连。听说双溪春光正浓，花色艳丽，山清水秀，正好可以娱目怡怀，消愁解闷，打算出游一番，期盼美好的山水风光可以给自己带来欣慰，带来欢乐。回想小时候，涉世不深，不谙人情，不也曾与同伴一道出游寻乐吗？那时的生活，多么单纯，多么快乐。《如梦令》如此描写：“常记溪亭日暮，沉醉不知归路。兴尽晚回舟，误入藕花深处。争渡，争渡，惊起一滩鸥鹭。”一群少女，趁着酒兴，出游荷塘，沉湎荷花艳艳，荷叶田田，摇着双桨，荡着轻舟，随心所欲漂流东西。及至日暮，突然发现时间不早，该回家了，情急之下，一番乱划船桨，致使轻舟误入荷花深处，惊飞一滩酣甜沉睡的鸥鹭。多么天真，多么兴奋。如今回想起来，还是那样令人神往，令人激动。更何况，此时此刻，词人心事重重，心绪不宁，正需要徜徉山水，转移注意，借以排解内心忧患。词人做好计划，充分准备，一个人也要登上画舫，荡漾双溪，流连波光，游目花草。也许在众人游乐之中可以舒缓自己的忧虑，也许在山水清明之中可以减轻自己的压力。

可是，词人又担心，那些雕梁画栋、彩绣辉煌的船只，可否承受得起词人的满腹忧愁。不去不好，去也难堪，如何是好？词人陷入了矛盾、纠结的心境。词作没有写明词人最后的去向行踪，只是如实呈现一种艰难困窘，让读者去体会，去咀嚼。韵味无穷，情意无边，读者也是在想象之中，充分感受词人的悲凄人生，苍凉心绪。

笔者体会李清照的愁苦忧患，对词人即景抒情、妙想天成感慨尤深。愁有多少？愁有多重？李清照将之搬上轻舟，极言愁重如物，压沉轻舟，足见词人心思茫茫，愁苦深重。同样是言愁，李煜词云："问君能有几多愁，恰似一江春水向东流。"（《虞美人》）贺铸词云："试问闲愁都几许？一川烟草，满城风絮，梅子黄时雨。"（《横塘路》）董解元词云："休问离愁轻重，向个马儿上驼也驼不动。"（《西厢记诸宫调》）王实甫词云："遍人间烦恼填胸臆，量这些大小车儿如何载得起？"（《西厢记》）文人笔下、心中，愁苦可以随水流走，可以随风吹走，可以被马驮走，可以用车运走。李清照则是感觉可以用船运走。愁情万千，形态各异，奇想生辉，多姿多彩。但是有一点是共同的，那就是词人深陷人生困厄，内心愁乱如麻，似乎想尽千方百计，耗尽心血精气，也想不出一种真正可以排解愁闷的方法。

我们不知道，为情所困，为愁所累的词人，如何度过一春，度过一生。对于李清照而言，一脉青山是愁苦堆就，一脉溪流是泪水汇成，一春风光被悲凉涂染，天地之间，人生百年，何处才是快乐无忧的乐园，词人费尽周折，绞尽脑汁，找不到。和她一样，千百年之后的你我，也找不到。

纤纤玉手破新橙

——周邦彦《少年游》散读

秋天的夜晚，窗外，寒风瑟瑟，冷气森森；窗内，灯烛摇曳，暖意融融，一对相亲相爱的情侣相对而坐，调琴弄笙，窃窃私语，弹不尽风花雪月，道不完温柔缠绵。他们眼中，远去了风寒严霜，草木凋落，远去了天地肃穆，山川寂寥；他们心中，唯有浪漫风情绽放脸上，唯有甜蜜欢悦流泻眉宇。这是我读周邦彦爱情词作《少年游》时脑海里浮现出来的直观画面。词作不事雕琢，不用丽语，纯然简笔白描，淡淡勾勒画面，凸显人物情感，让人一读就产生广泛的联想和深长的回味，甚至被词作男女主人公深挚缠绵的情意，风雅浪漫的情调深深感染，心旌摇荡，心向神往。词作是这样写的：

并刀如水，吴盐胜雪，纤手破新橙。锦幄初温，兽烟不断，相对坐调笙。

低声问：向谁行宿？城上已三更。马滑霜浓，不如休去，直是少人行。

———

一对情侣幽会，自成天地，共尝鲜橙，共奏笙箫，共度良宵，共享欢娱。自是云雨合欢，心花怒放。词人特别欣赏这位美丽深情、手巧心灵的女子。一双纤纤玉手，轻持刀剪，稍稍用力，刀落橙破，鲜嫩的橙汁流泻出来，清香弥漫屋子，令人垂涎。一把小刀，切削用具而已，随处可见，并不稀奇，可是词人写到女子要用并州出产的名刀切橙削皮。刀锋犀利，寒光如水。一碟盐，进食调料而已，司空见惯，习以为常，可是词人写到女子要用吴地出产的名盐作为调料，洁白如雪，晶莹闪亮。不过就是情侣两个品尝一个时鲜橙子而已，何以如此讲究？何以如此奢华？词人用心良苦，颇费构思，高妙在于以精美器物烘托女子的美丽娴雅，诚如俗语所云“好马配好鞍，英雄配美人”，如此名贵刀剪，如此名贵食盐，非得美丽女子所用才合适。

我在读到“吴盐胜雪”一句的时候，很是不解，吃橙子为什么需要食盐？后来查阅资料，才知道新鲜橙子尚未完全成熟，要放置一段时间品尝，才可以体味到香甜可口的滋味；若是硬要尝新品鲜，则需要给剖开的橙子抹一点盐，或是用清淡盐水浸泡一下，盐可以抑制橙子里的有机酸，可以中合酸涩之味，这样橙子吃起来才会香甜如蜜。如此看来，词作中这位女子真是聪慧能干。不仅如此，词人还特别赞赏她的美丽迷人。只写一双手，只写一个轻巧的动作，让人感受到她的灵巧秀美。“纤手”是局部，窥一斑而知全豹，女子的肌肤白嫩，面庞光洁，脖颈修长，眼眸灵泛，手脚利落，不难想见。换句话说，词人是以一双玉手，一个鲜橙，一把刀具，一碟食盐，唤起读者对女子美丽风情的丰富联想。你能想象她有多美，她就有多美。你愿意将她想象成谁，她就像谁。总之，她是词人，也是读者心中的一位美丽绝伦的女子。

一副容颜令人着迷，一个动作令人神往，这还不够，女子的美丽与风雅还在后面，词人还有更出彩，更传神的描绘。闺房锦幄，烛光点点，炉火熊熊，一片温暖。兽形香炉，熏香袅袅，轻轻浮起，弥漫屋内。环境温馨宜人，气氛平和宁静。女子面向男子，姿容端庄，正襟危坐。玉手斜持笙箫，稍稍调弄，缓缓吹奏，一曲轻柔和缓的音调从竹箫之上飘飞出来，清新悠扬，婉转柔和，一如女子怦然跳动的心，又像波光粼粼的浪。不知道男子听闻笙乐之后有何反应，又做何感想。词人不去写，留下想象空间让我们去回味。但是，我们可是真真切切看得明白，女子的轻盈灵巧，女子的柔情蜜意，女子的风雅浪漫，女子的温婉可人，全在一举手、一张嘴的动作之中。俗话说，女为悦己者容，我想加上一句，女为知己者唱。声声音调，声声真情。

喜欢词人措辞用语营造的那种感觉，那种氛围。帷帘似锦，彩绣飞扬，烘染一派明媚、一派温暖。屋子初温，室不过暖，不热不凉，恰到好处，身心舒坦。熏香不断，冉冉升腾，慢慢扩散，不时可闻，沁人心肺。人才落座，笙尚未吹，调弄准备，未成曲调，先有情意。相对而坐，一边鼓气吹笙，一边眉目传情，几多风情，几多浪漫。我会想起诗句“欲得周郎顾，时时误拂弦”（李端《听筝》），机灵如此，用心如此，热情如此，甚至是挑逗如此，深深佩服周郎面前的女子大胆炽热。当然，周邦彦词作中的这位女子，无须刻意引起对方关注、欢喜，她觉得，这个红烛摇曳，月明如水的夜晚，她只需完整而真实地表达自己的心声和情意即可。我大胆猜想词作之中那个一直不言不语、不动声色的男子，肯定是一位风度翩翩、仪表堂堂的帅哥，女子的每一个动作、每一句话语、每一声演奏、每一个眼神的后面，都有男子的忘情痴迷、默契感应。新橙破好之后，我会想象一幅画面，女子手捧剥好的鲜橙，靠近男子，四目相对，气息相闻，亲热地喂男子橙子。男子则是一脸陶醉，幸福极了。笙箫调弄好后，我会想到，女子用心吹奏，脉脉含情，不时给男子一个甜蜜的笑颜。男子则目不转睛，耳不侧闻，身心投入，忘情欣赏，也许沉浸音乐的天地，也许沉湎女子的风雅，也许忘记自身的存在，也许畅想未来的幸福，时不时颔首微笑，示意女子，天知地知，神知灵知，你知我知，心魂呼应，同气相通。无须语言，无须表白，满屋的馨香，温婉的乐音，灵巧的动作，无一不洋溢相聚的欢喜，相知的幸福。

俗语有云“欢娱嫌夜短，寂寞嫌夜长”，美好的时光总是过得飞快，无声无息，不知不觉。当男主人公意识到夜已深沉，残星隐没，秋月退去时，他可能觉得应该回去了，不能通宵停留在女子闺房。这时，多情的女子格外敏感，格外焦急。她低声细语询问男子，你还要离开，到底歇宿哪里？言外之意耐人寻味，一来切盼男子留下来，陪着自己，相拥而眠，共度良宵；二来警觉男子，如此深更半夜还要离开，莫非另有相好，隐瞒不成？三来可见女子依依不舍，恋恋不已，声音之温柔低沉，神态之娇羞腼腆，着实迷人。女子明白“城上已三更”，男子要走不走，艰难抉择，女子语不直言，欲说还休，点到即止，相信聪明的男子定会知情晓意。

还不放心，还要挽留。除了时间很晚之外，还有夜路难行，霜浓路滑，怕马儿失足，人儿受凉。于是，干脆直截了当告诉男子：“你看，外面行人都没几个，你若趁夜回去，我还真不放心，还不如今夜留下来吧。”几番转折，几番吞吐，最后道出真意。心理曲折，心思细腻，情感深挚，想必那个男子纵然当晚有天大的事情，也会搁在一边，安心安意，陪情人一宿。不知道男子是否留了下来，任凭读者去想象。想来词人周邦彦也未必知道，除非词作男主人公就是他自己。不过，还是要感谢词人，留给我们焦急的等待，无穷的想象。

有好事者考证词作本事："道君（宋徽宗）幸李师师家，偶周邦彦先在焉，知道君至，遂匿于床下。道君自携新橙一颗，云江南初进来，遂与师师谑语。邦彦悉闻之，隐括成《少年游》云。"（张端义《贵耳集》卷下）其事有否，众说纷纭。笔者不信，不信词人隐匿床下，萎缩人前，尚能气定神闲，从容听取眼前发生的一场风花雪月的故事；不信词人忍辱负重，羞愧不安，尚能细心欣赏发生在眼前的一场欢声浪语的戏谑。词人不致如此狼狈，如此窘迫。我倒相信这是一次情人幽会，卿卿我我，缠缠绵绵，欢娱无限，甜蜜无比。其间有词人情爱生活的影子。

小窗风雨碎人肠

——贺铸《西江月》散读

翻检宋词，相思离恨扑面而来，缠绵相亲比比皆是，感觉惊讶，那么多的男女，不顾生死，魂飞千里，梦渡关山，只为与心上人相聚相守，只为与心上人同悲共喜。很感动于他们的情怀，对爱情的忠贞不移，对幸福的热烈憧憬。特别是男子，奔波江湖，沉浮宦海，自身摸爬滚打，伤痕累累，不吭一声，不吐一气，却对男女离别，心怀万种柔情，胸藏千般蜜意，团聚则欢喜，离别则悲伤。声声呼唤，响彻星空，传遍万里山河。滴滴清泪，潸然而下，流尽万千愁思。贺铸是个词人，更是情种，一摊开纸笺，一磨好墨，一提起笔，心思滚滚翻腾，眼泪簌簌而下，每一字都凝结泪水，每一个词都渗透刻骨思念。其词作《西江月》抒写自己一段心路轨迹，纤毫毕现，生动形象，催人泪下，揪人心魂。词作是这样写的：

携手看花深径，扶肩待月斜廊。临分少伫已依依，此段不堪回想。

欲寄书如天远，难销夜似年长。小窗风雨碎人肠，更在孤舟枕上。

词人孑然一身，漂泊江上，颠簸天涯，不知道要到哪儿去，不知道去做什么，不知道人生的风雨苍茫。只看见一叶孤舟，随水沉浮，烟雨相伴。词人落魄江湖，离散亲人，最是思念团聚相亲的幸福、朝夕相伴的甜蜜。淡淡的回忆，浅浅的笑容，脑海浮现过去的生活画面。缓缓轻轻，滑过眼前。有欢喜，更有悲凉。曾记得，风轻云淡的晚上，与情人携手相游，扶肩相伴。等待明月升起，欣赏银辉四射，天地空明；等待春暖花开，欣赏风吹花动，桂影斑驳。沿着花园小径，向花草更深处漫游。或是坐在亭廊之上，相依相偎，缠绵耳语；或是昂首望月，指点嫦娥玉兔，分辨吴刚砍树。两情相悦，两心相知，无限甜美，无限欢喜。就像“月上柳梢头，人约黄昏后”一样神奇，一样浪漫；就像“待月西厢下，迎风半户开”一样惊喜，一样激动。词人和心上人有一段美好的时光，有一场缠绵的相会。

喜欢“携手”这个词，你牵着我，我牵着你，温馨亲热，幸福甜蜜。手指传递彼此的心跳，肌肤感应彼此的温暖。想起古老的话语“执子之手，与子偕老”，脑海浮现一副画面，夕阳西下，西子湖畔，一对白发苍苍的老翁老太，坐在长凳上，相依相偎，静看远处的青山和夕阳。余晖洒在他们布满沟壑的脸上，嘴角泛起浅浅的微笑。这样子最美，最让人羡慕。是的，人海茫茫，相遇万千，相识万千，可是能够一生相伴，风雨同舟，直至晚年的却是难得。

也喜欢“待月斜廊”的意象，心怀天真，情系浪漫，一起约定一份誓言，一起等待一轮新月，让月光照亮彼此眼眸，让明月见证彼此的爱恋。想想今天，我们对待爱情的梦想，我们对待月亮的态度，很是纳闷，我们还有心情看月亮吗？我们抬头看月的时候，又看见了什么？更多时候，我们在匆忙中丢失了月亮，我们在僵硬中遗忘了美好。

词人不一样，漂泊天涯，落魄潦倒，永远记得，永远思念，永远浪漫。词人还记得，美好的日子持续没有多久，相恋相爱的两个人就要分离，不知道原因，似乎不便挑明，总之心中充满苦涩和无奈。最后，词人还是走了，走的时候，稍作停留，千般不舍，万般不愿，流泪眼望流泪眼，断肠人对断肠人。两颗心滴血，两个人无语，任目光交汇深情，任手臂相拥不舍。当时的情景已是凄清愁惨，已是痛楚难堪，今天回想起来，痛上加痛，苦不堪言。不管当时，还是现在，彼此都不知道何时再能相见，都不知道各自又会发生怎样的变化。最怕岁月风雨无情吹打，最怕时光河流汹涌流逝，没有人能够抵挡，没有人能够停留，与岁月一起苍老，直至彼此相认不出。

满腹相思无人倾诉，一天风雨凄迷心绪。还是铺开纸笺，拿起毛笔，饱蘸浓墨，带着相思血泪，一字一句写下心迹。诉说天遥地远的刻骨相思，诉说江湖夜雨的孤独寂寞，诉说颠沛流离的困顿疲惫，诉说风物变幻的不适应，诉说无人相助的凄凉，一任情思汹涌，一任思绪流淌，想起什么就说什么，想到哪里就说到哪里，既是说给自己听，又是说给心上人听。希望排解愁闷，希望驱遣孤独，和自己的文字对话，和自己的心灵对话。李白孤寂的时候，举杯邀明月，对影成三人；陶渊明孤寂的时候，静坐篱边，饮酒赏花，宽慰自己。贺铸孤独，以文诉苦，以字传情，越写越多，不能停止，直到双脚发麻，手指僵硬。要把满腹心思寄给远方的她，可是，“欲寄彩笺兼尺素，山长水阔知何处”（晏殊《蝶恋花》）。书信无由抵达，心思无由分解。还是留给自己无边的失落和迷惘。

看来只有寄希望于梦境，也许进入梦中，可以相聚团圆，可以一吐心曲。相信心灵感应，相信心魂相通，两个人天各一方，一方发生什么重大变故，对方一定会有感应，只是自己不一定意识得到，事后应验，感喟唏嘘。可是词人发觉，孤灯独对，空床独睡，暗影幢幢，空空落落，哪里睡得着，哪里能够抑制相思汹涌。坐在灯前，发呆失神，心烦意乱。躺在床上，辗转反侧，长夜难眠。这次第，如何挨到天亮？

窗外刮起了风，飘起了雨。黑暗中，什么都看不见，张耳静听，风声呜呜，拍打着船篷，像人在哭泣；雨声哗啦，敲打着船帆，像人在喧嚷。风声雨声不像吹打船篷，倒像敲打词人心怀，一阵紧似一阵，一阵痛过一阵。更何况，这个时候，还是一叶孤舟，飘泊江面。无边的黑暗笼罩江面，包裹孤舟，也吞噬词人，几乎压得词人喘不过气来。风雨之夜，孤舟之上，一颗心在游荡，为仕宦起伏，为相思苦恨，为羁旅天涯，为身不由己，为命运无常。

其实，人生也就是一叶孤舟，面对茫茫黑夜，面对汹涌波涛，你没有方向，你没有任何依靠，你不知道下一个停泊的港湾在哪里，你不知道明天是何景况，你能做的只是与黑暗抗争，与风浪搏击。战胜恐惧和孤寂，战胜不安和困惑，也许明天会风平浪静，阳光明媚；也许明天会阴风怒号，浊浪排空；也许明天会一如既往，风雨凄迷。总之，不可知，不可控，不可靠。

相信经历了聚散离合的词人更加懂得珍惜身边的幸福，相信相思入骨的人们越发珍惜相处的美好。相思离恨，折磨人心，纠缠你我。可是，换个角度想想，正是因为许许多多的男男女女辗转反侧，彻夜不眠，才让我们看到真情的可贵，爱恋的执着。风雨人生，痛苦也罢，幸福也罢，只要心中坚守一份情意，一份承诺，生活就永远值得我们为之歌唱。

一寸离肠千万结

——韦庄《应天长》散读

聚散离合，喜怒哀乐，风情万千，诗意斑斓。有人歌咏“两情若是久长时，又岂在朝朝暮暮”（秦观《鹊桥仙》），一年相思，一生心血，换来一夕相会，幸福得一塌糊涂，此情此景感动万千男女。有人叹惋“相见时难别亦难，东风无力百花残”（李商隐《无题》），暮春时节，春风无力，百花凋零，相爱的一对男女却要分离天涯，忍受两地相思的煎熬，感慨相见不易，离别艰难，萍聚萍散，风雨飘零，此情此景让多少人潸然泪下。有人埋怨“锦瑟无端五十弦，一弦一柱思华年”（李商隐《锦瑟》），责怪锦瑟，无缘无故，弦丝纷繁，因为一弦一柱，都会刺痛诗人敏感的心灵，都会勾起诗人感伤的记忆和凄美的联想，昔人不再，离愁难消，此景此景又让多少人沉默无语。同样，品读词人韦庄的作品《应天长》，也是一番相思透骨、惆怅寒心的感受。词作抒写一位多情女子对男子的别后相思，心如刀割，泪如雨下，坐卧不宁，茶饭不思。

情意真真切切，场景活灵活现。

别来半岁音书绝，一寸离肠千万结。难相见，易相别，又是玉楼花似雪。暗相思，无处说，惆怅夜来烟月。想得此时情切，泪沾红袖黦。

相爱相恋的一对情人，男子已经远离故乡，奔走天涯，或是赶考京师，求取功名；或是为官异地，公务缠身；或是经商四海，辗转漂泊。已经半年时间，男子没有给女子捎去片言只语，可怜的女子也不能确切了解男子的行踪和景况，天天思念，时时忧虑，以泪洗面，度日如年。一寸柔肠，一寸相思，万千愁怨，万千心结，剪不断，理还乱，是离愁，别是一番滋味在心头。

词人用词十分凄苦，一个“绝”字让人心生寒凉，浑身战栗。一年半岁，书信杳无，两无相知，这对视爱情为生命全部的女子来说，该是何等痛彻心扉，寸断肝肠的煎熬啊。可以想见，女子心怀焦虑，忧心如焚。不管出于何种原因，男子总该想想女子的处境和心情吧，但是他没有，留给女子的只是无边的痛苦，无尽的担忧。同时，这个“绝”字似乎也容易让人产生一种不祥的预感，男子似乎恩断义绝，薄情负心，未免太过残忍，太过无情。

一寸离肠万千结，想象夸张，十分奇特，引人联想。一寸柔肠，万千愁结，万千相思，只为男子，只为远方。何等深挚，何等执着，又是何等悲壮。女子是柔弱的，温婉的，但是，在追求爱情和幸福的过程中，却会表现出惊人的坚强和执着。赤诚一片，忠贞一生，感天动地，气壮山河。记得李商隐有诗“春心莫共花争发，一寸相思一寸灰”（《无题》），寸寸柔肠，寸寸相思，寸寸灰烬。女子相思苦恨，几乎到了悲痛欲绝的程度。相对而言，韦庄词作夸张愁怨离恨，纠结人心，缭乱情怀，几乎到了千千万万、无尽无休的地步，没有李商隐笔下的苍凉，自有无法承受的沉重。

女子感叹，人生聚合，相见相识，相知相恋，原本就是一种缘分，来之不易，万分艰难，理当珍惜。可是男子却一去半年，音信杳无，真不知道他的心中到底做何感想。聚还不多，离别又至，这公平吗？这合理吗？可是又有什么办法呢？女子埋怨，这离别太容易，太频繁了，以致自己难以承受。相见艰难，离别容易，聚合也罢，离别也罢，都是揪人心怀，都是痛彻心灵。心怀相思的女子就是在这样一种景况中苦苦坚持，苦苦等待。不知道结果如何，也从未想到要改变自己的选择。眼看又到了杨花纷飞的暮春时节，还是不见离人踪影，不闻离人音信。记得去年吧，也是春风浩荡，杨柳飞花，似雪似絮，纷纷扬扬，弥漫长亭古道，弥漫长空春色。女子在离亭送别男子，千叮咛，万嘱咐，依依难舍，深情脉脉。可是今天，风物依旧，春色依旧，却是不见男子回来，不见男子行踪。又是一年春将尽，人生能有几回春？随着春天一同消逝的还有女子的青春，女子的容颜，怎不令女子肝肠寸断，愁肠百结？

词作用一个“又”字，不仅照应首句交代的时间，还隐隐透露出时光流逝，季节变换，青春难留的感慨，可以推想，要是一年又一年，一春又一春，不见男子回来，不闻男子音信，女子岂不憔悴了容颜，苍老了青春，荒废了一生爱情、一世幸福？不敢想，越想越恐怖，越想越糟糕。韦庄高妙，一个“又”字，暗含留念，关涉命运，纠结人心。

白天登楼远眺，离恨满天。入夜相思无尽，彻夜不眠。世界之大，人海茫茫，人心纷纭，却是无人相伴，无处倾诉，只能独自咽下苦恨离忧。设想一下，要是有伴侣相处，倾诉一番衷肠，浅饮几杯淡酒，或许闲愁苦恨会减少许多；要是有家人作陪，亲情相伴，痛苦或许会暂时忘却。可是，现实就是这样残酷，男子走了，留下孤独无依的女子，留下相思无尽的女子，如何熬过漫漫长夜？看轻烟淡雾笼罩的明月，团团圆圆，明亮光洁，总是触动女子的心事，她想到月圆人不圆；她想到今夜相思，不知对方是否也在望月怀远；她想到要托明月捎去自己对远方离人的思念和关心；她想到要是能像月光一样，照彻天地，追随离人，那该多好；她想到要是重新回到两个人花前月下卿卿我我的时光，该多美妙。可是这一切都是梦幻痴想，都是一厢情愿。自己还是孑然一身，独守空房。无语伤神，暗自落泪。

此情此境，女子情意深切，心怀创痛，不思睡卧，无法安宁。徘徊屋内，空空落落。任凭泪水哗哗滚落，任凭忧伤翻滚心头。词人只写一个细节，泪如雨下，沾湿红袖，一次又一次，时断时续，以致多次流泪之后，可以明显觉察得到红袖泪痕，浅淡深浓，区别分明。䵟，是指红袖上面斑斑点点的黄黑污点，只有在"新啼痕间旧啼痕"时，才会在红袖上浸渍出这样的污迹。可见女子流泪远远不止一次，而是多次，断断续续，直至流干眼泪为止。我想追问，一个女子，为情所困所扰，为爱伤神伤身，泪水何时能够流干？相思何时能够停止？除非"何当共剪西窗烛，却话巴山夜雨时"。可是，从词作当中，我看不到这样的希望。可以想象，女子每一个夜晚都是这样度过，伤心垂泪，望月惆怅。始终不渝地坚守和等待，也许会等来幸福，也许会等来失望。没有人能够告诉她，读这首词，我也像这位可怜的女子一样，久久出神，深深沉默。

衣带渐宽终不悔

——柳永《蝶恋花》悟读

翻阅古典诗词，咏唱相思之作数以万千，蔚为壮观。但是，将相思写得刻骨铭心，写得惊魂动魄，写得动人肺腑，首推柳永词作《蝶恋花》。学者蒋勋认为，词牌“蝶恋花”类同民间流行乐曲，令人联想到世俗男女的热烈欢爱。蝴蝶眷恋花朵，花朵期待蝴蝶，两相情愿，依依难舍，如此美好情意恰好隐喻人生欢爱。柳永这首《蝶恋花》就是描写男女相恋愁苦的。不过，不写恩爱甜蜜，不写青梅竹马，写尽相思苦况，写尽透骨深情。

伫倚危楼风细细，望极春愁，黯黯生天际。草色烟光残照里，无言谁会凭阑意。

拟把疏狂图一醉，对酒当歌，强乐还无味。衣带渐宽终不悔，为伊消得人憔悴。

很多人认为那些浪迹江湖，出入青楼的文人举止轻佻，薄情寡义，

风流成性，见异思迁，其实，品读柳永的词作，感觉词人柳永就是一个深情重义、率性真诚的人。脱去了轻佻敷衍，褪尽了逢场作戏，完完全全坦诚肺腑，交心交底，在青楼女子面前，在千秋百代读者面前，展示出一个文人的赤子之心，一个男儿的赤诚之爱。这首《蝶恋花》描写男子对女子的牵肠挂肚，苦苦思念，非常感人，非常真挚。

春天总是带给人们花红柳绿，欢欣鼓舞，但是对于那些浪迹天涯、为情所困的游子来讲，春天则更多充满悲愁离恨，相思惆怅。一个人，久久站立在高高的楼台之上，倚栏远眺。不知道他在望什么，不知道他心中想什么。就那么一动不动，站成一道感伤的风景。

春风微微吹来，掀动衣襟，飘扬头发，一同飘扬的还有他那些迷乱纷繁的心绪。黄昏即将来临，天地暗淡下来。西边的天空还挂着一轮夕阳，慢慢下沉，有气无力，如血苍凉。天空中弥漫着浓浓的雾霭，如同万千游丝千回百转，纠缠一起。暮霭笼罩天地，也笼罩男子心头。不知道从何时开始站立楼台，不知道已经站立多久，不知道还要坚持多久，只感觉到男子面色凝重，心事重重。

楼台之下，春草萋萋，疯狂滋长，碧绿铺向远方。远方，视线所及，群山起伏，隐隐约约消失在天边。没有人会心怀沉重地欣赏春天的小草，没有人在黄昏残照里如此动情地怜惜春草，甚至也没有多少人能够理解男子为何如此关注春草。男子久久凝视，无言无语，心向天涯。

词人似乎轻描淡写，故弄玄虚，没有直接点明男子心怀何意，说春愁，愁漫长天，愁满大地，愁罩山峦，愁染夕阳，愁抹春草，但是，到底为何而愁呢？答案全在残照烟光里，全在漫漫春草里。《楚辞 · 招隐士》云："王孙游兮不归，春草生兮萋萋。"春草年年，枯萎还生，游子呢，长年漂泊在外，归家无计，因此，每每看到春草，自然容易勾起对家园亲人的思念。南朝江总妻《赋庭草》云："雨过草芊芊，连云锁南陌。门前君试看，是妾罗裙色。"和柳永同时代的词人牛希济词作《生查子》云：“记得旧罗裙，处处怜芳草。”芳草关涉相思怀念，多是心上人的形象暗示。因此，柳永词作于天地烟光里独独拈出春草，自然含有相思怀人的意味。只是，一个人的春天，一个人的黄昏，无人相伴，无处诉说，无法释怀。也许沉默才是最好的表达。也许远眺才是最大的安慰。痴情的人相信心灵感应，相信心灵的目光可以穿越万水千山，与身处遥远家园的心上人目光交汇。

相思危楼，愁肠百结，如万箭穿心，似刀割心头，词人难以承受，自然想到排解愁苦，抚慰相思。怎么办呢？一个人的春天，一个人的楼台，又能怎么办？还是喝酒吧，“何以解忧？唯有杜康”，词人打算狂喝滥饮，一醉方休。词人需要吟啸高歌，驱散春愁。这个时候，只有酒才能麻醉自己愁苦的心灵。只有酒才能让人忘记一切烦恼和痛苦。于是，他自斟自饮，自吟自歌。得意处，狂呼大叫，痛快淋漓。伤心时，泪如雨下，伴酒入肠。人们都说酒能解愁，酒能忘忧。可是词人喝着喝着，反而越来越清醒，越来越痛苦，越来越不能忘却心中的思念。看来，酒对可怜的词人来讲不起作用，相思离恨早已深深烙在词人的心上。词人感觉到，强颜欢笑，疏狂痛饮，这本身就是一种痛苦，一种折磨，还有何乐趣？有何滋味呢？远望不能当归，狂喝不能解忧，独处无人诉说，诉说无所适从，天地陷入黑暗，词人的心在滴血，在哭泣。

我担心，如此痴情迷意，如此伤心悲凄，词人如何承受得了？除非铜头铁臂，除非铁石心肠，除非无情无义。可是，你看，词作最后，似乎是在经历了万千挫折和打击之后，词人仍然屹立不倒，豪迈依旧：“衣带渐宽终不悔，为伊消得人憔悴。”为了心中的她，为了真挚的爱，为了远方的期待，他愿意一如既往，眺望夕阳，凝眸春草，独倚楼台，苦苦期盼，苦苦坚守。哪怕衣带宽松，瘦骨伶仃，哪怕形容枯槁，心灵憔悴，也无怨无悔，永不放弃。感天动地赤诚男，惊心动魄忠贞情。柳永用尽生命的能量，放声歌咏，大胆呐喊，声音久久回荡在千秋百代读者心中。

千古动人在泪花

——晏几道《思远人》悟读

每一次捧读宋词那些儿女情长、凄恻动人的篇章，总是感喟不已，潸然泪下。晏几道词作《思远人》深得人情滋味，道尽万般无奈与凄凉，在我看来，不是词家一字一句抒写真情，而是流血流泪倾诉思念。

红叶黄花秋意晚，千里念行客。飞云过尽，归鸿无信，何处寄书得？

泪弹不尽当窗滴。就砚旋研墨。渐写到别来，此情深处，红笺为无色。

秋天是一个相思的季节，游子牵挂父母，女子思念夫君，天下秋色一般浓，天涯相思一样深。今天的你我，纵然天各一方，总可以书信问候，电子传情，或者踏上火车，飞驰天南地北，抵达你我身边；或者乘上飞机，穿云钻雾，快速赶赴对方所在地，了却思念苦心。古人则远没有这么幸运、便捷，山川阻隔，天遥地远，音信难通，时局动荡，所有的思念都积存心底，所有的怀想都写在纸上。那些文字穿越风雨，穿越

时空，传递着缕缕温馨，缕缕悲凉。

晏几道词中的女主人公就是一个多情善感，用情至深的人。秋天来了，天气转冷，她在等待远方的音信，她在牵挂夫君的冷暖，她时时刻刻都在关注夫君对她的情和意。满山枫林已经变红，大块大块，万红千紫；满地菊花已经变黄，大片大片，枯萎成泥。瑟瑟秋风吹过发际，送来丝丝寒凉，面庞冰冷，心思苍凉。这个秋天无人陪伴，这分凋残无人分享。女子在想念那个远离家门，长久不归的夫君。没有夫君的秋天格外寒冷，没有夫君同赏的菊花格外凄凉。

记得那些菊花开放的日子，夫君还在她身边，小两口你情我意，缠缠绵绵，或饮酒赏花，或登高眺远，或围棋比试，好不开心，好不风光。世界是他们的，幸福来得非常容易。可是谁也没想到，生活总有不如人意或是不可把控的事情发生。夫君走了，身不由己，游走他乡，留下了孤独寂寞、年轻美丽的她，留给她一个相思的秋天。她望望天，天高云淡，晴空万里。所有的云朵都已经远去，淡出女子的双眸，淡出女子的心空，不带走一丝惆怅，不表示一声离别。那么悠闲，那么疏淡，不紧不慢，自由自在，没有看见地上的女子，没有在意秋天的落寞。

当最后一朵白云消逝在高远无垠的天空时，一只大雁闯入女子的视野，着实让女子吃惊，心头掠过一丝期盼，她期盼善良的大雁捎来夫君的书信，她期盼熟悉的大雁抚慰孤寂的心灵，可是，大大出乎她的意料，大雁由北至南，高飞远去，没有留下片言只语，没有留下一丝声响，就那么匆匆忙忙飞过高天，瞬间消失得无影无踪。天地间只有她一个人孤孤单单地站在那里，任凭秋风吹动她凌乱的头发，任凭思绪在秋风中飘荡。真不知道，可怜的女子，痴情的女子，如何才能熬过这凄冷的秋冬。明天她会收到夫君的书信吗？明年她会盼来夫君的团聚吗？也许能够,也许不能够。

她心意冷淡，情绪低迷。转身走进闺房，对着窗户，一阵发呆。她不是那种拿得起放得下的人，她不是那种少情少义的人，自从她嫁给夫君那一天起，她就把整个的生命和青春全部交给了夫君，生生死死，相依相伴，永不分离，即使今天夫君不在身边，她也从不淡却对夫君的思念。

寻寻觅觅，冷冷清清，凄凄惨惨戚戚，这次第，怎一个愁字了得！情到深处，心在滴血，眼泪如奔涌的江河，决堤而出，倾泻而下。滴滴泪水落在衣裙上，溅在窗棂上，她的心中翻江倒海，思绪如麻。她有很多话要对夫君诉说，她期盼夫君能够理解一颗滴血的心。她铺开红色的信笺，她拿起轻细的毛笔，蘸墨拌泪，挥毫直书，洋洋洒洒，千言万言，可是写不完她的孤独寂寞，写不尽她的心向神往。一个个带泪的文字，无声倾诉着女子多年来的艰辛不易；一滴滴晶莹的泪珠，无声倾诉着女子无休无止的思念。

写到离别的伤心苦痛，写到离别的凄凉无奈，手在颤抖，心在狂跳，脸色变得苍白，双眼变得呆滞，丢下毫管，抬眼窗外，一片秋空，无比凄凉。她的心思久久沉浸到遥远的过去，遥远的他乡，还有同样遥远的未来。她不能没有他，他不能不牵挂她，他们曾经有约，他们发誓要一起走向明天。明天啊，惹人遐想的明天，何等灿烂幸福的图景，何等芬芳诱人的花朵。可是，这些文字，这些泪珠，这些念想能换来明天吗？

有诗云：“君问归期未有期，巴山夜雨涨秋池。何当共剪西窗烛，却话巴山夜雨时。”（李商隐《夜雨寄北》）诗中天各一方的夫妻还有盼头，至少他们可以通通信，可以收到对方的心声。自己呢？无从收到书信，无从寄出思念，无从抚慰相思。

不知过了多久，不知刮过几场秋风，窗外的树叶簌簌飘落，她的思绪回到眼前。桌上，红色的信笺早已褪色，几乎变成白色。那是泪花在濡染，那是伤心在扩散，那是脸色蒙秋霜，那是心灵覆冰雪。眼前一片雪白，头脑一片空白，心灵一片苍白。她拥有一个寂寞的深秋，她遗失一位迷离的夫君。天高地远，思绪翻飞，远方的人呀，你是否听见声声憔悴的心跳？

无边丝雨细如愁

——秦观《浣溪沙》散读

有一种美，像一缕清风，微微拂面，轻轻沁肤，清爽不浊，和煦不冷；有一种美，像一场清梦，轻盈缭绕，袅袅升腾，如烟似雾，如云似霞；有一种美，像一缕冬阳，闪闪发亮，丝丝温暖，热烈不辣，柔和不寒；有一种美，像一帘水晶，晶莹剔透，光洁如镜，风吹帘动，其声美妙。我读秦观的伤春词作《浣溪沙》，就是这个感触，美轮美奂，美不胜收，美丽绝伦，浸润其中，也同词人一道为暮春的轻寒而叹惋，为凄美的飞花而担忧，为无边的细雨而惆怅。但是，换个角度，稍作洒脱，却可以欣赏到另外一番风光，一切都是轻柔细腻，一切都是静谧无声，一切都是虚无缥缈，一切都是如诗如画，一场春梦不分明，一阕辞章不了情。我被词人的淡淡忧愁、淡淡寂寞所感染，也被词作流水无声、风飘云散的轻盈灵动所打动，心绪飞扬，缥缈远方，想起了青春芳颜如花的美丽，想起了韶华风华正茂的意气，想起了人生孤寂无聊的轻愁。一阕歌吟，深情款款，想入非非，的确动人。

漠漠轻寒上小楼，晓阴无赖似穷秋。淡烟流水画屏幽。

自在飞花轻似梦，无边丝雨细如愁。宝帘闲挂小银钩。

词作模拟女子口吻进行展开，其实融汇词人心情意绪。词人大多敏感细腻，多情善感，男女不论，老少不分，特别是男性词人摹绘女子心态，更是词坛一道奇绝艳丽的风景。秦观此词即是风景一帧，图画一幅，婉曲一支，或是美酒一盏，清茶一杯，佳肴一碟，供你慢慢品味，细细斟酌，只觉滋味无穷，意兴勃勃。

一个暮春的早晨，薄雾蒙蒙，轻阴不展，天空暗淡，大地凄冷。一位精心打扮之后的俏丽女子，独自登楼，倚栏远眺，心事重重。时而流连花柳绿茵，时而昂首天外飞雁，时而谛听驿道马鸣，时而远眺江舟点点，有些无聊，有些空落。不明白她在思想什么，不清楚她的心情意绪，只是感觉这个早晨，有点清冷，有点落寞，属于她一个人，属于她柔小的心。走走停停，看看听听，眼前没有风景，暮春不闻声音，一切春光对她来说似乎都没有意义，都是那么清冷，那么孤寂，就像她一个人，纵然拥有一座楼阁，一春风光，却无人分享，无人倾诉，又有什么快乐可言呢？

词人不忍心打扰她忧心忡忡的心事，不忍心看着她楚楚可怜的模样，不忍心破坏她徘徊楼阁的宁静，尽量轻轻落笔，淡淡着墨，寥寥写意，几笔勾勒，点染一种氛围，清淡轻柔，清幽静谧，让她来回走动，让她移目流连，让她浮想联翩，让她心驰神往。笔墨追踪不到遥远的天涯，心魂却可以；目光穿越不了起伏的山峦，梦魂却可以。词人真是菩萨心肠，至纤至微，至真至切，用语题词，万分谨慎，生怕一时的疏忽，或是莽撞的落笔，刺痛了女子敏感的心灵。

写暮春寒冷，用“轻”字，浅淡轻薄，不冷不凉，不是料峭凄冷，不是隆冬严寒，有点“沾衣欲湿杏花雨，吹面不寒杨柳风”（志南《绝句》）的味道。写薄雾，用“漠漠”叠词，婉见薄雾弥漫、轻轻笼罩之状，又有如烟似梦、轻盈飘逸之态，柔美轻灵，如诗如画。即便是女子登临的楼阁，也是“小”楼一座，气度格局，小巧玲珑，精致美观，想象得到雕梁画栋，彩绣辉煌，想象得到大家闺秀，典雅秀丽。最见心情则是“无赖”二字，字面而言，是说暮春晓阴不散，天地空蒙，冷风瑟瑟，类似深秋；深处体味，则是指女子心怀郁闷，心事浩茫，心烦意乱，无聊无奈，空虚空落。人总是这样，心有不悦，移情于物，见山恨山，见水怨水，看见暮春景色，自然骂它无赖。想起了唐代诗人笔下的几个“无赖”，杜甫诗云：“眼见客愁愁不醒，无赖春色到江亭。”（《绝句·漫兴九首》）徐凝诗云：“天下三分明月夜，二分无赖是扬州。”（《忆扬州》）杜诗言春色无赖，搅扰客愁，徐诗言明月无赖，辉映扬州，前者贬抑，后者褒扬，情意有别，风调有异。秦观词作中的“无赖”类似杜诗，貌似写景，实则含情。

晓阴似秋，迷蒙眸子；轻寒拂面，冷清心灵。等待无望，心有郁结，还是回到屋子里吧，或许稍稍温暖一点，稍稍清静一些。可是，刚进屋子，女子就瞥见了那扇静默不动的屏风，上面一幅写意山水，轻烟淡雾，轻流慢走，垂柳拂岸，临流照影，远山隐隐，长天蒙蒙。一样的宁静深远，一样的轻柔淡雅，一样的沉寂清冷。还是不能安宁心神，还是隐隐感觉不畅。岸边杨柳，似乎又隐隐刺痛女子敏感的心灵，让她想起了往事，想起了远方。也是暮春时节，也是垂杨拂岸，多情美丽的她折柳赠别即将远去的男子，多少离情别意汹涌心间，多少苦恨愁怨弥漫天涯。她的心早已飞越万水千山，追寻远帆而去，可是，她能找到归宿吗？她能重拾幸福吗？不知道对于可怜的女子来说，远方有多远，天涯意味着什么。

徘徊屋内，坐卧不安，茶饭不思，心事重重，目光掠过窗棂，投向广漠的天空，只见细雨蒙蒙，落花飘飞，伴随着清冷的风，伴随着轻淡的雾。静静地观赏那些飘飞的花瓣，带着雨雾，随着微风，纷纷扬扬，弥漫天空。自由自在，空灵如梦，牵扯出多少诱人而又凄美的联想。女子想起了美丽生命的悄然凋谢，想起了美丽青春的静默流逝，想起美好爱情的无声滑过，想起了神奇的梦幻杳无踪影。几多轻盈，几多空蒙，又有几多悲凉，几多心酸。静静地观赏那些雨丝，从天上到地面，从山峦到河流，从市镇到乡村，到处都是，密密麻麻，如丝如缕，像牛毛，像花针，像细丝，像无边无际的愁绪，牵扯敏感的神经，触动郁闷的心灵。如何释怀？谁能轻松？像飞花一样自在飞扬？像轻风一样自由奔跑？只是担心心儿太小，装载不下无边飞鸿，无边雨丝，还有无边愁绪。

飞花被细雨淋湿，沉沉坠落，成泥成土。天地被雨雾包裹，无边无际，暗天暗地。山峦被愁思缠绕，起伏连绵，苍苍茫茫。还是收拢目光，回到屋子，回到窗棂。水晶帘子高高挂起，细小银钩赫然在目。静悄悄，冷清清，无言无语，无动于衷。喜欢词人一个“闲”字，见姿见态，见情见性。于小银钩而言，极言静挂无声，轻盈无痕；于女主人而言，闲愁缕缕，情思绵邈。不是等闲清幽，不是轻松惬意，不是悠哉闲哉。一幅静默的画面，传达出内心波澜，图形写貌，传情达意，实在高明。

今天，我们品读秦观笔下女子轻愁淡恨，却不一定要去附庸风雅，浪漫一番，忧愁一场，倒是可以超然脱身，静心把玩，犹如把玩一个珍贵瓷瓶，欣赏它的图案设计，纹路花色，质地造型，笔墨诗句，情趣格调，不起波澜，不伤情怀，淡淡地看，淡淡地想，乐在其中，妙不可言。

相思本是无凭语

——晏几道《鹧鸪天》悟读

人生天地，南北东西，天涯阻隔，免不了相思离恨。父母牵挂远行他乡的儿女，妻子思念漂泊在外的夫君，朋友担忧宦海沉浮的故旧，相思缕缕，连天连地。古往今来，万千文人设喻作比，抒发相思；万千诗章描形绘状，活画相思。可是，真正的相思从来不是能够穷形尽相表达出来的，真正的离恨从来都是郁积于心，诉之于物的。相思离恨，千言万语，言说不尽，却又千说万说，喋喋不休。越是矛盾纠结，越是复杂微妙，相思的魅力越是光芒四射，灿烂迷人。词人晏几道素来是个多情种，混迹于笙歌燕舞，纵姿于酒宴华堂，与许多漂亮女子结下了不解情缘，聚散依依，两情脉脉。许多辞章见证了一段段风流快活，许多风物见证了一缕缕愁苦无奈。

醉拍春衫惜旧香。天将离恨恼疏狂。年年陌上生秋草，日日楼中到夕阳。

云渺渺，水茫茫。征人归路许多长。相思本是无凭语，莫向花笺费泪行。

游子漂泊天涯，或为光宗耀祖寒窗苦读，或为发达富贵沉浮宦海，或为发财发家奋战商场，丢下了妻儿子女，抛开了故园亲旧，一个人忍受艰难苦恨，一个人承担相思惆怅。想家的时候，免不了独饮闷酒，消磨时光，排遣相思。思绪随着美酒回到从前，回到那些风花雪月、红袖添香的日子。夫妻两个你情我意，缠缠绵绵，或促膝夜谈，共话风月，或挑灯夜读，描红摹帖，或琴棋书画，诗词歌赋，或吟风弄月，对酒当歌，何等幸福，何等快意。青春风流醉人心，花好月圆含情意。可是，今不如昔，美好不再，团圆不存。游子想起过去，回首现实，情绪亢奋，郁闷翻滚，不禁拍打春衫，怨天怨地。老天有眼啊，何必如此安排人生命运？人间有爱啊，何苦如此万般不顺？莫非我命中注定，离散天涯？莫非我奔走江湖，相思漫天？我也是一个疏狂不羁、豪迈大气的人，行走天地，笑傲江湖，何曾拘谨局促？何曾牵牵绊绊？唯独在这“情”字上面不堪一击，一塌糊涂！问世间情为何物，直教人生死相许！一次醉酒可以麻醉一时，可是不能抚慰相思，酒醒之后的清醒更加痛苦。一次拍打可以麻木一身，可是不能弹去离愁，阵痛之后的沉静更加苦涩。游子的春天被苦酒浇湿，化作淋漓泪雨；游子的春衫被幽香浸染，化作盈盈思念。一颗心，在春天游离、飘荡。

春天的我，漂泊旅途，没有春天。秋天的你，是否依然怅望，天涯归客？我能够想象得到你的模样，你的神态，你的衣饰，特别是你那双深情的眼睛。我知道，你的眼里有我，我的过去，我的现在，还有我的未来。我走到的地方，就是你双眸凝望的焦点。初夏过去，秋冬来临，心上的人啊，你在哪里？你站在长亭边，古道口，看秋风吹过柳枝，看大雁飞过天空，看陌上秋草枯黄。一年一度春草绿，一年一度秋风凉，就是不见我的天涯身影。你站在阁楼上，倚栏远眺，从早到晚，从东到西，从雾霭散去到夕阳漫天，从黎明破晓到明月东升。一天一夜日月明，一天一夜情思长。没有人知道你的心事，没有人能够分担你的忧愁，那么，就让我化作一缕秋风，拂过你的脸庞，给你带来丝丝清凉；让我化作缕缕月光，照耀你的身影，滋润你的心房。我在远方，为你守望，为你祈祷。

古老的《诗经》曾经咏唱：“蒹葭苍苍，白露为霜。所谓伊人，在水一方。溯洄从之，道阻且长。溯游从之，宛在水中央。”茫茫芦苇，皑皑秋霜，瑟瑟秋风，粼粼秋水，伊人可望，遥不可及，愁云惨雾笼罩江畔，相思苦恨折磨诗人。在晏几道笔下，《诗经》中的河畔相思男换成了楼上含情女，但是，情怀一样凄恻，秋空一样凄冷，秋风一样寒凉。这位可怜的女子遥望长天，不见大雁捎来书信，不见秋水送来归舟，不见古道跑过马蹄，只见水阔天高，山长路远，只见云雾茫茫，原野苍苍。远方的人啊，你在哪里？你可曾记得相思阁楼？你可曾怀想红袖添香？你可曾计划千里归程？你可曾挥毫滔滔情思？

天各一方，时空阻隔，隔不断我对你的悠悠情思；秋空渺渺，秋风瑟瑟，吹不尽我对你的脉脉深情。对于我来说，苦苦等候就是甜美的希望，忍受孤独就是急切的向往。我把思念埋藏心间，等你回来，共享欢乐。我把牵挂捎给明月，流光普照，明亮你的心空，让你知道，遥远的家乡，有一颗心在守望。我把泪水咽进肚里，化作相思苦酒，醉得一塌糊涂。所有的心事都是思念，所有的景物涂染相思。天地之间，人生百态，情有千千结，爱有万万种，如何抵得上我对你的刻骨思念？本想修书一封，遥寄相思，和墨带泪，含情蕴恨，可是，满腹情思如何写得尽？又从何处落笔？又托谁人捎去？不如干脆不写，干脆不流泪，将情思积蕴心间，将泪水咽下喉肠，让它酝酿发酵，让它翻江倒海。天风浩浩，明月朗朗，此心可鉴，忠贞不移。远方的你，可否听见我沸腾的心跳？

相思既是无凭无据，无依无靠，一筹莫展；相思又是有声有色，有姿有态，丰富多彩。天涯分离的人啊，说也不是，不说不甘，写也不是，不写不快，如何是好？云无语，水无声，只听见心在跳。

遥山恰对帘钩静

——晏殊《清平乐》散读

羁旅天涯，东西南北，免不了思乡怀远；浪迹江湖，漂泊不定，免不了睹物伤情。相思是一种刻骨铭心的体验，更是一种历尽沧桑，痴情不改的追怀。有人沉湎其中，迷离恍惚，不能自拔。有人淡定从容，哀而不怨，怒而不伤。有人撕心裂肺，痛断肝肠，号啕大哭。表达相思，方式万千，风姿多彩。宋代宰相、大词人晏殊一生雍容华贵，养尊处优，惯看宦海风云，历尽相思苦恨，吟诗作词，表情达意，出自肺腑，流泻肝肠，自有一种不惊不惧，不急不缓的风范。其词《清平乐》无非就是表达一位出身高贵、气质高雅的女子对浪迹天涯、久行不归的心上人的思念和牵挂，语浅情深，词雅意闲，哀怨不火，思念不温。表面读来，清雅素淡，平和从容，深入下去，却是目断神枯，情深义重。

红笺小字，说尽平生意。鸿雁在云鱼在水，惆怅此情难寄。

斜阳独倚西楼，遥山恰对帘钩。人面不知何处，绿波依旧东流。

对于相亲相爱的男女来说，朝夕相处，耳鬓厮磨，缠缠绵绵，是一种幸福；天遥地远，各在一方，两处相思，却是一种痛苦。词作中的这位女子恰好遭遇了这种痛苦。长年累月，独守空房，无人相伴，无语向天，眼在流泪，心在泣血。但是，她痴心不改，爱恋不移，她身上具有一种久经煎熬、雷打不动的坚贞和忠诚，那是对远方的渴盼，对爱恋的坚守。一天到晚，日出日落，她最感兴趣，也是最为急迫的事情莫过于给情人写信。她坚信，苍天有眼，此心可鉴，精诚所至，魂魄相应，远方的心上人是可以感应得到的。

推开帘幕重重的窗户，面对长天阔地，让春风吹动满腹心事。铺开轻淡粉红的信笺，轻轻拈起毛笔，饱蘸浓墨，谨慎落笔，一笔一画，蝇头小楷，密密麻麻，整整齐齐，写满信笺，写满日子。太多的孤独和寂寞需要抚慰，太多的相思和煎熬需要倾诉，太多的美好和甜蜜需要回味，太多的憧憬和希望需要表达。尽情写吧，无遮无拦，无拘无束，想到哪里写到哪里，想说什么就写什么，将自己的心和泪毫无保留地表达出来。除了自己，只有一个人可以阅读、可以分享、可以共鸣，那就是远方的情人。

人生需要表达，表达自有情意。倾泻是一种心灵重荷的释放，倾泻是一种表达自我的快慰，倾泻更是一种守护爱情的执着。虽然情人远在天边，虽然自己幽居多年，但是，写着写着，恍恍惚惚，如梦似幻，她变成了一只快乐的蝴蝶，翩翩飞舞，轻盈自由，一时飞过江河湖泊，倩影投映清澈水面；一时飞过山林原野，视野变得开阔辽远；一时飞过芳香花园，眼前一派灿烂明丽。她很幸福，在虚妄中。她很快乐，在写信时。尽情尽兴，尽心尽意，一吐为快，过足干瘾。

女子是在为自己写信，也是为远方抒情。刚才还沉浸在一阵表达的欢喜与狂热之中，现在忽然变得诧异和为难。她要将一腔心事交付远方，她要将满腹委屈告诉情人，总得有人送信才行，总得让信捎到情人手里啊。但是情人在哪里？远方又是什么地方？情人离别又有多久？杳无踪影，久无消息，这封沉甸甸的书信寄往何方？再说，天遥地远，关山难度，梦魂难越，书信几乎不能抵达。

词人借用鸿雁传书和鱼传尺素两个典故，表达女子书信难寄，情意难传的惆怅和郁闷。词人援引这两个典故，又翻出新意，说鸿雁在天，游鱼在水，天遥不可及，水远不可达，书信无由抵达，只能封尘抽屉，封尘心间。一腔心事，倾泻无遗，可是无法告知对方，无人分享悲喜，留给女子的只是深深的失望和惆怅。

不知道远方有多远，不知道山外在哪里，一腔心事付流水，满腹委屈无人说，还是要等待、守望，还是要期盼、憧憬。从日出东南隅开始，直到日落西山满天红，女子独倚危楼，痴情眺望，久久等待。她望见了什么？夕阳缓缓沉落，天地渐渐暗淡，山峦慢慢模糊，楼阁融入黑暗。那道山梁，连绵起伏，依稀可辨。峰峦正对着这自己居住小楼的窗户帘钩呢。还是忘不了，还是心念不改。山外有山，山外还有人——心上人，也许就在遥远的山峦那边，某一个位置，一家客栈，一片街市，一座村落，或是一个渡口。能够想象他的存在，他的身影与笑容，他的声音与步态，他的衣着与神情，但是就是看不见他真真切切的面容。她的等待能换来美好的惊喜吗？那个人也许明天回来，也许永远不会回来。一个女子，孤苦伶仃，楚楚可怜，谁能抚慰她失落的心？谁能送给她温暖的拥抱？天地之大，人海茫茫，找不到，看不见。眼前，一江春水，依旧东流。汩汩滔滔，欢欢畅畅。

晏殊也是情长意绵，那么多的深情体验，那么多的悲悯无奈，那么多的牵肠挂肚，全都倾注词句之中。读到流水东去，心事东流，还可以体察到，词人一颗敏感悲悯的心也随流水、随青山，渐渐远去。心能抵达哪里，心又要抵达哪里，我们不知道。只觉得，平淡素朴的文字下面流淌汩汩清泉，像一个女子赤诚而透明的爱恋，像多情词人天真而本色的忧郁。

夜夜绿窗惊风雨

——韦庄《应天长》散读

寂寞是一柄双刃剑，有人渴盼，求之不得；有人拒绝，无法忍受。整日沉浸在喧嚣浮华之中的人，需要一时半会的寂寞来沉淀往事，过滤生活，品味属于自我的精彩。整日孤居深院华堂的女子，不堪忍受孤寂落寞的煎熬，急需情人陪伴，抚慰心灵，愉悦神志，享受自由美好的爱情。多少个日日夜夜，以泪洗面，相思无眠，多少次风风雨雨，星月无光，夕阳惨淡，演绎了一个个断人肝肠、揪人心怀的思恋故事，催生了一篇篇心乱如麻，情深似夜的诗词。韦庄是晚唐写情高手，也是词坛情种，很多词作描写男女相思苦恋，天涯愁忧，分不清词人是在叙述一段遥远的思念，还是在描写一片切近的深情，普泛言之，人心相通，性情类似，读者完全可以透过词作所写，窥视人物隐秘难言、痛楚酸辛的内心世界。《应天长》是韦庄的代表作之一，写女子相思愁怨，从白昼到黄昏，从傍晚到黑夜，从现实到梦幻，从身边到远方，全方位铺叙、点染，将女子内心世界揭示得淋漓尽致。

绿槐阴里黄莺语，深院无人春昼午。画帘垂，金凤舞，寂寞绣屏香一炷。碧天云，无定处，空有梦魂来去。夜夜绿窗风雨，断肠君信否？

读完词作，眼前浮现一座庭院，午后无人，寂然无声。几株杨柳枝条披拂，挂满绿叶，如烟似雾，成堆成团。一棵老槐树，静立庭院一隅，伸开枝叶，绿影婆娑，浓荫匝地。灿烂的阳光，透过密密麻麻的枝叶缝隙，漏下星星点点的光斑，闪闪烁烁，迷迷离离，地上好像铺满了一层细碎的水银，又像落下一个童话世界，变幻多姿，色彩斑斓。中午的庭院很幽静，很深远。春天的风光很和谐，很沉静。似乎没有人迹活动，也无小鸟悠悠散步。偶尔从浓密的槐荫柳绿丛中传来几声黄莺的鸣叫，很脆嫩，很嘹亮，又带有一点娇羞青涩的味道。人都到哪里去了呢？难道这样富丽堂皇、精致美观的楼院也无人居住？按照我读宋词的习惯，这个阳光灿烂，风光如画的时节，这个庭院深深，绿柳掩映的院落，应该有一对相爱的情侣，并肩携手，相依相偎，欣赏春光，互诉衷肠。兴许女子还会摘下红花一朵，戴在发髻之上，笑问男子是否入时，是否漂亮。又或许，男子会留恋花柳，吟诗一首，附庸风雅，浪漫一番。可是，想象的美好不能代替现实的冷峻。画面上没有情侣相依，没有诗文风流，只有一片宁静，一片幽深，没有人知道这个庭院蕴藏着怎样的心事。

随着词人的笔触和目光，我的视线，离开庭院，穿越画帘，进入屋子里面，寻找一段静默的相思。一切都和院落风景一样静谧、安详，还是无声无息，还是空空荡荡。精美如画的帘子低低垂挂，无风不动，无光不闪。隔断了外面的庭院，封闭了室内的天地。像一扇心扉，悄悄关闭，隐藏许多秘密和念想。微风习习吹来，帘子飘动，描绘在帘子上面的那一对金色凤凰，轻轻飞舞，似乎要离开帘子，飞向天空。莫非连这对无知无觉、无情无趣的画中凤凰，在春风的召唤之下，也想飞出屋子，看看外面的天地？或者是，他们觉得寄居画帘，失去了自由，流逝了春光，也想双双飞舞，欢呼春天的美丽？没有人注意到一对沉默的凤凰，没有人觉察一间空洞的屋子里面有无隐秘的故事。词人敏感，体物察情，至纤至悉，他发现，屋子另外一角，一扇绣花屏风，静默无声地伫立，一个小巧的香炉，升起袅袅香烟。屋子里弥漫着淡淡的清香，空气中飘散丝丝清凉。还是没有看见人，但是词人借用一个词语“寂寞”来写屏风，分明又是暗示你我，这间闺房，安安静静，沉默着一颗心灵。她躺在罗帐之内，正在午休，却又心绪迷乱，合不上眼睛，放不下心事。透过纱帐，窥视屋子里面的动静，她听到了黄莺的鸣叫，她听出了春天的欢乐。她看到了布帘子上面的金色凤凰，成双成对，比翼双飞；她看到了香烟袅袅，寂寞飘散；她还看到白玉屏风冷冷泛光。她的心情变得很复杂，很敏感，想起了久远的人和事。思绪纷乱、缥缈。

词作上片纯然白描写景，不闻人声，不见人影。屋外，春风杨柳，生机勃勃。屋内，金凤绣屏，静默深深，少许词眼点染、暗示，暗示这座深似侯门的庭院有故事，暗示这间深不可测的屋子有心情。词作下片则是揭去神秘的面纱，露出庐山真面目，直抒女子相思入梦，刻骨动心的情怀。天上有一朵飘浮的彩云，随风移动，无依无靠，无伴无侣，也是可怜至极。地上有一位多情的女子，昂首云天，游移目光，追踪云影，似乎也在担心，也在忧虑。担心一朵云找不到回家的方向，忧虑一朵云孤寂飘浮，形影相吊。因为担心过度，因为忧心如焚，以致大白天睡觉也进入沉沉梦乡，依旧是追随云朵，不离不弃，形影相伴。云朵飘来，她欣慰；云朵飘远，她惆怅。梦随云朵去，魂追情人走。短暂的美梦之后，还得面对清冷的现实，一个人躺在屋子里，玉枕竹席，身心寒凉。

已是春天了，还惊出一身冷汗，着实把自己吓了一大跳！屋子空空荡荡，内心空空落落，一肚子的不满和怨愤，无处发泄，无人倾诉。

词中“云朵”这个意象，很耐人寻味，隐喻女子思念的情人。流浪天涯，辗转漂泊，行踪不定，有家难归，命运就和一朵随风飘浮，无依无靠的云差不多。只不过，词人的描绘之中，画面很美，情意很冷。湛蓝的天空高远明丽，洁白的云朵孤独飘浮，天空太大，白云找不到方向。李白诗云“浮云游子意，落日故人情”（《送友人》），以浮云比喻游子，漂泊四海，行踪不定，想起就令人伤感、怜悯。李白还有诗云“众鸟高飞尽，孤云独去闲”（《独坐敬亭山》），也是写孤云独去，多少带有一种凄婉迷茫的意味。韦庄词作妙用云朵来牵扯女子目光，牵扯读者心神，足以让人心神恍惚，心意摇荡。

白天的梦已然醒来，留下一肚子的失望和冷清。入夜，继续美梦连连。可是，天不遂人愿，风云突变，冷雨敲窗，女子内心更是波澜汹涌，怒潮奔流。思念一个人，白天相思入梦，晚上相思惊心，日日如此，夜夜这般，断肠伤肝，撕心裂肺，可是还不知道远方的情人是否知晓，是否理解。孤居一室，面对风雨，面对黑暗，焚心香一瓣，跪地祈祷，念念有词，远方的人啊，你可知道，天空这么大，夜晚这么黑，始终有一双眼睛，为你流泪，为你伤痛！

【第四辑】

一丘一壑也风流

而今乐事他年泪

——朱服《渔家傲》散读

人生一世，苦难多多，悲欢离合，免不了嗟愁叹苦，忧虑万千，其实，活着本身就是一种奇迹，理当珍惜，寻找快乐，发现快乐，珍惜现在，创造未来，这才是我们应该采取的态度。很多人沉湎情场失意，官场坎坷，科举不顺，嗟叹连连，苦不堪言，吟诗作词，悲愁叫苦，总给人留下一份凄婉，一份无奈，其实，换个角度，超脱人生，达观应对，完全可以活得潇洒，活得超脱，甚至于活出自我真实性情。

读宋代词人朱服的词作《渔家傲》，让人深深感触到一个人生活于世，快乐与否，不在于外界条件，而在于内心态度，在于自我生活情趣。纵观人的一生，实为不易，悲愁叹苦，悲天悯人，都有充分理由，但是，要让自己快乐，要让自己幸福，理由实在很简单，就是不必深处细想，不必事事顾忌世俗，简简单单，平平淡淡，过自己所追求的日子，活出滋味，活出精彩即可。朱服这首词作《渔家傲》就为我们提供了一种快乐生活的方法，说者无意，读者有心，词作字里行间是可以见出词人的生活态度和情趣的。

小雨纤纤风细细，万家杨柳青烟里。恋树湿花飞不起。愁无比，和春付与东流水。

九十光阴能有几？金龟解尽留无计。寄语东城沽酒市。拚一醉，而今乐事他年泪。

读罢词作，非常欣赏这种生活态度——不管人生多么坎坷，多么曲折，总得达观对待，坦然应对。世事复杂，风雨变化，很多事情不由你来决定，不由你来把控，一旦降临，只能承受，只能正视。词作表现的或许就是这样一种人生体验。言风雨沧桑，暗示人生意味。暮春时节，好风吹拂，细雨滋润，满城杨柳，郁郁葱葱，万家屋舍，掩映绿柳轻烟之中，隐隐约约，朦朦胧胧，自有一番绰约风姿。正是万树葱茏，百花争艳之时，一场春雨淋湿了春天，淋湿了无边春色。那些即将绽放的花朵，或是含苞待放，沉默一春，或是离开枝头，零落春风，不忍心，不心甘，就那么随着春风，起落飞扬，漂泊不定。没有人关注她们的命运，没有人追踪她们的足迹，但是可以想象，一地狼藉，一地残红。词人巧用一个“恋”字，字面是在描写花朵不忍离开枝头，实际上是在表达词人不忍心看到花自飘零水自流，一份担心，一份忧虑，隐隐透露出来。但是，谁也无法阻挡自然规律，谁也无法主宰花的命运，流逝的还将流逝，留给敏感的词人还是无奈和悲凉。

沉湎其中，颓靡不振，心绪低落，词人甚至想，还不如干脆忘却，干脆超脱，任凭无边春愁，随水东流，杳然远去，以致无影无踪，或许可以了却心愿，安顿心灵。一个爱春惜花的人，不会那么残忍，不会那么绝情。

他希望落花流水，悄然流逝，不忍心看到她们的凄惨衰败，不忍心看到她们的枯萎零落。即便是芳华凋谢，也要抓住最后时机，细细欣赏。

曾记得唐代诗人，爱花尤甚，万般无奈之下，也欣赏花朵凋谢的芳华之美，李商隐曾经诗云：“寻芳不觉醉流霞，倚树沉眠日已斜。客散酒醒深夜后，更持红烛赏残花。”（《花下醉》）李商隐爱花成癖，恋恋不舍。从早到晚，为花醉酒，为花伤怀，白天看不够，晚上继续欣赏，硬要抓住一切时光，见证花枝凋零，芳华消散。赏花如此，生活亦然。其实，爱之愈切，恋之愈深。不论什么事情，只要自己深深爱恋，身心投入，就会不计成本，不计报酬，全力以赴，孤注一掷。

与朱服同时代的苏轼亦有爱花之作《海棠》：“东风袅袅泛崇光，香雾蒙蒙月转廊。只恐夜深花睡去，故烧高烛照红妆。”和李商隐一样，也是爱花成癖，欲罢不能，白天观赏，晚上继续。月光皎洁，东风袅袅，香雾蒙蒙，花影绰绰，别有风姿，分外迷人。但是诗人担心，夜深人静花也睡去，又恐怕明日无多花容失色，干脆烧起高高的烛台，照亮鲜红美丽的海棠，让自己久久注视，不离不弃。坚守一晚，通宵不眠。为了这份美丽，为了最后的芳华，诗人可谓用尽心机，耗尽心血。爱花如此，如痴如狂，的确令人感动。

朱服坦言，在这和风细细，杨柳堆烟的时节，自己竟然悄然动容，愁苦万端，像无边雨丝，密密麻麻，弥漫天地；像轻烟淡雾，朦朦胧胧，笼罩心头；像潺潺流水，源源不断，绵绵不绝。缘何而愁？伤感为谁？搜寻字里行间蛛丝马迹，发现词人也是多情种子，为春天即将逝去，为花朵被风雨摧残，为美丽很快消失，要挽留却留不住，要送行又悲伤，就这样带着复杂微妙的心理，目睹春天从眼前流逝。

词人通达超脱，没有心意低落，情绪委顿，而是看破人生，参透时光，明白既然留春无计，愁忧无益，那就不如跳脱出来，开怀痛饮，及时行乐。兴许这是珍惜时光，留住青春的一种方式。词作上片侧重描绘暮春美好景色，抒发伤春惜花之情；词作下片则侧重深入人物内心世界，揭示词人的人生感悟和生活态度。就像春天终有时限，百花终有尽头一样，人生短暂，去日苦多，理当把握当下，快乐人生。一春时节，九十余日，说长不长，说短不短，年年来到，年年流转，可是，今年的春天不同于去年的春天，明年的春天又有别于今年的春天，谁能同时看到不同时节的两朵花开？谁能同时两次踏进同一条河流？现在能够做的也许就是开怀畅饮，醉图一乐了。想起了唐代诗人贺知章，因为钦慕李白卓然不凡的才华，欣然解下身上的金龟配饰，换来美酒，与李白畅饮。为了诗歌，为了友谊，一掷千金，在所不惜，豪放人碰到了豪放人，性情者邂逅性情者。词人也要像贺知章一样，举杯豪饮，尽情尽兴，这样才不辜负大好春光。可是，词人又担心，还是留春不住，还是不遂心愿啊。

没有办法，任凭是谁，神通如何广大，法力如何无边，也无法留住春天。能做的只能是麻醉自己，欢乐现在。告诉东城酒市，今朝有酒今朝醉，明日愁来明日愁。狂喝豪饮拼得一醉，欢欢畅畅自得其乐。只有在醉乡之中，只有在频频举杯当中，才能暂时忘却不快和失意。一个“拼”字，很见决心和态度，那是经过痛苦挣扎之后做出的决定，那是一种斩钉截铁，毫不犹豫的人生态度。

以后怎样，他日如何，留待以后吧。也许泪眼婆娑，伤叹连连，也许忧愁如海，深不可测，但是现在不去想它。现在要给自己一份快乐，一份陶醉。为即将逝去的春天，为隐隐失意的人生。

红杏枝头春意闹

——宋祁《木兰花》散读

一直以为，读宋词，就是品味一种生活态度，品味一份悠游娴雅的心境。宋人生活浪漫，很多文人放下身段，融进街坊市井，混迹勾栏瓦舍，欣赏歌舞诗画，流连山光水色，心灵与世俗同欢颜，诗意与自然相融合，吟咏唱叹，涌现出大量词作。总是向往那种开放自由，无拘无束的市井风情，总是羡慕文人那些风流潇洒，浪迹自然的美妙辞章。宋祁原本是一个朝廷官员，因为一首词，风情万千，风流疏放，风采不凡，而被人赠送雅号“红杏尚书”，诚如词人秦观被戏称为“山抹微云学士”一样，我们记住一个词人，一首词作，常常因为一份心境，一份情趣，或者说是一种生活理念。

东城渐觉风光好， 皱波纹迎客棹。绿杨烟外晓寒轻，红杏枝头春意闹。

浮生长恨欢娱少，肯爱千金轻一笑。为君持酒劝斜阳，且向花间留晚照。

城市繁华，风物万千，宋祁独对东城风光情有偏爱。因为春回大地，天气变暖，寒冷退位，东城得风气之先，得地利之便，得天地之灵气，最先迎接春天到来，所以词人开口咏春，便提东城。诚如韩愈咏春："天街小雨润如酥，草色遥看近却无。最是一年春好处，绝胜烟柳满皇都。"（《早春呈水部张十八员外》）一年春光，生机蓬勃，景象动人，首推京城大道周围的小草，破土而出，如眼如芽，清新淡漠，似有若无。稍不留意，就不能发现。韩愈心细，近看小草，稀稀拉拉，疏疏落落；远看小草，青青绿绿，成团成块。

词人宋祁，同样细心敏感，洞察物候变化，留心天气冷暖，一下子发现东城风光决胜他处，旖旎迷人。春风吹过湖面，泛起粼粼波光，一圈一圈的涟漪慢慢荡漾开去。溶溶漾漾的湖水，绿意盈盈，闪闪烁烁，自有迷离色调，宛如童话境界一般，令人着迷。满湖春水似乎开始活跃，开始涌动，流盼生辉，脉脉含情，欢迎游客的到来，期待词人的青睐。雕饰精美的画船，慢慢滑过水面，无声无息，像是划过整幅绸缎一般，多了几分柔和，几分宁静。船影人身，花草树木，倒映水中。蓝天白云，碧波绿水，一块荡漾。看去满湖斑斓，色彩缤纷。要是在冬日，水瘦山寒，草木枯淡，天地肃穆，湖中景象自然没有初春的鲜活灵动。

远处的岸边，杨柳吐新，浅黄嫩绿，枝叶难分，犹如一片轻烟笼罩枝头，又像一幅泼墨写意山水画。轻盈柔美，清淡飘逸，多了几分灵动，少了几许萧索。毕竟冬天过去，春天回来，寒冷减淡，春凉减轻。词人眼中只有欣喜和欢悦，为早春杨柳的细微变化，为早春烟云的如梦似幻。人生不能太清明，太真切。很多时候，保持一段距离，欣赏朦胧淡漠风光，也是一种美，一种引人入胜、动人心弦的美。岸边几户人家，在绿柳掩映之中，露出一堵墙垣，黑瓦青墙，古朴素淡。墙内杏花绽放，伸出墙外，形成一道亮丽的风景，激发词人的情怀。词人想起了诗句："春色满园关不住，一枝红杏出墙来。"（叶绍翁《游园不值》）红艳似火，灿烂如霞，熠熠生辉，流光溢彩。令人向往，惹人遐想。词人想象，围墙之内，院子里面，定是杏花盛开，如江如潮，如火如荼，那气势，那色彩，让人大饱眼福，大呼过瘾。

"闹"字用得特别好，可谓"一字见风流，一声显神韵"，花开满枝，原无声息，静悄悄的美丽，静悄悄的芬芳。可是，用上"闹"字，似乎有了声音，有了乐感，仿佛眼前浮现一副画面——蜂飞蝶舞，热热闹闹，生意葱茏，活力四射。春天是需要闹一闹的，当然不是胡乱腾闹，而是那些有情有义、有滋有味的小精灵出现，自由飞舞，嗡嗡嘤嘤，给人以美感，给人以享受。宋祁好运，看到了杏花绽放、满园热闹的场景。

面对大好春光，置身东城胜境，词人自有万千人生感慨。很多人，整日里忙忙碌碌，追名逐利，拍马钻营，难得清闲自在，难得风雅性情。像我这样，不错过每一个春天，不错过每一朵杏花，不错过每一株杨柳，不错过每一缕云霞，真是太少。人生一世，草木一秋，欢乐不多，苦难不少，要给自己创造快乐，也要学会寻找幸福。春天痴迷山水，流连花草，放飞性灵，享受美景；秋天坐观风云，静赏落叶，神思飞扬，浮想千古；夏天乘阴纳凉，挥扇取风，耳听蝉唱，眼观柳绿；冬天围炉夜坐，团聚家人，谈笑风生，共享天伦。只要有心，只要乐意，每个人都可以发现自然的美好，生活的温馨。人生如梦，变化无常，漂浮不定，太多的不可掌控，不可预料，我们能做的也许只是把握现在，珍惜生活，确保自己快乐和幸福。如此生活，风生水起，其乐无穷。金钱算什么？不能带来快乐和幸福，不能换来自由和潇洒，再多的金钱又有何用！一掷千金，只为一笑，只图一乐，千万不能亏待自己。权力算什么？只能带来虚荣和浮利，只能带来憔悴和困厄，没有自由，扭曲心性，拥有权力，何谈快乐，何谈幸福。词人希望，珍惜短暂人生，热爱生活，珍爱自己，珍爱山水风光，唯有在自然中，人性自由才得以实现。生命感受才变得丰盈。

劝告各位，来也匆匆，去也忙忙，图名图利，图富图贵，别迷失了自己，别遗忘了快乐。举杯对花，举目向天，与夕阳合个影，给花草问声好。你们且慢，斜晖晚照，花影阑珊，稍作停留，让我好好看看你们美丽的光华，闻闻你们醉人的芳香。也许明天太阳会照常升起，也许明天花草会一样灿烂，但是，我只要现在，享受现在。我等不及明天的绚丽多彩，我等不及梦幻的缥缈不定。

词人有心，热爱生活，珍惜人生，热爱自然，珍惜现在。不是沉沦不振，不是趣味低俗，不是贪图享乐，不是及时行乐。而是提醒各位，看淡世俗功名权位，看淡人间是非荣辱。真要活出滋味，活得精彩，就要回归自然，回归自由。一个会生活、有情趣的人，总是这样，超拔流俗，特立独步，徜徉在自然的花园里，迷失在美丽的风光中。那么，忙于生存、操心功利的我们，可不可以，给自己的心灵放一天假，走近自然，走近心性呢？

满船空载月明归

——黄庭坚《诉衷情》散读

人生如钓鱼，有人处心积虑，如姜太公一般绞尽脑汁，想尽千方百计，以求大鱼上钩，快意而归；有人心不在焉，与张志和相似，淡然闲坐，无须费尽心思，自有意外收获，惊喜连连。

唐代和尚张志和垂钓，不择地势，席地而坐，不设诱饵，垂空而钓，乘兴而去，兴尽而归，志不在鱼，意在江天青山，襟怀浩荡。他曾经写过一组《渔父》词，共五首，最为有名的就是那首至今万口传诵的词作：“西塞山前白鹭飞，桃花流水鳜鱼肥。青箬笠，绿蓑衣，斜风细雨不须归。”是否得鱼在其次，流连山水，逍遥性情最为重要。看白鹭翻飞，看桃花流水，看斜风细雨，看鳜鱼欢跃，一片天真，一片快慰。

无独有偶，唐代另有一雅号“船子和尚”，实名德诚的诗人，著有《拨棹歌》三十九首，其一云：“千尺丝纶直下垂，一波才动万波随。

夜静水寒鱼不食，满船空载月明归。”船子和尚垂钓寒江，凝神专注，一切皆空，不在乎是否得鱼，无意于人间荣利，摇一叶孤舟，浮游江天，满载明月，浩歌而归。何等潇洒，何等超迈。人间大鱼大肉，大富大贵，早已抛到九霄云外，心性旷达，胸襟开阔，行为自由，志趣高雅，这才是诗人最在意的。

宋代诗人黄庭坚仕途坎坷，几度贬谪，早已看破世相，参透人生，最是渴盼人生自由，生活清闲，最仰慕那种不受人间因缘束缚，一切随心随性的生活。黄庭坚特别喜欢这首《拨棹歌》，目尽青山，感怀古今，逸气浩荡，挥笔写下词作《诉衷情》倾诉自己的人生感喟。

一波才动万波随，蓑笠一钩丝。金鳞正在深处，千尺也须垂。

吞又吐，信还疑，上钩迟。水寒江静，满目青山，载月明归。

渔夫垂钓，讲究方法，比如选择地段，投放窝子，保持安静，巧用诱饵，驱赶鱼群，等等，费尽心机，想尽办法，希望大获全胜，满载而归。诗人垂钓则不一样，意不在鱼，志在逍遥。得鱼当然也好，可以让自己高兴高兴，没得也不影响心情。更多是想借助垂钓青山绿水，享受清风明月，享受天地浩荡，享受襟怀自由。你看，词人一开篇，就给我们呈现了一幅不同寻常，有点怪异的图景。一位老翁披蓑戴笠，荡舟江心，持一根钓竿，凝神端坐，目光专注于江面，心神沉浸于风月。一钩甩下，水面泛波，一圈一圈的涟漪慢慢扩散开去，形成一幅皓月朗照，波光粼粼的空旷图景。一波才动，万波相随，一光才照，万光相继。水面宽阔，天空明净，皓月辉映，清风吹拂。境界旷远清明，气氛宁静幽远，词人置身其中，自是赏心悦目，心旷神怡。清澈的水流，明净的月色，静谧的青山，远离了人间烟火，免受世俗尘埃玷污，免遭人间喧嚣

扰攘。词人追求的正是这样一种人生境界。只可惜几十年打拼官场，困守名利，疲惫不堪，心力交瘁，直到今天，才有幸体会到这份清闲逍遥，这份快意疏放。

想起苏东坡，清风明月之夜，泛舟赤壁江面，饱览大好风光，诗兴勃发，想入非非，有文为证："月出于东山之上，徘徊于斗牛之间。白露横江，水光接天。纵一苇之所如，凌万顷之茫然。浩浩乎如冯虚御风，而不知其所止；飘飘乎如遗世独立，羽化而登仙。"（《赤壁赋》）苏子好动，凌空御风，飘然飞举，产生羽化登仙，身轻如燕之感。诗人黄庭坚好静，冥冥兀坐，聚精会神，注目江心，回归内心，完全忘怀了世间荣辱得失，功名利禄，完全抛下了权位尊卑，是非纷争，不以物喜，不以己悲，几乎达到了一种打坐参禅，穷通天地的境界。

想起了寒江独钓的柳宗元，"千山鸟飞绝，万径人踪灭。孤舟蓑笠翁，独钓寒江雪。"（《江雪》）也是寂寂无人，空空如也；也是天地空旷，诗心空明；也是沉心静气，悠游江天。不同在于，柳宗元迎战隆冬大雪，黄庭坚拥抱清风明月；柳宗元忍受天地孤独，黄庭坚享受江天一色；柳宗元心怀郁愤，顽强抗争，绝不服输，黄庭坚看破名利，悄然脱身，逍遥自得；柳宗元难以沉静，内心掀起狂风暴雨，飘洒鹅毛大雪，黄庭坚则心如明镜，纤尘不染，光洁不俗。

神奇的金色鲤鱼潜藏在江流深处，从不抛头露面，从不显声扬名，不露蛛丝马迹，不露细水微澜。犹如清风拂过水面，无声无息，无影无踪。词人想，要钓到大鱼，自然不能傍依草岸，浅水垂钓。要在江心宽阔处，要在月明夜静时，垂丝千尺万尺，用心一丝一缕。这才钓到神奇的金鳞，可以化龙腾风的金鱼。词人似乎心怀热望，孜孜以求，放长线，钓大鱼，贪婪之心萌动，逐利之欲升腾。如此理解，冤枉了词人，误会了诗意。其实，通观全词，考察词心，这里强调千尺长线，用心垂钓，意在传达一份顿悟，一种禅念——参禅悟道，需要静心修炼，冥思苦想；需要持之以恒，坚持不懈；需要全神贯注，杂念皆空。词人哪里是在钓鱼，分明是在修炼心性，参悟人生。

再往深处想象，也是情味盎然，理趣多多。那些可爱的鱼儿，盘旋鱼钩左右，不明诱饵暗藏杀机，不明丝线所系何物，跃跃欲试，吞吞吐吐，将信将疑。抑制不住贪婪欲望的鱼儿往往就会上当受骗，落入渔人的陷阱，成了人们的下饭菜。那些胆小狐疑的鱼儿，远远躲开，静观形势，倒是可以躲过一劫。在渔者看来，鱼儿惊惶不定，犹疑不决，磕磕碰碰，似乎很好笑，很有意思。可是换个角度，联系人生来看，仕途凶险，宦海汹涌，为官谋利，何尝不是像贪婪的鱼儿一样，时时难免惹祸上身，自取灭亡呢？官场就是一个小江湖，处处布满天罗地网，时时都有名利诱饵，置身其中，稍不留心，就会灾祸上身。这些境况，词人有切身体会，想起来就会不寒而栗，胆战心惊。如此看来，词作表面是在说作者凝神闭目，心与游鱼的闲适快乐，其实暗藏杀机，机关重重。读浅享受快乐，读深备感惊心。词人实在高明。

江水寒冷，鱼儿不食诱饵。天地肃静，词人心神安宁。举目青山隐隐，连绵起伏，一线横天；昂首皓月高悬，银辉四射，天地空明。没有钓到金鳞，甚至没有钓到一条小鱼，那有什么关系呢？本来渔翁之意就不在鱼，而在山水之间，风月之上。划一叶轻舟，滑过光洁如镜的水面，朝青草更青处漫溯，满载一船明月，一船星辉，在星辉斑斓里放歌，回家。自由属于今夜，明静属于词人。

劝君诗酒趁年华

——苏轼《望江南》散读

卞之琳写过一首《断章》：“你站在桥上看风景，看风景的人在楼上看你。明月装饰了你的窗子，你装饰了别人的梦。”诗歌提出了两个耐人寻味的现象，一是你成了别人眼中的风景，但是你浑然不知；二是你装饰了别人的美梦，但是你还是浑然不知。其实用一句俗语来说就是“当局者迷，旁观者清”，用一句诗来说就是“不识庐山真面目，只缘身在此山中”。面对社会、人生诸多问题，我们常常陷身其中，不能自拔，从有限的经验和角度看问题，会形成许多错觉或误解。其实，拉远距离，超脱出来，站在一定高度，审视我们所遇到的人和事，调适我们的心态和精神，我们就会对对象有一个全面而辩证的认识，我们就会让自己的人生变得达观而洒脱。

宋代大文豪苏轼很会享受生活，很会自我调理心态。曾在密州任上修建楼阁一座，地势高峻，风光奇美，适于眺望，其弟苏辙命名“超然台”，苏轼很是欣赏，挥笔题词《望江南》一首，表达登高远眺，超脱尘俗，淡泊名利，诗酒自娱的生活情趣。词作其实也告诉我们一个为人处事的道理，那就是要超然物外，忘怀尘世，珍惜时光，享受生活。品读这首《望江南》不但可以欣赏一座城市优美迷人的自然风光，更可以觉悟修养身性，调理心态的道理。

春未老，风细柳斜斜。试上超然台上看，半壕春水一城花。烟雨暗千家。寒食后，酒醒却咨嗟。休对故人思故国，且将新火试新茶。诗酒趁年华。

城市的春光很美，但是天天生活其中，司空见惯，习焉不察，并不觉得多么奇特。可是，换个角度看看，感觉就大不相同。苏子建议我们跟随他登上新近落成的超然台，看看熟悉的城市，看看熟悉的春光，肯定会有新的发现、新的感受。春风拂拂，杨柳轻飘。丝丝缕缕，婀娜多姿，温柔至极，妩媚生辉。词人感觉，春天来到这座古老的城市已经好一段时间了，却还是那样生机勃勃，多姿多彩，全然不见消减姿色，退却生机的迹象。像一个少妇，经历过岁月，见识过风雨，依然风姿不减，楚楚动人。像一幅油画，久历时日，风尘蒙染，依然韵味不减，美轮美奂。

词人特别用了一个极富感情色彩的词语“老”，将春天视作一位朋友，说她青春尚在，红颜俊俏，光彩熠熠，不见半点衰老蜕变，反显勃勃生气。流露出词人对春光的喜爱、赞美之情。当然，言下之意也令人感慨，和春天相比，我确实苍老了许多，心生羡慕，甚至有点嫉妒。谁不希望自己生龙活虎，神采奕奕呢？谁不希望自己英俊潇洒，风流倜傥呢？可是没有人能够延缓时间的步伐，没有人能够拒绝衰老的到来。羡慕春光不老，暗含自己年华易逝，岁月不多的遗憾和无奈。想起李清照咏叹一场风雨之后的花朵，“知否？知否？应是绿肥红瘦”，眼睁睁看着美丽的花朵凋零破败，联想到自身青春消逝，红颜退去，无限伤感，无可奈何。惜花瘦弱，惜花破碎，其实也是在哀怨自己的凄楚命运。

喜欢词人笔下的“细”字，微风习习，杨柳斜斜，自有一番轻盈柔婉之美。要是大风，或是狂风，肯定是柳枝狂飞，呜呜作响。唯其风“细”，才见和煦柔美，才显轻盈飘逸。联想到杜甫的诗句：“细雨鱼儿出，微风燕子斜。”（《水槛遣心》）鱼儿在绵绵细雨中，摇曳着身躯，喷吐着水泡，欢快地游到水面上来。燕子轻柔的身躯，在微风的吹拂下，倾斜着掠过水蒙蒙的天空。两幅画面，非常轻盈柔美，非常空灵飘逸。一个“细”字，一个“微”字，写足了风雨的特点和神韵，堪称妙笔。

全城的风光如何呢？词人居高临下，俯瞰全景，风物万千，五彩缤纷，要描绘的实在太多，数不胜数，写不胜写。但是词人只拈出“半壕春水一城花”一句，写活全城春光。护城河春水泱泱，波光粼粼。城池内花团锦簇，五彩缤纷。一派大好春光，一片勃勃生机。写水用“半”字，是大概印象，略带夸张，不必坐实理解。想想看，护城河的水都已经涨到将近大半的深度，可见春雨充沛，春水泛漫，水势汹涌。写花用“一”字，极言一场风雨滋润，万千花朵绽放，遍布城市的每一个角落，可谓春花似海，灿烂辉煌。类似杜甫诗句“晓看红湿处，花重锦官城”（《春夜喜雨》）意境。不过稍有不同，杜甫是强调花朵盛开，含珠带露，沉甸甸，水淋淋，开得痛快，开得淋漓尽致；苏子则强调花朵遍地，布满全城，规模盛大，气势宏伟，让人感觉春意勃发，壮丽辉煌。“半”和“一”用得恰到好处，神韵毕现。

正因为春雨绵绵，春风拂拂，所以，词人放眼全城，千家万户，烟雨笼罩，水雾蒙蒙，色调暗淡，气氛宁静。很像一幅泼墨写意画图，烟雨淋漓，苍苍茫茫。很有江南城池的韵味，流水人家，白墙黑瓦，楼阁屋宇，春风杨柳，市井街镇，店铺林立，随便你走进哪里，那里都会唤起你静美的联想和幽远的感触。想来词人定是伫立超然台，神思悠远，浮想联翩；或是极目苍茫，沉浸古城，指点苍穹。

面对如此优美迷人的风光，词人自然神思遥远，浮想万千。时间刚好又是寒食节之后，春寒料峭，春意萌动，词人想起了故乡，这个时候，要是在家，也许会和家人一道给祖宗上坟扫墓，清除坟上杂草，垒土堆高坟茔，摆设果蔬肉食，焚香叩头作揖，烧送冥币，燃放爆竹，心事悠悠，心情沉重。或是与朋友踏青郊外，观赏春暖花开，聆听莺歌燕语，顾影小桥流水，流连花草园林，无比欢欣，无比畅快。只可惜，词人现在远离故乡，久别亲人，不能与家人团聚，不能了却还乡祭祖的心愿。心中隐隐作痛，愁思翻滚。

何以解忧？唯有杜康。小饮几杯吧，没有美味佳肴，没有亲朋做伴，一个人自斟自饮，一来暖和暖和身子，二来驱愁解闷，消散乡思。不知不觉，竟然也会喝醉。及至酒醒，嗟叹连连，怨声不断。有什么办法呢？人在江湖，身不由己，清明时节谁都想回家，很多人都匆匆忙忙奔波在回乡的路上，可是词人却滞留他乡，度日如年。想起杜牧的诗句："清明时节雨纷纷，路上行人欲断魂。借问酒家何处有，牧童遥指杏花村。"（《清明》）和杜牧一样，词人也是借酒浇愁，宽慰乡思。可是，举杯浇愁愁更愁，抽刀断水水更流啊，酒醒之后的心痛更为剧烈，更难忍受。

就这样沉沦其中，忍受痛楚吗？就这样绵绵相思，度日如年吗？词人毕竟心胸宽阔，心性豁达，他突然想到，不能这样自甘沉沦，痛苦度日，要跳脱出来，要改变心态，要享受现在所能拥有的生活。怎么办？燃起新火，烹煮新茶，面对春风春雨，慢慢品尝，慢慢体味。或者，摆下酒菜，举起酒杯，与春风对饮，与杨柳对歌。千万不能辜负美好春光，美好年华啊。

“诗酒趁年华”一句道出了词人的心灵顿悟，这是历尽煎熬、痛楚之后的清醒，这是饱经流离、孤寂之后的欣喜。词人坦言，忘怀痛苦，淡漠离愁，隐退乡思，要抓紧时机，诗酒自娱，快慰人生。否则，时不再来，时不我待。

就像唐代杜秋娘所作《金缕衣》：“劝君莫惜金缕衣，劝君惜取少年时。有花堪折直须折，莫待无花空折枝。”是啊，人活一世，悲酸苦痛数不胜数，穷尽一生可能都难以排遣，那么，是自甘沉落，一蹶不振，还是忘却苦恨愁怨，忘却尘世得失，开开心心，快快活活地生活呢？显然，词人人老心不老，万分眷恋美好年华，诗酒风流。一句“诗酒趁年华”鼓励我们洒脱、乐观，诗意生活，激励我们跳出自己给自己设下的痛苦圈套，换一个角度看生活，看人生。这样，我们就会觉得生活的种种不幸和痛苦，都蕴含着人生的智慧，都可以转化为快乐和幸福。

劝君惜取少年时

——欧阳修《朝中措》散读

词写离别，多有忧愁伤感，苦怨忧思，特别是男女离别，莫不撕心裂肺，痛断肝肠，少有豪宕大气，气势恢宏之作。诗为心声，词为情调，诗词之风格情调与文人襟怀相关联。苏子纵然贬官黄州，照样纵游山水，笑傲江湖，大有凌虚蹈空，飘飘欲仙之风范。辛弃疾赋闲在家，壮志未酬，仍旧可以逍遥田园，悠游山林，活得有滋有味，有声有色。欧阳修一代文豪，宦海沉浮，波诡云谲，可是能够保持坦荡襟怀，能够从容应对人生挫折。交朋结友，歌吟诗词，游山玩水，观花赏草，登高远眺，迎来送往，莫不豪放奔腾，激情洋溢，莫不大彻大悟，大情大义。其词《朝中措》为朋友赴任而作，放眼春风杨柳，融进自我感触，穿越岁月云烟，表达深刻感悟，读来启迪人心，动人肺腑。

平山阑槛倚晴空，山色有无中。手种堂前垂柳，别来几度春风。

文章太守，挥毫万字，一饮千钟。行乐直须年少，尊前看取衰翁。

词作有一小标题“送刘仲原甫出守维扬”，据叶梦得《避暑录话》卷一记载：“欧阳文忠公在扬州作平山堂，壮丽为淮南第一，上据蜀冈，下临江南数百里，真、润、金陵三洲，隐隐若可见。”仁宗嘉祐元年(1056)，欧阳修的朋友刘原甫（名敞）出守维扬，这是词人先前曾经为官太守的地方，风物依旧，主人不同，朋友投缘，情系一地，词人感慨良多，挥毫走笔，拳拳致意，褒扬朋友意气风华，才情横溢，鼓励朋友，大展宏图。上片写景，下片抒情，情景相生，水乳交融。

平山堂依山而建，上据高岗，下临江南，突兀峥嵘，气势壮观。雕饰华美，格局大气。是欧阳修的大手笔，是扬州城的名胜之地。晴空万里之时，阳光明媚之日，登高远眺，视通万里江山，心纳万千风云，神飞千古时空，自有一种深广阔远，大气苍茫之感。文人喜好阅览江山，神游天地，总要在为官之余，修亭建阁，筑堂造楼，一来提供登高观览、群贤宴游之胜地，二来彰显为官一方，造福百姓之政绩。欧阳修筑堂山冈，自然也是风情所致，雅兴所由。为官滁州时，也曾修筑醉翁亭，与民同乐，欢饮朝暮。

词人热爱山堂风光，熟悉风云变化。有的时候，居高望远，纵然晴空丽日，也是山色苍茫，似有若无，近山高岭清晰可见，远山矮坡隐隐约约。或是山堂附近风和日丽，江南诸山烟雨蒙蒙，一近一远，一实一虚，一清晰一朦胧，错综变化，意趣多多。犹如泼墨山水写意图，又似千山淋漓风扫过。一派烟云，一片气韵。有人不能理解欧阳文忠公妙笔深意，戏称先生“短视”，理由是宋代王象之在《舆地纪胜》中记载，登上平堂山，“负堂而望，江南诸山，拱列檐下”。山势体貌，赫然在目，苏子对此大不以为然，《苕溪渔隐丛话》后集卷二十三引《艺苑雌黄》记载："苏东坡笑之，因赋《快哉亭》道其事云：'长记平堂山上，攲枕江南烟雨，杳杳没孤鸿。认取醉翁语，山色有无中。'盖'山色有无中'，非烟雨不能使然也。"苏子言语，较为可信，理由充足。

留恋山堂，大处着眼，烟雨江山，宏阔苍茫；小处留意，平堂杨柳，春风几度。词人栽种杨柳，美化风光，装点心情，可是有情有义，念念不忘，如今，过去了几个春秋，又是春风浩荡的时候，堂前的垂柳可是郁郁葱葱，生机勃勃？可也丝丝飘拂，婀娜多姿？一丝一缕都是柔情，一叶一枝都是牵挂啊。词人还记得，栽种杨柳时的小心翼翼，杨柳吐绿时的无限欣喜，柳枝飞舞时的得意忘形，朝夕相伴，生出了感情，建立了友谊，一草一木都是朋友。更何况，今天，朋友即将离别，出守扬州，词人自然生出离别的难舍和留念。刘禹锡诗云："长安陌上无穷树，唯有垂杨管离别。"（《杨柳枝》）柳关离别，"柳""留"谐音，词人一想起山堂垂杨，心中就涌现离愁别绪。只不过，这份情意很隐晦，很含蓄，早被春风杨柳深深遮掩了。不仔细留意，难以发现。

送别朋友，送出一份风景，也送出一份胸襟情意。风景既有凭栏居高，纵目远眺的雄奇壮观，也有春风杨柳，婀娜随风的空灵飘逸；情怀既有青睐自然，热爱生活的豪放潇洒，也有祝福朋友，一路牵挂的深情缱绻。欧阳修为文为词，见心见性，至真至纯，给人感觉，朋友之交一片赤诚，一片冰心。再说说朋友吧，马上要走了，总得说上几句，勉励朋友。俗话道，物以类聚，人以群分。又言，同声相应，同气相求。欧阳修与刘原甫都是文章太守，骚人情怀，浪漫风雅，才情横溢，扬名文坛。说什么呢，欧阳文忠公称赞朋友，才学满腹，识见高远，才思敏捷，挥毫万字，又生性豪放，嗜好美酒，一饮千钟，意气风发。令人无比钦佩，无限神往。据《宋史·刘敞传》记载，刘敞"为文尤赡敏，掌外制时，将下直，会追封王、主九人，立马却坐，顷之，九制成。欧阳修每于书有疑，折简来问，对其使挥笔，答之不停手，修服其博”。九制，是指九道敕封郡王和公主的诏书，刘原甫立马作却，一挥而就，可见才华卓异，倚马千言。笔者读到此处，总有感觉，似乎欧阳修在赞自己。自己何尝不是文笔滔滔，才思滚滚呢？自己何尝不是豪饮放歌，意气飞扬呢？词人巧妙，明褒友人，暗点自己。

又因为朋友年轻气盛，青春豪迈，志存高远，将以有为，词人劝勉朋友，应当珍惜年少，进德修业，应当为官一方，造福百姓，不可荒废时日，颓丧精神，懈怠使命；不然，就会像我这样，抱负沦空，老大无成，樽前度日，了此残生。欧阳修一生宦海挣扎，几经贬谪，饱经忧患，此时虽然供职京师，已是两鬓萧萧，心情不畅，自然牢骚满腹，脱口而出。其实，纵观词人一生，也有雄心壮志，也曾建功立业，也曾青春意气，激情满怀，此处劝勉朋友，表面看来是及时行乐，不思进取，其实隐含珍惜光阴，珍惜年少，行人生之大乐，求德业之大成的意味；当然也有，诗酒文章，道德学问，纵情追求，一项不少的快意。有人以为，词人情趣低俗，格调不雅，示人以纵情酒色，沉湎歌舞，无意于品格学问，功名事业，实在是误解了词人的心思。相信一向敬仰，并深深了解欧阳修的刘原甫是能够体会朋友的戏谑之言和庄正之意的。

谁见幽人独往来

——苏轼《卜算子》散读

现代社会，红尘滚滚，欲海滔滔，人们难得孤独，难得静谧，也不习惯孤独和静谧，因为心在名利，情系荣华。人心浮躁，利欲缠身，是容易蒙蔽自我、迷失自我的。人啊，只有在孤独静处、形影相伴的时候，才可以发现自己，才真正拥有自我。读苏子写于贬官黄州团练副使期间的词作《卜算子》，就能感觉到苏子身上，除了孤高自傲，清旷绝俗之外，更有一种独来独往，宁静自省的人生风范，值得我们学习。特别欣赏“谁见幽人独往来”这个句子，也许苏轼心怀郁闷、无人倾诉、无人分担，只好独来独往，我行我素，似乎有点孤寂、冷清，但是词作中这种无人打扰、清幽宁静、自去自来、随心所欲的境界令人十分向往。因为，一个人只有独处一隅，无拘无束的时候，才能听见自己的心声，看见自己的所需。词作很多句子都准确地表现出词人这种独特的心思和情趣。

缺月挂疏桐，漏断人初静。谁见幽人独往来，缥缈孤鸿影。
惊起却回头，有恨无人省。拣尽寒枝不肯栖，寂寞沙洲冷。

天上一只孤鸿，地上一位幽人，两相顾怜，彼此辉映，生动形象表达出词人的心态历程。一个人的夜晚有故事，一个人的徘徊有情思。读这首词，笔者记住了一个夜晚，一个词人。

夜深人静，万籁俱寂的时候，一个人在庭院散步。他太累了，累于宦海挣扎，累于人世纷争，累于功名算计，他需要超脱一切，静拥一段时光，一处庭院，一个夜晚。让心灵舒缓压力，让心性自由舒畅，让性灵轻舞飞扬。一弯新月，冉冉升起，高挂树梢。银辉朗照天地。皎洁的月光透过枝叶缝隙，洒下点点光亮，铺展在地面上。乍一看去，一地碎银，闪闪烁烁，迷离不定，似乎带人走进一个童话世界，又像斑斓变幻的梦境，引诱你去追寻，去捕捉那些精灵古怪的光斑。

梧桐树静静站立，伸展枝叶，笼罩庭院。高大挺拔的躯干印满了岁月的痕迹。词人站立树下，用手轻轻抚摸梧桐树干，细看树干上的纹路斑块，好像面对一位饱经风雨沧桑的老人，细数他脸上的沟沟壑壑，静看他宁静平和的目光。一阵清风吹过，树梢哗哗作响，树叶随风飘零。一不小心，落在词人头上，肩上，脚边。很安静，很轻缓。似乎不愿意打扰词人，不想破坏这个平和美好的夜晚。词人满怀心事，无人倾诉，也无处倾诉，只好久久站立在庭院梧桐树下。沐浴月光，对视梧桐，心神悄然，容颜静寂。这个时候，不需要语言表达，不需要动作辅助，不需要吟诗作歌，只需要孤孤独独，安安静静，凝神屏气，心飞神驰。

词人与自己的心灵对话，聆听自己的心跳，感受脉搏的起伏，体会血液的奔流。从来没有哪个夜晚像今夜这样，完全看清自己。白天忙于事务，人声喧嚷，无暇顾及自己的感受。只有寂静的夜晚，词人才属于自己，才有时间去思考，我从哪里来，我要到哪儿去，我行走世间真正需要什么。普泛言之，白天属于他人，夜晚属于自己。

喜欢词人的孤寂，向往词人的散淡，坚信一个人的夜晚也很精彩。神态安详，目光平和，意绪宁静，内心丰盈。只有夜晚的孤独才能给予这一切，只有孤独的夜晚才能体会到真实的自我。词人白天奔波在熙熙攘攘的人流之中，晚上行走在皓月朗照的庭院之内，内心无比宽阔，无比宁静。词人孤独，如孤鸿掠过眼前，如孤雁飞过天空，如孤帆闪过江面，这份孤独带给人轻盈和自由，带给人清旷和散淡，甚至带给人激越和飞扬。

一个人独来独往，行走天地，行走人生，不也是一道奇绝的风景吗？就像词中所写，“缥缈孤鸿影”，空灵轻盈，飘逸飞扬，自由自在，无拘无束。远离烟火人间，不沾世俗风尘，高蹈云天，高歌远去，只留下一道飘逸的身影。何等潇洒，何等决绝。词人心中向往的就是这样一种境界，一种情趣。曾记得苏子在其散文名篇《赤壁赋》中亦有描写：“纵一苇之所如，凌万顷之茫然。浩浩乎如冯虚御风，而不知其所止；飘飘乎如遗世独立，羽化而登仙。”一叶轻舟，从流飘荡，任意东西，以至于，词人产生梦幻之感，似乎遗世独立，高飞飘举，羽化成仙。一样的轻盈空灵，一样的自由无碍，一样的性情飞扬。这就是苏子，为文也罢，吟词也罢，一心向往自由，一心崇尚清旷。

正当词人心怀幽恨，无语沉思的时候，一只孤雁飞过头顶这片天空，一声惊叫惊醒了词人，词人抬头看天，孤鸿身影一道，并不匆忙，并不急切，只是无伴无侣，无从无随。莫非也像词人一样心中有恨，无处申诉，处境孤独，无依无靠？莫非也像词人一样寄身世间，备感冷落？词人仰头目送飞鸿，久久不愿离开。哪里才是停落的树枝？哪里才是投靠的归宿？这只孤鸿，飞来飞去，左挑右选，所有寒枝都不愿停靠，所有的巢窝都不敢接近，身心疲惫，一脸无奈，只好降落在水中沙洲，寂寞草地。陪伴她的依然是清冷和寂寞。不知道为什么不愿停留树枝鸟巢？不知道为什么深更半夜独自惊飞？感觉得到她心怀郁结，幽怨绵绵，感觉得到她孤高自傲，不屑流俗。也许此时此刻，唯有同病相怜的词人才能理解孤独的飞鸿，也只有惊惶不定的飞鸿才能够理解栖栖不安的词人。

特别欣赏“拣尽寒枝不肯栖”的孤傲与决绝，想起了庄子笔下的凤凰和猫头鹰。“夫鹓雏，发于南海而飞于北海，非梧桐不止，非练实不食，非醴泉不饮。于是鸱得腐鼠， 雏过之，仰而视之曰：‘吓！’”（《庄子·惠子相梁》）这只凤凰，长途飞越，不是梧桐它不歇息，不是竹子的果实不吃，不是甜美的泉水不喝。而那只贪婪的猫头鹰，抓到一只腐烂的老鼠，喜欢得不得了，看见非梧桐不栖、非醴泉不饮的鹓雏飞过来，竟然赶紧把死老鼠紧紧捂住，并抬起头发出“喝”的怒斥声——它怕鹓雏抢走死老鼠。凤凰高洁自守，高蹈独行，猫头鹰贪婪污浊，情趣低俗，两相比照，发人深思。

寓之于人生，又想起古人所说：“志士不饮盗泉之水，廉者不受嗟来之食。”（《后汉书·列女传》）为人处事，自有操守，自有风范，不可降格以求，不可屈身辱志。凤凰择良木而栖，学子择良书而读，出行择良友而交，处事择良行而为，庄子启迪人生，苏子开启心志，先贤用心于此，我辈当深味内蕴，践行人生。

此词写作有其特定背景，词人心境有其难言郁愤，不过词人却用轻灵文笔，静静抒写，勾勒淡淡风景，展示孤寂心灵，幅幅清雅画面给人静美享受，种种凝思遐想给人缤纷启示。品读词作，其实就是品读一份人生体验，抛开词人的苦恼和幽怨，我们还可感受到人生超迈、达观，清旷不俗的异样情怀。或许这就是苏子人格魅力所在吧。

谁能倚杖听江声

——苏轼《临江仙》散读

人生百年，坎坷曲折不断，伤心痛楚连连，如何面对？如何选择？不同的人有不同的智慧，一般情况主要有两种，要么一蹶不振，沉沦堕落，灰心失望；要么愈挫愈勇，顽强抗争，无惧险阻。苏轼宦海沉浮，命途多舛，不和社会抗争较劲，不和权势锋芒相对，不和世俗同流合污，不和自己过意不去，在山光水色中纵情自我，在风花雪月中放飞性灵，在圆通交接中坚守本真，神游天地，纵情山川，活出了真我的风采，活出了自由的滋味，可喜可贵，值得学习。如今社会，贪欲横流，权势嚣张，铜臭熏天，利欲熏心，人们难得静下心来清点心灵，滋润精神，难得自由轻松，潇洒生活。这个时候，品读一番苏轼那些豁达超脱，自由潇洒的诗词，肯定会有赏心悦目，神清气爽的感觉。苏轼词作《临江仙》给我们提供了一份难得的人生启示，教会我们与世相融、达观应对，教会我们投身自由、高蹈尘外，也教会我们随缘任运、俯仰随心。

夜饮东坡醒复醉，归来仿佛三更。家童鼻息已雷鸣。敲门都不应，倚杖听江声。

长恨此身非我有，何时忘却营营？夜阑风静縠纹平。小舟从此逝，江海寄馀生。

苏子圆通豁达，不与权势一般识见。每逢遭遇权贵排斥打压，总是胸襟坦荡，达观应对。宋神宗元丰三年（1080），苏轼因为乌台诗案被贬官黄州，担任团练副使，有官衔而无实权，似自由而遭监禁。居住黄州城南长江边上的临皋亭。居高望远，心慕白云；临流啸咏，笑傲江湖，自有一番旷世不羁、特立独行的风范。距离亭阁不远处，有一片山坡，东面向阳，苏子不辞辛劳，垦荒辟地，种树植花，自得其乐，名曰“东坡”，视为乐园，自号东坡居士。苏子还在东坡附近修筑了雪堂，往来于两地，自在逍遥，无牵无挂，生活赛过神仙，精神胜似隐士。这首词所写即是苏子东坡酒醉，复归临皋亭，一路逍遥，一路沉思的情景。

一个晚上，夜深人静，月朗星稀，苏子也许是劳作之后，身心疲惫，也许是临风对月，兴致勃发，一个人也要开怀畅饮。不邀请明月，不惊动身影，无须顾忌世俗的眼光，更不在乎官场的礼仪，放松身心，放浪举止，随心所欲，畅饮美酒。一杯复一杯，杯杯美酒醉心怀。醉而复醒，醒而又醉，酒酣耳热，醉眼昏花，但是意识还是清楚，知道自己需要回家。于是，拄着拐杖，沐浴月光，借星光点灯，乘清风送爽，摇摇晃晃，颠颠簸簸，回到临皋亭。

时候已然不早，人家早就沉睡，都快半夜三更了，鸡鸣狗吠之声不闻，虫鸣鸟唱之音沉寂，就是苏子家童，也是早入梦乡，呼噜大作。要是在平时，早有家童开门迎接，笑脸相待。今夜星光灿烂，词人却喝醉了，归家已晚，家童还以为主人肯定又在哪里邂逅高僧，谈诗论文，品茗悟道去了。没有准备，没有等候，自顾睡去。苏子呢，吃了家童闭门羹。一连几声敲门，屋内没有应答，只闻鼾声如雷。

不生气，不打门，没有必要啊，为什么要对家童大发雷霆呢？他睡得可香呢，成全他，满足他，不打扰他，不惊醒他，让他香甜入梦。和我一样，他有他的辛苦，他也应该拥有他的安逸和快乐。像顽皮的孩童，玩累了，吃饱了，倒头便睡，一会儿，鼾声雷鸣。睡得深沉，睡得过瘾啊。人生都像我这样，宦海挣扎，心力交瘁，坐卧不宁，寝食不安，又何必呢？从某种意义上看，像小孩那样简单朴素，该睡则睡，该吃则吃，闲事不揽，万事不管，那才是真正的清福。

拄着拐杖，依着木门，面对江流，面对清风，沐浴月辉，放眼远山，听涛声阵阵，闻山风习习，让神思飞越万水千山，自由翱翔，让性灵随风飘荡，轻盈飞舞。那是难得的宁静和深远，那是少有的清爽和欢畅。这个夜晚属于我，这片天地属于心灵。

走出了很远，才想到回归。失去了太多，才知道补偿。好在还来得及，即刻反思，调整心态，矫正生活的罗盘，重新定位人生的坐标。苏子的反思给自己新生的希望，也给红尘滚滚之中的你我指明方向。上苍将生命和身体交给我们保养和看护，实在是希望我们呵护本真，滋养性灵，回归人性，坚守自由。可是，置身欲海滔滔，钱潮滚滚的世俗社会，我们忘记了自我的天真朴拙，忘记了心性的自由纯洁，我们同流合污，追逐金钱、权力和名誉，不择手段，机关算尽。我们挖空心思，绞尽脑汁，拍马钻营，趋炎附势。我们出卖了灵魂和精神，我们亵渎了身体和心灵，我们整天忙忙碌碌，浑浑噩噩，晕头转向，云里雾里，眼睛只看见利益，心思只专注享受。我们忘了从哪里来到这个世界上，我们也不明白要到哪里去，只知道贪婪享受，只知道得过且过。原来那个天真率性、自由纯洁的我早已遗失，我不再是我，我已不属于我，我属于权钱利欲，我属于荣辱得失。我活在世俗的眼光中。我活在功利的陷阱里。可悲可叹，可恨可恶！什么时候变得如此浅薄而市侩？什么时候变得如此浮躁而功利？

现在觉悟了，悟以往之不可谏，知来者之可追。识迷途其未远，觉今是而昨非。快快卸下心理包袱，快快褪去功名利欲，质本洁来还洁去，心如明镜无尘埃。以后的日子，还可以山风浩荡，心神清朗，还可以春花秋月，心旷神怡。这样想着，心里感觉慢慢轻松简单，慢慢丰盈充实。夜已深，风已静，江海如镜，涟漪不起。明天，我要驾一叶轻舟远去，飘向江海，飘向远方。看不见眼前这个污浊的社会，看不见眼前这个利欲的陷阱。我自逍遥，江海放舟。乘风快意，飘举高飞，奔向自由的天堂，奔向光明的乐园。

苏子作词，感慨人生，似真似幻，亦虚亦实。知其心者，深得真意，浮游表面，空留笑柄。据叶梦得《避暑录话》记载，东坡在黄州时，“与数客饮江上，夜归，江面际天，风露浩然，有当其意，乃作歌词，所谓‘夜阑风静縠纹平。小舟从此逝，江海寄馀生’者，与客大歌数过而散。翌日，喧传子瞻夜作此辞，挂冠服江边，拏舟长啸去矣。郡守徐君猷闻之，惊且惧，以为州失罪人，急命驾往谒，则子瞻鼻鼾如雷，犹未兴也。然此语卒传至京师，虽裕陵（神宗）亦闻而疑之”。几个句子，语词飘逸，情怀浪漫，心性率真，众人竟然哗传苏子远去，郡守竟然信以为真，皇上竟然将信将疑，可见，宦海挣扎的人们，看重了功名利禄，看轻了苏子心志，永远不能理解一颗自由潇洒的心。

我心安处是故乡

——韦庄《菩萨蛮》散读

说起故乡就会想起一首歌《我热恋的故乡》：“我的故乡并不美／低矮的草房苦涩的井水／一条时常干涸的小河／依恋在小村周围／一片贫瘠的土地上／收获着微薄的希望……亲不够的故乡土／恋不够的家乡水／我要用真情和汗水／把你变成地也肥呀水也美呀／地也肥呀水也美呀／地肥水肥水美。”俗话也说，美不美家乡水，亲不亲故乡人。的确，对于漂泊在外的游子，只要一提起故乡，泪水潸然而下，乡思一塌糊涂。不嫌弃故乡土地贫瘠，河流干涸，不嫌弃故乡草房低矮，劳作艰辛，不嫌弃故乡封闭落后，希望微薄，故乡是生我养我的地方，是游子精神的皈依之地，灵魂的栖息之所，每一个人都强烈地思念故乡，每一个游子走遍天涯，行囊里面还是装着沉甸甸的乡思情意。读韦庄词作《菩萨蛮》，敏感地想到，词人并不神往美丽江南，虽然也为江南说了一大堆赞美的话，但是骨子里，灵魂深处，词人还是如痴如迷、如癫如狂地想念故乡。

人人尽说江南好，游人只合江南老。春水碧于天，画船听雨眠。

垆边人似月，皓腕凝霜雪。未老莫还乡，还乡须断肠。

故乡是我们的胞衣地，生命的源头，血肉相连，情意相牵，无论走到哪里，我们都不会忘记故乡，都不会遗失故乡。但是，我们也总在问自己，你从哪里来，要到哪里去，这又表明，很多人在行走奔波的旅途中，迷失了自我，迷失了故乡。对于万千游子来说，生活就意味着，一方面打拼功名，建功立业，一方面寻找故乡，落叶归根。韦庄是北方人，大半辈子辗转天涯，奔波四海，特别是晚年流寓江南，远离故乡，久别亲人，自然特别思念故乡。这首词表面上盛赞江南美好，其实暗暗烘托词人对故乡的强烈思念。

一开篇，词人就大笔一挥，渲染江南美丽风光。人人都说江南美好，美好到什么程度呢？大凡游览江南的客人都乐意、更愿意老此一生，终了江南。就像唐代诗人张祜笔下的扬州风光一样，“十里长街市井连，月明桥上看神仙。人生只合扬州死，禅智山光好墓田。”（《纵游淮南》）爱恋一个地方，情到深处，竟然想到以此为家，终老于斯，埋葬于斯。游人说江南正是这样一个地方。注意词作中的两个字，一个“尽”字表明，人见人爱，人欢人乐，无人不道好，无人不说美，全都这样，无一例外。一个“合”字，是“应该、应当”的意思。表明大家一致认为，此地适于养心，此地适宜养老。

江南之美美在何处呢？风光无限，美不胜收，就是创作长篇大赋也说不尽江南的美丽之处，词人任它弱水三千，我只取一瓢饮，单单描写一个春游江南的画面，表现出江南特有的自然美和风情美。一湖春水，如蓝如碧，如镜如玉，波光粼粼，闪闪烁烁，加上烟雨蒙蒙，画舫点点，自有一番风情神韵。一派烟雨，一湖碧绿，一天空蒙，如此氛围，适宜欣赏风光，适宜游吟诗词，适宜凝神听雨，适宜恬然入睡。天地都写满了浪漫，湖水全有性情。风雅的文人，会泡上一杯清茶，斜躺在画舫摇椅上，一边品茶，一边观水，一边听雨。心境轻松柔和，情意悠闲自在，风神潇洒自如。似乎一天就这样，将一杯茶，从早上喝到傍晚；将一首诗从晴天吟到雨天；将一幅画，从白天欣赏到黑夜。想起了蒋捷的词作《虞美人·听雨》："少年听雨歌楼上，红烛昏罗帐。壮年听雨客舟中，江阔云低，断雁叫西风。　　而今听雨僧庐下，鬓已星星也。悲欢离合总无情，一任阶前点滴到天明。"三次听雨，三种人生境况，少年青春飞扬，激情四射；中年奔波天涯，落魄潦倒；老年满头秋霜，凄苦无奈，道尽人生悲欢离合，情仇爱恨。蒋捷听雨，听出了人生韵味，引人深思，耐人寻味。和韦庄词作相比，少了悠闲自在、安详平和，多了人生悲欢，凄凉苦况。文人听雨，墨客吟诗，喜怒哀乐，悲欢离合，尽在其中。

词作下片笔锋一转，写江南的迷人风情。美丽的女子当垆卖酒，酒香飘散，沁人心脾，令人垂涎。文人雅士最喜欢对酒赏景，当场吟诗，风雅一番，浪漫一场，人生快意之至。自古江南出美女，自古文人爱美女，韦庄笔下的女子，面容姣好，身材修长，风姿绰约，俊俏迷人。词人写她面如皎皎明月，润泽泛光，光彩照人；双腕微露，如霜似雪，如脂似玉，举手攘袖之间，展现万千风情。不见全貌，不闻其声，但是，聪明的读者自然可以从容颜和双腕的描写之中，想见女子的美貌多情。

想起李白的一首诗歌《金陵酒肆留别》："风吹柳花满店香，吴姬压酒劝客尝。金陵子弟来相送，欲行不行各尽觞。请君试问东流水，别意与之谁短长？"李白将要离开金陵了，各位兄弟为他设宴饯别，更有吴地美女端出自家酿制的美酒，殷勤劝客，场面非常热闹，情意十分真挚，李白很感动，举起酒杯，一饮而尽。不知不觉，酒酣耳热，畅快淋漓，似乎忘记了离别，忘记了时间，只是感动一班兄弟的深情厚谊。他看见门前流水，潺潺东去，天真发问，各位兄弟的情意与流水相比，谁短谁长呢？李白的诗描写了诗人与兄弟，与美女畅饮的热闹、深情，韦庄词作只写美女当垆卖酒，美艳无比，并未出现文人畅饮的场面，但是，读者很容易联想到文人与美女，与美酒的关系，甚至故事。意味深长，引人遐思。

可以这么说，词作自上片开端，到下片一二句，均是词人引叙别人的描述，借以表现江南自然美、风情美和人物美，而且词人也不吝赞美，极力渲染，给人一个错觉，似乎词人也像一般游客一样，热爱江南，留恋江南，甚至会打算终老江南。其实，词人是通过前面的详细铺叙，预设伏笔，行文至结尾，我们才恍然大悟，原来江南再美，也不是我的故乡，我还是想回到生我养我的故乡去。可是，故乡，你在哪里？天遥地远，一年半载，我是难以回去啊。心中无限痛苦，举目长天，朝向北方，可曾看见来自故乡的大雁？可曾看到来自故乡的云朵？可曾看见来自故乡的流水？思乡之情翻涌心间。词人说，“未老莫还乡，还乡须断肠”，表面是说，江南太美，风光旖旎，风情浪漫，年轻人就该在此生活，在此流连。如果回去了，故乡与江南反差巨大，肯定会让人大跌眼境，后悔不已。其实，词人是在说反话，是说自己年老体迈，急欲还乡，可是身不由己，不能回去，万般无奈，以致肝肠寸断，悲痛欲绝。不是劝慰大家莫还乡，而是自己不能回去，故意说气话，说反话，内心隐痛和忧患可想而知。

俗话说，树高千丈叶落归根，人走天涯魂归故里。漂泊在外，远离故乡，久别亲人，谁不思念家乡，谁不想念亲人？不是不想回去，而是不能回去啊。一颗心漂泊在天涯，就像一朵云飘浮在天空，找不到方向和归宿；就像一根断蓬，随风飞舞，去向不明。找不到家乡的灵魂注定孤独，注定漂泊。我心所向，唯我故乡；我心安处，唯我家园。

我自是无名渔父

——陆游《鹊桥仙》散读

读多了唐诗宋词，尤对文人志士纵情山水、悠游自得、反抗权贵、不屑功名，深有感触。面对黑暗势力的排挤打压，很多人一蹶不振，悲观失望，甚至破罐破摔，自暴自弃。可是也有一些人不以物喜，不以己悲，达观洒脱，从容应对，活出另外一番精彩，活出自在本色。站在权势利益集团的角度看，你越是失魂落魄，嗟愁叹苦，他越是幸灾乐祸；你越是淡泊从容，不以为怀，他越是气急败坏，甚至恼羞成怒。

陶渊明不忍降志辱节，不愿弯腰示人，解绶去冕，归隐田园，躬耕自食。一壶老酒，上午喝到黄昏；一卷诗文，天黑读到天亮；一丛秋菊，日出看到日落。好不快意，好不潇洒。

苏轼几经沉浮，饱受贬谪，却能另辟天地，活出潇洒。以清风明月为伴，以山水花木为邻，诗词歌赋，琴棋书画，美酒佳肴，山珍海味，样样擅长，样样喜欢。不以尘世为怀，不以功名为念，简简单单，欢欢畅畅。真个气死朝中权奸小人，乐欢山野田夫野老。

李白兴致高时，开怀痛饮，酩酊大醉，不省人事，及至皇上宣旨觐见，只好人搀人抬，马驮车载，好不快意。摇摇晃晃，玉山将倒，还不忘让贵妃磨墨，力士脱靴，圣上调羹，可谓出尽了风头，做足了气派。我怀疑，李白是借酒发挥，刻意为之，硬是要气死群小。权势如弹簧，你弱它强，你强它弱。很多有气节，有胆魄的文人志士选择了乐观坚强，选择了机智融通、风轻云淡、笑傲江湖，击败了对手，战胜了脆弱，赢得了人生的精彩，书写了人生的豪迈。

抗金名将，文坛名家陆游就是这样一位入世能金戈铁马、气吞万里、浴血杀敌、建功立业；出世能一竿风月、一蓑烟雨、悠游田园、笑傲山河。其词《鹊桥仙》写足了自在逍遥，写足了平和淡定，不惊不讶，无忧无虑，自由自在，无拘无束，实在令人羡慕，也是在让那些设计陷害他、污蔑他、排斥他的小人胆战心惊，恼羞成怒。

一竿风月，一蓑烟雨，家在钓台西住。卖鱼生怕近城门，况肯到红尘深处？

潮生理棹，潮平系缆，潮落浩歌归去。时人错把比严光，我自是无名渔父。

没有“楼船夜雪瓜洲渡，铁马秋风大散关”（陆游《书愤五首 · 其一》）的恢宏气势，没有“塞上长城空自许，镜中衰鬓已先斑”（陆游《书愤五首 · 其一》）的孤愤不平，没有“死去元知万事空，但悲不见九州同”（陆游《示儿》）的饮恨无限，没有“男儿何不挂吴钩，收取

关山五十州”（李贺《南园十三首·其五》）的豪迈气概。词作用语朴素，情意淡泊，情趣高雅，风格清旷，只有云淡风轻，花开花落，只有烟雨迷离，风月无边。像生长在深山沟谷的一株幽兰，寂寞开放，清香散淡，沐浴山风，自铸风采。像长在荒郊旷野的一株秋菊，金黄艳丽，神采奕奕，无意争辉，无心炫耀。词人年老还乡，隐居山野，名曰告老归田，安度晚年，其实是被苟安妥协的投降派打压排斥，剥夺抗金机会，沦落壮志抱负，可想而知心中有多愤懑，有多痛苦。可是，这首词中体现的却是早已遗忘的仕途忧患，早已退隐的岁月风雨，早已泯灭的宦海风云，一派平静，一派安宁。简直难以想象，这是出自一位穷途末路的矢志英雄。

安家在一个偏远僻静的地方，不为人知，不要人知，目的是远离尘俗，远离喧嚣，过清静日子。词人说就像当年东汉隐士严光一样，不屑功名富贵，不屑高官厚禄，拒绝与当朝权贵合作，不愿委屈自己的人格尊严。词人家在浙江绍兴镜湖一带，山水幽美，风光宜人，适合滋养性情，颐养天年。可是，陆游可以不说家乡名字，而代之以钓台西边，我猜想，可能有两种解读。一是词人引历史上的大隐士严光为同调，异代知音，惺惺相惜，一样淡泊名利，无心富贵，一样迷恋渔樵，笑傲山水；二是隐去故园名字，似在表明，无名无处，踪影杳然，不与世俗交接，不与官场合流。

词人如何安排自己的生活呢？弱水三千只取一瓢，斑斓多姿只写一态。白天，披着蓑衣，戴着斗笠，沐浴烟雨，垂钓溪岸。晚上，披星戴月，享受清风明月，凝神垂钓。不需要像姜太公直钩垂钓，钓功名富贵，钓高官厚禄，钓风云事业；不需要像李太白垂钓，蹲踞会稽山，挥竿东海，以霓虹为线，以小人为饵，钓惊天鲲鹏。只需要平心静气，悠游自得，只需要清风明月，蓝天白云。不会沽名钓誉，不会趋炎附势，不会机关算尽，不会心思挖空。简简单单，清清静静。想起了唐朝和尚张志和的《渔歌子》：“西塞山前白鹭飞，桃花流水鳜鱼肥。青箬笠，绿蓑衣，斜风细雨不须归。”烟雨蒙蒙，心亦飘摇。流水清明，心亦清明。桃花清丽，心亦清丽。

安于现状，活得其所，活得其宜。亲近大自然，亲近山川河流，亲近草木泥土，简简单单地劳动，安安稳稳地生活。不为人们打扰，也不去关注尘世。哪怕出去卖鱼，也要远远离开市井城门，生怕红尘滚滚袭扰心灵。哪里还肯深入名利场拍马钻营呢？词人在逃避，逃避红尘扰攘，逃避市井喧嚣。词人在拒绝，拒绝天下熙熙，皆为利来，天下攘攘，皆为利往；拒绝削尖脑袋，混迹官场，与世沉浮，随人俯仰。他需要一份清净，他需要一场杂念皆空。

一天的生活就那样简单和谐，宁静安详。潮水上涨，清理船桨；潮水涨平，系住缆绳；潮水落去，浩歌归去。出没风波，自在单纯。一竿风月，静心垂钓。一蓑烟雨，我自逍然。完全融入青山绿水之中，彻底沉迷无边风月之内。一个人的天地很精彩。明月敞亮心怀，清流清澈双眸，清风清爽肝肺，烟雨飘摇神思，何等浪漫，何等幽雅。满目诗情画意，满心欢欣鼓舞。

忘记了边塞风云，忘记了金戈铁马，忘记了尔虞我诈，忘记了追名逐利。时光停止流转，风月不再改变，山水凝固成一幅永远的画图，就连词人自己似乎也融入画中，沉醉不醒。日出日没，月升月落，总有一个人持竿静坐，垂钓溪畔。就像柳宗元，披蓑戴笠，顶风冒雪垂钓江心一样，他垂钓在广阔的青山绿水之间，化作一尊雕像，久久屹立于历史长河的岸边，这个人叫陆游。

时人错误以为他就是东汉的严光，其实不是，只有词人自己明白，严光尚且披着羊皮大衣，苦苦垂钓世间功名；词人却不一样，完全脱去了世俗的大衣，完全褪去了功名的欲念，只剩下一颗心，赤子之心，投身自然，垂钓山水。宋人有一首歌咏严光的诗："一着羊裘便有心，虚名留得到如今。当时若着蓑衣去，烟水茫茫何处寻。"是说严光虽拒绝光武征召，但还有求名心。词人则声明，自己已是一个完完全全的渔夫，无名无姓，无贪无欲，不为人知，不需人知的渔夫。走进这方山水，你能看见，我就是一个渔夫、一株绿树、一朵山花、一脉清流，甚至一缕清风、一朵白云、一轮明月。

烟水茫茫斜照里

——秦观《点绛唇》散读

每一个人心中都有一个桃花源，落英缤纷，山风缥缈，似有若无，如梦似幻。累了倦了，躲进小园流连风光，舒络筋骨，怡悦情志；醒了厌了，离开小园闯荡生活，追逐权位，钻营名利。现实和梦幻，物质和精神，犹如人生天平的两端，任何一边超重都会导致另一边的失重，人生颠倒，精神错乱，万象纷繁，苦不堪言。唯有保持天平两边的平衡和稳定，生活才充实和轻盈，人生才安宁而优雅。

宋代词人秦观写过一首词《点绛唇》，表达词人的生活理想和人生坎坷，隐约透露出一种超出红尘世俗，醉心山林云泉的生活情致。词人好像在玩生活的跷跷板，现实一端跌宕惨烈，理想一端高入云霄。失去了平衡，失去了稳定，词人整个精神状态就如一场清梦，一团烟雾，高高飘起，缭绕山林，不沾人间烟火味，不带尘俗市侩气。品味词作，走进文心，不在于寻找人生平衡的支点，不在于梦想人生的美妙精彩，而是对应欲海红尘，给心灵一份清爽洁净，给精神一点高贵典雅。

醉漾轻舟，信流引到花深处。尘缘相误，无计花间住。
烟水茫茫，千里斜阳暮。山无数，乱红如雨，不记来时路。

我愿意相信，词作描写一场人生清梦。这个梦与酒有关，与花有缘。当然背景是活在当下的词人屡屡失望于宦海官场，屡屡困顿于功名权位。一个人，只有失望越深，内心深处燃起的希望才越大。所谓日有所思，夜有所梦，稍作引申，现实的白天遭遇挫折越是惨烈，内心的夜晚升华梦想越是强烈。词人秦观遭遇了怎样的人生挫折，我们不得而知，但是，词人内心朝思暮想的天地却是十分清晰地呈现在我们眼前。

一个人，喝了点酒，不知为何，没有人做伴，心情特别不爽，现实的压力隐隐袭来。为了舒缓一下心思的焦虑，释放一些心灵的负荷，干脆自斟自酌，举杯痛饮，喝到醉眼昏花，喝到东倒西歪，喝到兴致淋漓。再跳上小船，乱摇桨橹，咯吱咯吱，一路顺水，一路漂流。不辨东西，无须掌控，任凭流水漂向哪儿，小船也就流向哪儿。实在快意极了。有时候，看到清流倒映山林花草倩影，忍不住伸手一探，搅动水波粼粼，山影绰绰。有时候看到自己关公红颜，醉眼生辉，十分诧异，禁不住一声大笑，喝问水底那个影像，何方神圣追随老夫？有时候，发现水里山崖突兀，扑面而来，来不及躲闪，小舟竟然安然无恙轻快滑过，有惊无险，似有若无。人在船上观览，船在水中漂流，轻快自由，赛过神仙。突然，一片花丛出现在两岸，高大的茎干，硕大的花朵，鲜红的颜色，花团锦簇，绚丽多彩。小舟一不小心，闯入花丛，隐没花海，真是奇妙。

想起王昌龄的《采莲曲》：“荷叶罗裙一色裁，芙蓉向脸两边开。

乱入池中看不见，闻歌始觉有人来。”写的是采莲姑娘，碧绿的罗裙与碧绿的荷叶融为一体，红艳的笑脸与粉红的荷花交相辉映，姑娘们划动小船，隐入荷塘，不见人影，不见笑颜，忽闻歌声从荷塘绿叶红花之中飘荡出来，岸上的人才发现塘中有人，花中有声。少男少女，采莲荷塘，欢唱荷塘，风流快意，青春飞扬。

相比而言，秦观荡舟清流，隐身花海，沉醉幽深，没有少男少女的浪漫风情，却是隐士高人的林泉风范。面对此情此景，词人顿然醒悟，都是因为红尘耽误，都是因为名利缠身，自己误落尘网，陷身宦海，苦苦打拼，劳心劳力，到头来落得个心力交瘁，疲惫不堪。更严重的是，世俗的利剑一点一点地宰割词人的身体和心灵，天真之性，赤子之心，日渐消减，精神变得低迷委顿，情感变得枯寂苍白，心性变得坚硬冰冷。词人觉得自己对这个世界，美丽的风光，圣洁的精神，纯粹的性情，都失去了敏锐感悟。一副身子行走世间，一颗心挣扎欲海。千不该，万不该啊。诚如陶渊明的悔悟，“少无适俗韵，性本爱丘山。误落尘网中，一去三十年。羁鸟恋旧林，池鱼思故渊。”“久在樊笼里，复得返自然”（《归园田居·其一》）。欢呼雀跃，兴高采烈。小鸟回归山林，池鱼回归江河，诗人回归自由。直到现在，清流之上，花丛之中，词人才意识到自己何去何从，何求何舍。人生需要适时觉悟。词人在醉意朦胧中，在花草盛开处，觉悟到了心灵的去向。为时不晚，心有所依，这是幸福。

时光如河，潺潺流淌，泛起粼粼波光。暮色降临，烟岚笼罩天地，山水一派迷蒙。词人眼中，本来不过就一处水曲山弯，芳菲四溢的去处，因为心胸豁朗，因为情致高涨，顿时幻化为一幅奇异壮观，辽阔苍茫的图景。烟水茫茫，斜阳晚照，千里辽远，千里绚烂。不闻昏鸦投林的仓促聒噪，不见袅袅炊烟的村舍人家，不想华灯璀璨的市井繁华，词人沉浸在眼前迷蒙幽雅的景色之中，心胸开阔，心情愉悦，心性淡泊。

山风吹来，拂拂而过，送来清爽，送来惬意。群山起伏，连绵不断，苍苍莽莽，一片肃静。万千红艳，朵朵凋零，随着山风，随着暮霭。词人似乎发现了一道奇异绚丽的景观。山峦无数，山花无数，山风过去，朵朵绯红，瓣瓣鲜艳，纷纷扬扬飘洒山间，飘落词人身旁。山林之间，似乎下着一场春雨，粉红惊艳，淅淅沥沥。声声敲打词人耳膜，声声叩动词人心弦。词人沐浴晚风，沐浴花雨，似乎觉得，天地都是粉红的。忘记了时间，忘记了回去。路在哪里不知道，路往何方不晓得，就这样，与天地同苍茫，与花雨共缤纷。心神融汇在山水风光之中，化作一朵桃花，轻盈飞舞天空；化作一缕清风，柔柔拂过山林；化作一股清泉，滋润静默大地。

陶渊明寻找过桃花源，得而复失，失而难觅，扑朔迷离，终成千古之谜。陆游咏叹过山水胜境，“山重水复疑无路，柳暗花明又一村”（《游山西村》），曲径通幽处，豁然开朗时，激动多少文人墨客心灵。秦观更是干脆，远离烟火，隐退风尘，悬一壶清酒，划一叶轻舟，随清流而去，乘山风而舞，睹桃花而悦，纵诗心遨游。不问红尘世事，不念人间纷扰，久住山林，往来天地。心飞得很高，久久吸引我们饥渴的目光。

游人都上十三楼

——苏轼《南歌子》散读

自古以来，文人墨客都迷恋山光水色，喜好歌舞诗词。为官一方，公务缠身，忙忙碌碌，也会在工作之余，挤出时间，穿山走林，涉水渡河，寻找名山胜水，登临亭台楼阁，遍赏名花奇卉。自由在山水中释放，性灵在花草中飞扬。特别是那些被贬官降职、赋闲弃置的文人，更是流连山水，沉醉不醒，一来以此摆脱官场失意的郁闷，二来纵身自然，吟赏歌舞，娱心悦志，陶冶性情。

苏轼为官杭州多年，仕途屡屡失意，多有纵情山水，流连歌舞，风流快意，自在逍遥的作品。其词《南歌子》（游赏）就是代表作之一，描述词人与同伴端午登楼览胜，饮酒听歌的浪漫生活，酒意熏天，歌声飞扬，山水同醉，众人同乐，场面非常热闹，兴致十分高昂，吟咏赏读，细品玩味，真个是教人心醉神迷，心旌摇荡。

山与歌眉敛，波同醉眼流。游人都上十三楼。不羡竹西歌吹古扬州。

菰黍连昌歜，琼彝倒玉舟。谁家水调唱歌头。声绕碧山飞去晚云留。

欧阳修为官滁州，治理有方，造福百姓，深受拥戴，自己也志得意满，心花怒放，曾经写下千古名篇《醉翁亭记》，放言："醉翁之意不在酒，在乎山水之间也。"政通人和，百姓安康，欧公与民同乐，欢歌畅饮，虽然苍颜白发，自觉意气风流，疏放不羁。

苏子为官，在朝屡遭算计，在杭勤政爱民，抗旱赈灾，开仓济民，抑制物价，确保供给，深受百姓拥戴。可谓政绩多多，人民和乐。苏子端午节出游，忘记了官场倾轧、是非纷争，忘记了贬官降职、荣辱得失，与民同乐，喜气洋洋。词人一开篇就热烈称颂歌舞之美，山水之丽，情不自禁，喜形于色。歌女眉头黛色浓聚，犹如远处苍翠的山峦。醉后眼波流动，好像西湖中的滟滟波光。一双弯弯黛眉，一双勾魂眼眸，活现歌女风流俊俏，光彩迷人。令人不闻其歌，先醉芳容。心旌摇曳，无限神往。如同当年杜牧描写扬州美女，"二十四桥明月夜，玉人何处教吹箫"（《寄扬州韩绰判官》），明月美人，交相辉映，梦幻迷离，光彩诱人。

十三楼前，远近高低，风光如画，旖旎迷人。远处，山峦起伏，连绵如带，苍翠如云。画在天际，描在湖边。近处，湖水荡漾，波光粼粼，闪闪烁烁，如珠如玉，如金如银。梦幻般的色彩，童话般的意境。几乎让人分不清，走近西湖，是走进自然山水，还是迷失神仙胜境。笔者喜欢一个"醉"字，一个"流"字，表面看来，也许词人是在描写女子酒后微醉，顾盼生辉，但是，站在作为观赏者的词人这个角度看，难道不是看得神魂颠倒，沉醉不醒吗？爱美之心，人皆有之，风流之意，人皆向往。苏子聪明，直说美女，隐藏自己，含蓄得诱人。

如此歌舞升平、觥筹交错的场面，到底发生在哪里啊？原来，这里就是扬名天下的十三楼，西湖著名景点之一。苏子常在闲暇之时到此一游，有时候甚至还到这儿现场办公。今天是端午节，市民出游，全城欢庆，西湖游人，熙熙攘攘，络绎不绝。前来十三楼听歌观舞、看山观水、喝茶品茗的游客自然也不少。都上楼去，都去感受节日的欢乐，城市的繁华。苏子置身其中，被欢乐的洪流裹挟，被热烈的气氛感染。心中有说不出的激动和欣喜。一个人的快乐不是真正的快乐，只有能与大家分享的快乐才是真正的快乐。苏子与大家同乐，与大家分享快乐。他知道杭州这地方，山水优美，民风醇和，他知道自己为官，替民着想，惠民多多，百姓拥戴。他不再去想朝廷那些尔虞我诈、钩心斗角，不再去理会名利权位、荣华富贵，他需要的就是一份简单平和的快乐。就像今天，与百姓一道过节，与百姓一道分享快乐！

不需羡慕京师繁华富丽，不必羡慕扬州浪漫风情。我心安处是吾乡，我心乐处是天堂。杭州西湖，就是苏子心中的天堂。词人高兴、激动之余，突然搬出闻名天下的扬州，热闹风华、繁盛富贵、轻歌曼舞、欢乐如潮，全都比不上杭州，全都不能让我心醉神往。压低扬州，抬高杭州，欢喜至极，乐上云霄，几乎给人一种兴会淋漓，飘飘欲仙的感觉。扬州是什么地方啊？李白说："故人西辞黄鹤楼，烟花三月下扬州。"（《黄鹤楼送孟浩然之广陵》）杜牧说："谁知竹西路，歌吹是扬州。"（《题扬州禅智寺》）无名氏说："腰缠十万贯，骑鹤上扬州。"徐凝说："天下三分明月夜，二分无赖是扬州。"（《忆扬州》）扬州是风花雪月之地，扬州是风流繁盛之地，扬州是万人向往之地，扬州是唐朝士子的梦想。可是，就连这样令人无限神往的地方，也比不上杭州，比不上西湖。可见词人心中，最爱是杭州，最重是西湖。

端午佳节，自有浓浓意趣。划龙舟，吃粽子，观歌舞，品美酒，多姿多彩，应有尽有，图的就是热闹祥和，图的就是喜庆欢乐。词人以点带面，营造气氛，重点描绘他们一行聚饮欢乐的场景，读者自然可以感受到节日的欢乐和词人的心情。酒席之上，除了美酒佳肴，杯盘盏筷，还有极富地方特色的粽子。当地人用茭白绿叶包扎白米，白米中间掺一些花生、黄豆，或是香料之类的东西，煮熟之后就是粽子，或三角形，或四方体，或圆或扁，形状美观，香味诱人。桌上还有与粽子一起吃，供调味用的咸菜昌歜。也就是用菖蒲根切细腌成的咸菜。味道酸中带甜，清淡醇和。词人一行品尝粽子，畅饮美酒，兴致极高。推杯换盏，杯杯倒满。酒器、酒杯，名贵华丽，精致漂亮，流光溢彩，熠熠生辉。照见了词人酒醉微红的笑颜，照见了大家欢乐开心的笑脸。词人一行，不是贪图口腹之欲，不是追求奢华享受，他们高兴啊，贪恋湖光山色，贪恋轻歌曼舞，在乎精神满足，在乎情感愉悦。

正当大家欢乐畅饮，谈笑风生的时候，突然，歌声响起，清丽悠扬，全场喧哗一时安静下来。人头攒动，如潮如涌，看不清哪位女子在歌唱，看不清歌女俏丽容颜，只感觉歌声婉转，声情并茂。歌声远去，环绕翠绿青山，缥缈茫茫天际。傍晚的彩云，似乎也被歌声吸引，凝滞不动，恋恋不舍。天上的彩云，远处的碧山，近处的人群，全都沉浸在歌声带来的感动之中，久久回味，沉醉不醒。想起了杜牧的诗歌："谁家唱水调，明月满扬州。"（《扬州三首》）想起了《列子》卷下《汤问》："薛谭学讴于秦青，未穷青之技，自谓尽之，遂辞归。秦青弗止，饯于郊区，抚节悲歌，声振林木，响遏行云。薛乃谢求反，终身不敢言归。"水调歌声，声振山湖，响遏行云，打动人心。

歌声总会随风消散，人事总会与世沉浮，但是，那个端午节，那份简简单单的快乐，那首婉转动听的水调歌头，却永远定格在词人心中。千年不风化，万世不褪色。

又得浮生一日凉

——苏轼《鹧鸪天》散读

喜欢苏轼词作《鹧鸪天》中的句子“又得浮生一日凉”，同时又想起另一位诗人的类似表达“又得浮生半日闲”（李涉《题鹤林寺僧舍》），不管是谁先谁后，不管哪个借鉴哪个，抛开诗人吟诵出这个句子的人生遭遇和特定心境，从普泛意义上看，的确揭示了人生某些真谛，感慨深沉，意蕴悠远。从积极意义看，词句告诉人们要忙里偷闲，把握当下，快意心灵，能悠闲时且悠闲，能凉快处且凉快。从消极意义看，警示人们，忙忙碌碌，浑浑噩噩，追名逐利，打拼官场，耗尽心血，虚度光阴，实在不值得，不应该。按照庄子的讲法，人活于世，“其生若浮，其死若休”，漂浮不定，朝夕变幻，几乎无法预测，不可把控。人能够做的只是把握当下，享受现实，因此，要珍爱生活，珍爱自己，善待人生。哪怕遭遇重大人生挫折，也不能颓靡精神，作践自我。

宋代大诗人苏东坡深得庄子思想精髓，官场屡遭贬谪，人生诸多不如意，但是诗人能够超脱困境，达观应对，并能变痛苦为快乐，变灾难为财富。其词《鹧鸪天》也是写于贬居黄州时期，表达随缘任运、随遇而安、疏放洒脱的人生态度，很能给人启发和教育。

林断山明竹隐墙，乱蝉衰草小池塘。翻空白鸟时时见，照水红蕖细细香。村舍外，古城旁，杖藜徐步转斜阳。殷勤昨夜三更雨，又得浮生一日凉。

一次出游，一番观赏，不管是目之所及，还是耳之所闻，不管是心之所感，还是情之所系，均能带给读者莫大心灵快慰和精神洗礼。

远处眺望，一片树林，郁郁葱葱，墨绿如云，缥缈如烟，笼罩山峦，铺向天际。林子尽头，是一座大山，巍峨挺拔，高耸入云。阳光照射下来，给山林涂抹上一层耀眼的金黄，山色变得明媚，山林异常清秀。虽然时逢炎炎夏日，太阳晒得刺眼，但是看到如此青绿，如此茂盛的山林，心胸变得开阔，视野格外高远，人的精神也变得亢奋、昂扬。似乎忘却了盛夏的酷热，淡漠了烈日恶毒。词人的心情一片清爽。

再看看近处的风光，翠竹丛生，碧绿如屏，环绕着村落人家。竹叶稀疏之处，隐隐约约，露出一户人家的墙垣。黑瓦灰墙，绿竹青草，组成一幅古朴素雅，淡远宁静的写意画。很容易让人想起孟浩然的诗句来，“绿树村边合，青山郭外斜”（孟浩然《过故人庄》）。可惜，没有酒旗飘扬竹林之外，没有杏花伸出墙垣，少了一点生气，少了一份灵动。不过，词人未必喜欢我们精巧的配景，因为，他需要宁静幽远，他需要自然素朴，他需要安放一颗简单的心。市井的繁华，村野的客栈，酒旗的飘扬，未必吻合词人的性情和心境。

走近那堵墙，走进那座庭院，不必大惊小怪，不必搜奇览胜，带着平常心，随性随意，一一看去，所有的景物都有味道，所有的声色都精彩。这里应该就是词人苏子的居所。不显寒碜，不见落魄，倒是很有格调，很有情趣。看吧，院内靠墙一边，挖了一个小小的池塘，满池碧水，洒满阳光，莹莹闪亮。岸边长满枯草，很久没有人打理、清扫，春夏秋冬，生长枯萎，自自然然。塘边栽种了几棵柳树，柳枝垂拂，绿叶婆娑。微风扫过，风姿绰约。绿影倒映清池，日光镀上亮色，池面呈现一幅光色明媚，姿态柔美的画面。像在镜子之中，又像嵌在水面。柳叶丛中，不时传来蝉鸣之声。毫无章法，毫无节奏，也许天气太热，他们心烦意乱，一派聒噪呢。不过，蝉鸣声声，倒是给人幽静深远之感。唐代诗人王籍云："蝉噪林逾静，鸟鸣山更幽。"（《入若耶溪》）虽然不是山林，但是庭院之内，尺幅千里，同样可以唤起人们深远的遐想。

可以推测，词人倦了困了，肯定常到池边走走，舒活舒活筋骨，抖擞抖擞精神；或是诗意大发之时，也会徜徉池岸，吟风弄柳，赏花观草，不时吟咏出绝妙诗章。应该感谢这片天地，释放了诗人的性灵，激活了诗人的思维，陶冶了诗人的情趣。

词人特别欣赏这片小小的天地，也是一个世界，一个生机勃勃、丰富多彩的世界。有时候，可以看见，辽阔高远的蓝天之下，几只白鸟，上下翻飞，自由翱翔。愉快轻盈，像在空中舞蹈，又像在蹦极——俯冲点水，斜飞冲天！每一道白影，都是诗人眼前一道灵动的风景。每一次飞舞都是一个生命的高傲展示。荷花开满池岸，一团团，一堆堆，粉红鲜艳，芳香淡雅。微风吹过，清香扩散，渐远渐淡，渐远渐无。诗人喜欢这份清淡、幽远。诗人喜欢这份素雅、高洁。清池绿波，绿叶红花，芬芳淡远，柳枝拂水，何等清新的画面，何等迷人的意境。适合修身养性，适合吟诗作词，适合泼墨挥毫，适合安放一颗刚刚脱离官场，饱经忧患困苦的心灵。

苏家庭院自成一统，别具情趣。外面的世界如何呢？这儿远离了市井繁华，远离了官场纷争，诗人身心清闲，无是无非，无牵无挂。到外面走走看看，又是一番风光，又是一番韵味。村舍外面，古城旁边，沿着弯弯曲曲的小道，诗人拄着拐杖，慢步徐行，沐浴夕阳晚照，沐浴晚风习习。一个人，走过熟悉的路径，总有不一样的发现和感触。比如，今天的夕阳格外柔和，像改变了脾气的小孩，不再急躁，不再凶暴，温驯乖巧，默不作声。又如，古城旁边路口那颗柳树，今天好像少了一枝柳条，哪里去了？是不是哪对青年男女，送别古道，折柳赠别了？再如，村子外面的大树下，每到傍晚收工的时候，总会看见三三两两的农人，席地而坐，乘凉休憩，谈天说地，今天好像多了两个扎羊角辫的小孩，莫非他们也被农人有趣的说笑吸引，跑到这里来听故事？只要留心，只要舍得花时间，说不定诗人也可以像蒲松龄那样，摆一壶清茶，放一张凳子，留住过往的行人，听他们说各种各样的故事呢。诗人喜欢这里的风光，这里的风情。

天遂人愿，天凉心爽。昨天晚上，半夜三更，天公作美，下了一场大雨，冲洗了天空的尘埃，驱除了盛夏暑气，以致今天，现在，诗人行走在乡间的小路上，城边的古道上，感觉一片清凉。太难得，太舒服了。诗人倍加珍惜，好好享受。甚至忘记了黄昏降临，忘记了回家这回事。干脆坐在村口边，古树下，和晚归的人们一起，谈天说地，享受难得的清凉。

一季酷热，难得凉快；一身燥热，难得清闲。因为世态炎凉，时风污浊，就愤世嫉俗，牢骚断肠吗？因为社会黑暗，人生多舛，就一蹶不振，悲观沮丧吗？因为官场失意，前途受阻，就悲愁叹苦，丧魂失魄吗？早该超脱红尘扰攘，远离官场倾轧，淡漠是非名利，早该投身自然山水，亲近花草树木，享受人生清凉。唯有心性回归自然，人才能活出自我，活出风采。

醉里吴音相媚好

——辛弃疾《清平乐·村居》散读

现代社会，人们经营职场，习惯于钩心斗角，尔虞我诈，习惯于拍马钻营，蝇营狗苟，习惯于追名逐利，争权夺位，活得很累很苦，心力交瘁，焦头烂额，无暇放松心灵，无暇思考自我。其实，除了名利权位，除了是非荣辱，人更需要一种身心愉悦，神志欢畅的生活，更需要一种宁静闲适，简单快乐的日子。向往田园，迷恋山林，追求自由，恪守本真，应该说是人类的本性，心灵的归宿。

从古至今，躬耕田园，淡泊度日，悠游山水，徜徉自然，成了文人雅士孜孜以求的生活理想。庄子冷眼看世界，不屑尘世，不屑权位，粪土浮名，浮云富贵，与天地相沟通，与万物共往来，神游尘外，自由逍遥。陶渊明躬耕田园，自食其力，种菊植柳，遨游南山，活得自在清闲，无拘无束。李白失望官场，饮恨功名，脱身而出，漫游大江南北，遍访名山胜水，风神散朗，意态超迈，活出了真我风采，活出了性情趣味。汉代严光，不事王侯，不图名利，归隐富春山，耕田种地，垂钓清流，与清风白云相守，以山林绿水为伴，活得潇洒脱俗，活得无忧无虑。宋代林逋布衣终身，不屑功名，不仕不娶，归隐孤山，植梅千万，养鹤怡情，活得清净简单，活得有滋有味。文人性情，崇尚自然，追求本真，常常流连山水，放逐心灵，放飞性灵，日子过得清静风雅，浪漫风趣。

读到辛弃疾的词作《清平乐·村居》，自然想起乡村田园宁静幽雅，简单淳朴的劳动生活。辛弃疾是一个豪情满怀，壮志凌云的将军，极力主张抗击侵略，收复失地，统一江山，曾经竭尽忠智，建言献策，曾经浴血奋战，建功立业。但是，就是这样一位抗金英雄，却屡遭当朝权贵的百般阻挠和刁难，以致被打压排斥，调离抗金前线，最后解甲归田，告老还乡。一腔抗金救国，大济苍生的宏愿化为泡影，一生忧国忧民，将以有的努力化为灰烬，词人饮恨无比，满腔郁愤，可是又毫无办法，一筹莫展。怎么办呢？日子还要过下去，生活还要继续。沉沦不振，郁愤终身，还是超脱达观，逍遥度日？灰心失望，自暴自弃，还是寄情山水，笑傲田园？词人选择了后一种生活方式，放纵自我于山水田园之中，寄托情意于平淡生活之上，才有了这篇反映词人生活情趣的闲适之作。

茅檐低小，溪上青青草。醉里吴音相媚好，白发谁家翁媪。

大儿锄豆溪东，中儿正织鸡笼；最喜小儿无赖，溪头卧剥莲蓬。

词作描绘村居生活，有人有景，有声有色，画面感很强，诗意浓郁，读罢令人联想起农村生活的情景。简简单单，朴实无华，不需要任何讲究，也不可能讲究，最要讲究的就是居家过日子的心态。讲究一份简单，

一份淡泊，一份清静自在。人在这样的环境生活，掏空了心灵，卸下了包袱，远隔了名利场，远离了红尘味，似乎时光都可以凝固下来，人心静得像门前的溪水，无声无息，慢慢悠悠。词作所写居家生活，简陋而有情趣，平淡而有意味。你看，居家简陋，没有高楼大厦，豪门大户，没有雕梁画栋，彩绣辉煌，不过就是一栋茅屋，茅草盖顶，树木支撑，竹篱编扎，瓮牖绳枢，就像杜甫笔下的茅屋，说不定一场大风吹来，甚至可以掀翻屋顶，吹走茅草。可是，生活在这里的一家老小，却是有滋有味，其乐融融。他们热爱自己的家园，热爱自己的简陋茅屋。一条溪水从门前缓缓流过，清波粼粼，潺潺有声。溪岸长满青草，葱葱茏茏，生机勃勃，如茵如毯，如诗如画，自有一种诱人的茂盛和宁静。草丛之中，点缀着一些不知名的野花，正是春暖花开时节，野花开得灿烂，或白或紫，或红或粉，将草地装扮得像一幅色彩斑斓的油画。岸边生长几株柳树，早已抽枝吐叶，碧绿一片。枝条披拂，纷纷下垂，丝丝缕缕，随风婀娜，实在飘逸柔美。柳枝柳态，柳色柳叶，倒影清流，平添几分灵动，几分活泼。靠近茅屋，生长葱葱翠竹，青青一色，绿影婆娑，掩映屋檐，倒映水中，又有一种宁静和清幽。生活在这里的人们，没有理由不爱自己的家园，没有理由不乐观开朗。

词人将镜头对准一对老人。白发苍苍，老态龙钟，但是精神矍铄，心情开朗。他们坐在自家屋前的一块草坪上，中间摆放一张小方桌，桌上放着一壶自家酿制的老酒，还摆放几碟家常小菜，或黄豆炒韭菜，或油煎白豆腐，或爆炒花生米，或青葱炒虾米，或油煎小鲫鱼，虽然不高档，倒也味道纯美，色香诱人。两位老人，举杯畅饮，拉扯家常，絮絮叨叨，滔滔不绝。听不清楚讲些什么，但是能够感觉得到，吴地口音浓重，音调柔软，悠扬，像唱歌一样好听。再加上，喝了一点酒，脸面泛红，眼睛来神，大爷大妈和和美美，快快乐乐，场面的确感染人。他们也许在聊他们可爱的儿子的一桩桩童年趣事，也许在聊他们当年相识恋爱的一幕幕场景，也许在聊他们田地里茂盛生长的庄稼，也许在聊一年的安排打算，总之，幸福洋溢在脸上，欢乐斟满了酒杯。他们是幸福的一对，他们的幸福只有他们自己最能感受。就像杜甫笔下的草堂生活："老妻画纸为棋局，稚子敲针作钓钩。"（《江村》）老夫老妻画纸为棋，对弈半天。可爱的小孩敲针作钩，垂钓江岸。老少得宜，各安其分，各有其乐。生活恬静美好，自在清闲，令人无限神往。这是一种幸福。辛弃疾笔下的老夫老妻更显浪漫，面对溪流，沐浴春风，畅饮家酒，吴音软语交谈，白发红颜相衬，其乐融融，幸福无比。生活就该如此，简单淳朴，本色率真，身心彻底放松，精神极度愉快。放下了家国功名，放下了身世浮沉的辛弃疾就是羡慕这样一种生活，一种滋味。

词作下片也是简笔白描，从另外一个角度勾勒这户人家的幸福生活。写老人的三个儿子各忙其事，各尽其职，各得其乐。大儿子最懂事，最能干，就挑最重最累的活儿干，到小溪东岸那块地里锄草，像东晋大诗人陶渊明那样，"种豆南山下，草盛豆苗稀。晨兴理荒秽，带月荷锄归"（《归园田居》），尽管劳累，但有收获，心里高兴。二儿子，年纪还小，正坐在门前草地的竹椅上，用柴刀破竹子，划成修长细薄的竹篾，一片一片地编织鸡笼。心里高兴啊，他们家那只可爱的老母鸡很快就要孵出小鸡了。这个活儿，也很讲究，费心思，要技术，词人用一个"正"字不仅写出老二专心致志编织鸡笼的神态，更反映出他的紧张忙碌，认真负责。也许老爸老妈交代的任务，必须好好完成。最是好玩，最是调皮的要数年幼无知的小儿子了，他仰面躺在溪水里头，无所用心地剥着莲蓬。有时下到溪水深处游泳，有时噼里啪啦拍水玩耍，有时大呼小叫引起老爸老妈的注意。天真、淘气、机灵、好玩。词人用一个"卧"字写他的情态，随心所欲，自在清闲，好不快活。而且盘活整幅画面，一个天真无邪，无忧无虑的小孩形象浮现在我们眼前。很感动，那份单纯，那份快乐，那份童心。今天，生活在城市的人们谁不向往那段宁静简单的童年生活呢？

相信辛弃疾创作这首词作的时候，心态是平和的，心情是愉悦的。完全忘记了“横绝六合，扫空万古”的风云霸气，完全抛下了“男儿何不带吴钩，收取关山五十州”（李贺《南园十三首 · 其五》）的壮志豪情。这种简简单单，平平淡淡的村居生活，才是他的向往，才是他的归宿。不必在意天下家国兴亡盛衰，不必过问凶险官场波诡云谲，和家人在一起，筑草堂而居，依山傍水，与清风杨柳为邻，以蓝天白云为伴，一口井，一道篱院，几畦菜地，一壶老酒，足以打发似水流年。同时，辛弃疾也告诉千百年后的你我，生活实在不必在意太多的世俗烦扰，守住山水家园，守住妻儿子女，过平静祥和的日子，忘记流年转换，忘记世相风云，这才是生活的真谛。

【第五辑】

一鸣惊人壮志飞

大鹏展翅九万里

——李清照《渔家傲》散读

读多了李清照的词作，总以为她是一个柔柔弱弱，凄凄切切的女子，那么多的幽怨哀愁，那么多的相思苦痛，伴随着时代家国的变迁，个人遭遇的跌宕，爱恨情仇的体验，一并汇集词作之中，让人在吟咏品味之余，低回伤感，泣泪唏嘘。可是，千万别忘了，李清照也有豪放满怀，大气磅礴的作品，也有情思激越，绚丽奇特的想象。咏项羽，“生当作人杰，死亦为鬼雄。至今思项羽，不肯过江东”（《夏日绝句》）。纵情高歌，大声赞美，凸显一代大英雄的卓异风范和凛凛风骨。活着的时候是顶天立地的大丈夫，死了以后是阴曹地府的大英雄。最是思念一代英雄宁死不屈，战斗到底的悲壮精神，婉讽当朝权贵懦弱苟且，不思抗金的丑恶嘴脸。

李清照的词作《渔家傲》也是豪放激越之作，抒写自己漫漫求索、风鹏正举的雄心壮志，一吐怀才不遇、英雄失志的苦痛郁闷，天上人间，仙境灵府，变幻迷离，壮浪形骸，读之气血亢奋，情思飞扬，味之视界辽远，胸胆开张。

天接云涛连晓雾，星河欲转千帆舞。仿佛梦魂归帝所。闻天语，殷勤问我归何处？

我报路长嗟日暮，学诗谩有惊人句。九万里风鹏正举。风休住，蓬舟吹取三山去！

词人做了一个梦，梦中，她驾着小船，颠簸在大海上，波涛汹涌，险象环生。大海茫茫无际，遥接云天。不见陆地，不见岛屿，海天一线，隐约可辨。天空，高远辽阔，晓雾弥漫。海水动荡起伏，掀起巨浪，直冲云霄。白花花，水淋淋。有如飞珠溅玉一般晶莹透亮，又像瀑布倒泻，声势撼人。词人使尽全身力量，稳住船桨，见水摇桨，避险就易，穿梭水面，颠簸前行。不知道方向在哪里，不知道如何驶出汪洋大海。任凭海浪冲击，任凭海风咆哮。坚守，坚守，平衡，平衡，与水沉浮，与风周旋。仰头望天，只觉天河倒垂，群星转动，闪闪烁烁，一派璀璨。附身看海，又见千帆竞舞，争先恐后。词人眼花缭乱，晕头转向，只觉海天旋转，如坠云里雾里。既担心生命安危，忧心如焚，忐忑不安，又惊奇波澜壮阔，星光灿烂，大饱眼福，还震撼千帆竞发，奋勇争先，一往无前。一幅又一幅画面不断涌现在诗人眼前，刺激词人的神经，叩动词人的心弦。世间少有的奇景，人生未曾经历过的体验，既刺激又痛快。

因为颠簸动荡，因为海天相连，也因为心醉神迷，词人恍恍惚惚，一下子进入如梦似幻，如烟似雾的天宫。那里才是梦魂的归宿，那里才是词人的向往。天帝居住的地方，从未见过，从未拜访过，慈眉善目，宽肩大腹的天帝接见了词人，非常热情地询问词人，欲往何方，从哪儿来，找我何事。词人不知道说什么，太激动，太兴奋。清醒的时候想好的话语一下子全都忘了，忘得一干二净。支支吾吾，咿咿呀呀，不知所云，语无伦次。本来，一代词人，才力丰赡，才情横溢，心怀抱负，志存高远，但是，生逢乱世，家国遭难，人生多舛，壮志未酬，理想沦空，心有千千结，情是万般苦，要倾诉、要表达的东西太多太多。情急之下，竟然说不出来，又急又恨，又惊又悔。像当年楚国大夫屈原一样，屈原心地坦荡，才华横溢，正道直行，爱国忧君，可是却屡遭朝中权贵小人诬陷诽谤，终至君王疏远，放逐蛮荒。后来，屈原得知家国破灭，便怀抱玉石，沉江自尽，以死殉国。屈原为了追求光明，追求理想，曾经上天入地，请教天帝，咨询地府。如今，词人也像当年屈子一般，失望于现实，困惑于人生，漫漫求索，苦苦探寻，试图从天帝这里得到安慰，得到理解。心怀义愤，气冲斗牛。

词人报告天帝，人生艰难，长路漫漫，坎坷多多，岁月流逝，希望渺茫。纵有满腹才情，写得一手绝妙诗文，又有何用？文人墨客从来都不是最先有志诗文，吟诗作歌，以求传名千古；而是竭尽才智，施展抱负，报效朝廷，大济苍生。李清照一代才女，志向远大，能力高强，忧虑家国，关心民瘼，希望有机会像男子一样，实现政治抱负，但是世俗禁锢，舆论打压，剥夺了她的理想与抱负，只能填词吟诗，了此一生。词人对现实，对处境十分不满，愤愤不平。又想起了屈原，引为同调，千古知音。屈子《离骚》有云：“朝发轫于苍梧兮，夕余至乎县圃；欲少留此灵琐兮，日忽忽其将暮；吾令羲和弭节兮，望崦嵫而勿迫；路漫漫其修远兮，吾将上下而求索。”屈原千里迢迢，上下求索，寻觅天帝，倾诉心曲。屈原只争朝夕，快马加鞭，力争有所作为。屈子精神深深激励词人，屈子遭遇深深感染词人。李清照从屈原身上找到了精神共鸣点。向天帝诉说报国无门、壮志未酬的苦闷，也表达了自己知音难觅、挣扎于世的痛楚。

我们看到，这个时候的李清照，不是幽幽怨怨思念夫君，不是悲悲戚戚顾影自怜，不是书画佚散哀哀无告，不是颠沛流离思家怀远，她早已跳出了个人忧患的狭小圈子，仰慕屈原，渴盼入世，有所作为，对这个多灾多难的国家，对这块满目疮痍的土地。吟诗自赏，饮酒沉沦，只在其次，施展才华，实现抱负，首当其冲。

越想越激愤，越想越不满，郁愤至极，无以排遣。不如振臂高呼，宣泄愤怒，声震天宇，气壮山河，或许可以安慰痛苦的心灵，或许可以暂时摆脱困扰纠结。幻想之中，一只大鹏鸟乘风起飞，直冲云霄。翅膀扇动江海，掀起滔天巨浪，声势震撼天地。大鹏展翅，万里高飞，远赴海外仙山。自己呢，独驾一叶孤舟，直挂云帆，乘风破浪，直奔蓬莱仙山。那里才是归宿，那里自有自由，那里洒满欢乐，那里才是实现自我价值、展示才华的理想乐园。词人发出强烈的呼唤，希望天风不停，希望海浪不止，希望孤帆猛进，这样自己就可以抵达自由幸福的乐园。显然，幻想越绮丽，现实越黑暗；豪情越昂奋，失望越凄惨。我们从词人的梦幻遐思中，读到了无奈挣扎，读到了悲壮苍凉。

纵观词人一生，屡经磨难，备受煎熬，还是不能了却心愿，还是不能实现理想。但是，这样气壮山河，泣鬼惊神的词作，还是给我们留下了弥足珍贵的精神财富和情感资源。那就是，人生天地，不分男女，应当奋勇拼搏，万死不辞，应当志存高远，大济苍生。

将军白发征夫泪

——范仲淹《渔家傲》散读

习惯了宋词的浅吟低唱，浮艳轻柔，读多了男女的万种柔情，刻骨相思，再来读读范仲淹的边关塞外，长烟落日，读读一代将军的天下担当，家国情怀，心中总是热血沸腾，豪气干云。真个想梦回宋朝，像范仲淹一样，训练兵马，构筑工事，抵御侵略，安宁边关，还大宋一个清静，了却心中一番宏愿。特别震撼“将军白发征夫泪”这样的句子，一看便苍凉，一读便感动，一时还说不清感动为何，但是，脑海眼前倒是真真切切浮现一幅画面，征战沙场的将军日渐衰老，秋霜染满头；身强力壮的士兵早已情不自已，泪雨湿衣襟。很催情，很悲壮。一种天地肃穆，心怀万古的情思涌上心头。猜想将军，久别亲人，远离家乡，奔赴边关，舍生忘死，保家卫国，但是，时局维艰，胜利渺茫，心头翻滚忧患不安。也猜想年轻战士，生龙活虎，豪气冲天，效命沙场，建功立业，但是，国运不济，战事不顺，心头凝聚家国不宁。一样的豪气，一样的悲鸣，一样的凄凉。或许范仲淹就是用将军的刀剑来抒写理想豪情，用金戈铁马来叩动读者的心弦。笔者喜欢这些掷地有声，回荡天地的词句。积贫积弱的大宋，轻歌曼舞的大宋，太需要这些声音，这份豪情了。《渔家傲》展示老将的豪情，边关的风情，战士的心声。

塞下秋来风景异，衡阳雁去无留意。四面边声连角起，千嶂里，长烟落日孤城闭。

浊酒一杯家万里，燕然未勒归无计。羌管悠悠霜满地。人不寐，将军白发征夫泪。

宋仁宗康定元年（1040）八月，范仲淹任陕西经略安抚副使兼知延安（治所在今陕西延安），抗击西夏。庆历元年（1041）四月，调知耀州（治所在今陕西耀州区）。两地均是大宋边关重镇。词人统帅兵马，驻守边关，身兼一国安危，心系天下苍生。这首词作当是词人有感移防边关，抵御侵略，进展艰难，形势严峻时而作。具体生活经历，战斗场景，并不重要，重要的是理解一位沙场老将滴血泣泪之心。可以这么讲，通篇词作，写景抒情，字字是悲，句句言壮，肃杀之气冲天，浩然之气震地，忧患之心逼人，乡思之情动怀。

西北边地延州一代，远离中原内地，毗邻敌寇西夏。秋天来得较早，风景迥异内地。秋风猎猎，草木凋折，沙石翻滚，风尘弥漫。天地之间，充斥愁云惨雾。不见秋高气爽，玉宇澄清，不闻秋虫悲鸣，江河潺潺。透过如墨云团，看到几只大雁，急速南飞，远远而去。它们对天气最为敏感。秋冬时节，北方变冷，大雁纷纷南飞，停歇衡阳，等待来年初春，北方天气回暖，又成群结队，回到北方。词人眼中，大雁离开西北边地，毫不回头，毫无留恋。雁犹如此，人何以堪？大雁南来北往，随时迁徙，自由自在，也有家可归，我呢，驻守边关，身负重任，远离家人，时局尚未安定，归程无从算计。一种悲凉，人不如雁，有家难归，有国不宁，弥漫心头。不是因为想家而放弃责任，不是因为边关危局而不想家园，人心都是肉长的，将军也有血肉情。矛盾，纠结，苍凉，悲苦，蕴含句中。传统诗词中，大雁关联相思怀远，汉有“鸿雁传书”之说，唐有“乡心正无限，一雁度南楼”（赵嘏《寒塘》）诗句。浪漫想，词人祈盼大雁捎来故乡亲人的书信，问好平安，彼此放心。过往看，大雁成双成对，也许见证了词人和爱妻甜蜜美满的幸福生活。点点滴滴浮现心头。可是，不管怎样想象，怎样奢望，现实是荒漠寒凉的西北边关，留不下一只大雁，只留下一颗隐隐作痛的心。

日色黄昏，夜幕降临，冷风飕飕吹来，扫过大漠，扫过边关。四面八方轰响肃杀之声，平添边地苍凉。诚如当年李凌《答苏武书》所言：“凉秋九月，塞外草衰，夜不能寐，侧耳远听，胡笳互动，牧马悲鸣，吟啸成群，边声四起。”秋风瑟瑟，风沙唰唰，号角凄厉，胡笳呜咽，牧马嘶鸣，一声声，一阵阵，汇成声响洪流，震荡词人耳膜，触动词人心怀。一股凄清、苍凉涌上心头。词人站立楼顶，极目远方，群山起伏，连绵千里；残阳如血，缓缓沉落；长烟似雾，直冲云霄；危崖千仞，孤城紧闭。一派萧森惨淡，一派辽远苍凉。令人想起王维笔下的边关：“大漠孤烟直，长河落日圆。”（《使至塞上》）还有王之涣的边镇：“黄河远上白云间，一片孤城万仞山。”（《凉州词》）不同在于，王维心怀喜悦和激动，他是单枪匹马，赴边劳军，看到了雄奇壮观，磅礴大气的景观。王之涣居高临下，纵目远眺，看到了玉门关的偏远荒寒，高峻险要；范仲淹则是胸怀天下，忧念时局，看到了边关重镇的荒凉艰苦，孤危险峻。大宋朝廷，重内轻外，积贫积弱，腐败无能，战备松弛，军纪散漫，西北边地经常遭受敌寇侵略、骚扰，范仲淹一到任，立即着手战备部署，加强军队训练，修筑防御工事，以守为攻，以静制动，暂时稳定局面。但是，潜在威胁不断，敌我交战时有发生，大宋边关仍然危险。日落苍山，孤城紧闭，似乎隐喻时局严峻，透露出词人的担忧和不安。将军就是将军，走到哪里，都会江山装载心间，使命扛在肩上。

将军也是血肉之躯，也是天涯游子，也有想家的时候，一杯浊酒，化作相思苦泪，没人看见，无人分担，自己咀嚼，自己咽下。也想千里万里之外，千山万水之间，那里有自己美丽的家园，有自己牵挂的亲人。父亲年老体迈，满头风霜；母亲步履蹒跚，巍巍颤颤；妻子劳心劳力，容颜憔悴；儿女不谙世事，天真活泼。很久没见，很久没有收到书信。烽火连三月，家书抵万金啊。也盼望和平，盼望回家团聚。将军驰骋沙场，浴血战斗，比谁都更加强烈地渴望和平安宁的生活。可是，敌寇未灭，何谈回家？想起了霍去病，十八岁率军抗击匈奴，屡建奇功，汉武帝下令给他建造府邸豪宅，霍去病坦言："匈奴未灭，何以家为？"豪言壮语，赤胆爱国，打动多少华夏儿女。想起了大将军窦宪，汉和帝永元元年（89），窦宪大破北匈奴，穷追北单于，追至燕然山（即杭爱山，在今蒙古人民共和国境内），"刻石勒功而反"，光辉业绩，光照千古。词人是将军，是边塞长城，是国家栋梁，以天下为先，以万民为重，不灭西夏，不平边患，誓不休兵。

然而，一己之力，回天何难。想起时局窘迫，权贵苟且，自身处境孤危，心中不禁悲凉。日头已经隐没于群山之下，夜色正在汹涌袭来，秋霜渐渐弥漫大地，不知从哪里传来阵阵羌笛之声。哀怨凄清，悲怆凄凉。声声刺痛耳膜，声声敲打心灵。今夜无眠，辗转反侧。

一样无眠的还有千秋百代的你我，倒一杯薄酒，向天默念，祈祷万民，祭奠远逝千古的英灵。我心汹涌，我心澎湃，为范仲淹，为脚下这块满目疮痍的土地。

惊天动地弄潮生

——潘阆《酒泉子》散读

吟诵毛泽东的《沁园春·长沙》，对词作结尾印象尤为深刻："曾记否，到中流击水，浪遏飞舟。"想象这样一幅画面：一群青春少年，热血沸腾，意气风发，才情横溢，壮志凌云，相约游泳中流，迎战巨浪漩涡，挑战自我极限。他们矫健勇猛的姿态，溅起滔滔白浪，竟然严重阻挡了飞速前进的轻舟！何等豪勇，何等英武！为青年毛泽东战天斗地，搏击风浪的大无畏精神而激动，更被一代英杰永立潮头，无惧风雨，改天换地，豪情万丈的气魄深深震撼。头脑里忽然蹦出两个句子"自信人生二百年，会当击水三千里"。

又想起浪漫主义大师庄子的寓言故事《逍遥游》："北冥有鱼，其名为鲲。鲲之大，不知其几千里也；化而为鸟，其名为鹏。鹏之背，不知其几千里也；怒而飞，其翼若垂天之云。是鸟也，海运则将徙于南冥。——南冥者，天池也。《齐谐》者，志怪者也。《谐》之言曰：'鹏之徙于南冥也，水击三千里，抟扶摇而上者九万里，以去六月息者也。'"

引文所记就是“鲲鹏展翅”的典故，其扶摇直上、山呼海啸、地动山摇、惊心动魄的场面如在眼前。成语“鹏程万里”亦源自于此。

诗仙李白非常欣赏庄子的浪漫主义风格，对“大鹏展翅”更是情有独钟，曾题诗《上李邕》：“大鹏一日同风起，扶摇直上九万里。假令风歇时下来，犹能簸却沧溟水。世人见我恒殊调，闻余大言皆冷笑。宣父犹能畏后生，丈夫未可轻年少。”在李白看来，自己就是一只大鹏鸟，不飞则已，一飞冲天，直上九万里高空；不鸣则已，一鸣惊人，轻扇翅膀犹能激起沧海之水。即便到死，李白也没有忘记这只大鹏鸟的气魄精神，他在《临路歌》中如此咏赞：“大鹏飞兮振八裔，中天摧兮力不济。馀风激兮万世，游扶桑兮挂石袂。后人得之传此，仲尼亡兮谁为出涕？”再一次自比大鹏，自比仲尼，豪情万丈，雄视千古。人间没有大鹏鸟，世上争颂弄潮儿。

读到宋代词人潘阆的词作《酒泉子》，倒是产生一种感觉，那些迎战汹涌浪潮，周旋滚滚激流的弄潮儿，就是一些大鹏鸟，就有一种无畏天地，不惧生死，挑战自然，挑战极限的精神风范。

长忆观潮，满郭人争江上望，来疑沧海尽成空，万面鼓声中。

弄潮儿向涛头立，手把红旗旗不湿。别来几向梦中看，梦觉尚心寒。

钱塘江，现位于浙江海宁，北宋时期，却在杭州。记得前年暑假带一家老小赴杭州旅游，徜徉西子湖畔，漫步西溪湿地，流连西塘古镇，寻幽灵隐古寺，访胜林逋孤山，却没有时间观赏海宁江潮，留下遗憾，后悔不已。据记载，每年夏历八月十八日是钱塘江潮涌的高潮期，这一天被定为“潮神生日”，要举行观潮盛典，仪式隆重，盛况空前。全城市民，一并盛装出行，观赏江潮。一时间，万人空巷，车水马龙，人头攒动，热闹非凡。更有数百健儿文身刺青，手举彩旗，脚踏浪头，争先

恐后，跃入江中，迎着潮头前进。潮水渐起，一线雪白，排山倒海，汹涌而来，及至高潮，惊涛破空，白浪轰响，声如雷鸣，势如海啸，震天动地，惊心动魄。岸上市民，屏息呼吸，睁大眼目，一饱眼福。江潮退后，彩旗飞舞，欢声雷动。场面实在壮观，情势震撼人心。虽没有亲见，但读潘阆这首观潮之作，却可以感受现场的气氛，目睹现场的风采的。

词人本来为官京师，才情横溢，却因言辞狂放，被斥逐江湖，卖药为生，亦曾游山玩水，流落杭州，更有幸观赏钱塘江潮。阅尽江河，看遍奇山险峰，最难忘还是钱塘江潮。记得那一天，整个杭州城倾城出动，挤站钱塘江边，踮起脚尖，伸长脖子，争看江面潮水上涨的景象。小孩骑在爸爸脖子上，手挥彩旗，指指点点。老人夹杂人群之中，远眺江面，目瞪口呆。激动不已的少年则见缝插针，拼命往人群缝隙里挤去，力图抢占一个有利位置。一向矜持腼腆的姑娘，再也顾不上羞涩，拉手结伴，拼尽全力，同防死守，不让人流冲散。人山人海，如墙如堵，里外三尺，水泄不通。一个个瞪大眼睛，屏住气息，静静等待激动人心的瞬间。江岸上一片静默，似乎天地为之动容，肃穆无声；风云为之变色，沉静不语。

一时间，江潮涌起，一线铺开，如山涌动，如雪崩塌，如龙腾跃，如虎长啸，如电裂空，如云遮天，景象壮观，气势雄浑，境界阔大，气象苍茫。词人产生一种错觉，似乎海水被掏空了，全都涌上钱塘江面；似乎银河冲破闸门，奔腾咆哮，惊天动地，气壮山河。江潮声响，如虎吼雷鸣，地动山摇，一阵接着一阵，一声连着一声，震耳欲聋，惊世骇俗。词人感觉置身万面战鼓同时敲响的战场上，气血奔腾，心潮澎湃，大呼过瘾，身心神往。是的，在大自然的无穷威力面前，渺小的人类，要么战战兢兢，瑟瑟发抖；要么活力无限，激情迸发。

词人妙用一个“疑”字，表达自己恍惚迷离，心旌摇荡的感觉，从侧面突出了江潮奔腾咆哮，雷霆万钧的气势。李白诗云：“飞流直下三千尺，疑是银河落九天。”（《望庐山瀑布》）也是幻觉描写，惊骇于庐山瀑布凌空直下，气势磅礴，而突然想到银河倒决，飞流直下，似真似假，亦实亦虚。李白还有诗云：“床前明月光，疑是地上霜。举头望明月，低头思故乡。”（《静夜思》）怀想故园，孤独难耐，竟然产生幻觉，错把满地月光认作秋霜，冷清清一心思乡切。

更为精彩，更为扣人心弦的画面出现了。几十上百，成百上千的弄潮儿，跳入江中，挺立潮头，出没惊涛骇浪，周旋激流险滩，轻快敏捷，矫健豪迈。他们手举红旗，避实就虚，腾挪跳跃，确保自身安全无险，确保红旗不被沾湿。观众胆战心惊，两股战战，惊骇不已。一个个精明干练的小伙子，用智慧和胆量，用青春和激情，在江天阔地之上，与浪涛搏斗，与死神厮杀，无惧风险，无惧生死，搏出飒爽英姿，搏出精神风范。壮哉，伟哉！人定胜天，威力无穷。这种挑战凶潮、挑战自我的精神，不知激励了多少中华儿女。词人所描绘的场面，语带夸张，但却是实有其事，这更增强了我们战胜人生困难的决心。据《武林旧事》记载：“吴儿善泅者数百，皆披发文身，手持十幅大彩旗，争先鼓勇，溯迎而上，出没于鲸波万仞中，腾身百变，而旗尾略不沾湿，以此夸能。”他们左右逢源，前后腾跃，确保彩旗不沾湿，互相比试，一分高下，实在了不起！想起人生天地，面对重重困难，不管是来自自身，还是来自外界，都要搏击、挑战，锐意进取。

离开杭州多年，也有好久没有看到钱塘江潮，但是词人念念不忘，刻骨铭心。几番入梦，都是惊涛骇浪，都是矫健青年，都是人海人山。心在颤抖，血在沸腾。想想那些弄潮儿，勇立潮头，奋不顾身，挑战浪涛，词人瑟瑟发抖，胆战心惊，就连梦醒之后，还是心神寒凉，惊骇不已。一种气势穿越时空，震撼人心；一种精神，穿透心灵，激励人生。多少年过去了，我们还记得大宋那场惊涛骇浪，那些精壮小伙和那位颤抖的词人。

英雄流泪话凄凉

——陆游《鹊桥仙·夜闻杜鹃》赏读

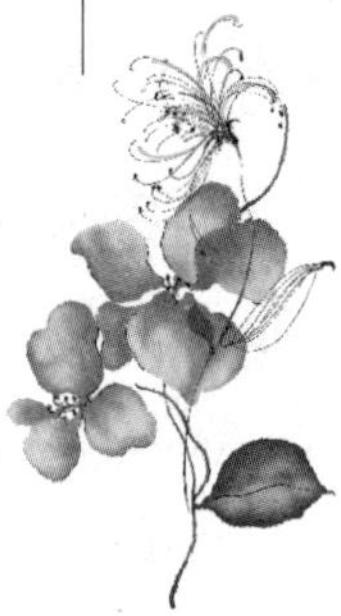

西哲有言，杰出的文学作品从来都是泪水的结晶。台湾作家亦云，流泪的眼睛犹如雨后的青山，更加清明。读南宋词人陆游的词作《鹊桥仙·夜闻杜鹃》，你会为英雄落魄潦倒、报国无门而痛洒热泪，也会为英雄忧念时局、情系国运而感佩不已。英雄的泪水让我们看到一颗崇高圣洁的心，英雄的痛苦让我们体验到一种博大无私的爱。词作是这样写的：

茅檐人静，蓬窗灯暗，春晚连江风雨。林莺巢燕总无声，但月夜、常啼杜宇。

催成清泪，惊残孤梦，又拣深枝飞去。故山犹自不堪听，况半世、飘然羁旅！

标题是“夜闻杜鹃”，暗示了词人痛苦凄凉、悲愤抑郁的心绪。杜鹃，在中国古典诗词中，早已定格为一种凄惨悲怨、落寞无助的意象。其来有典，据《成都记》记载：“望帝死，其魂化为鸟，名曰杜鹃，暮春而鸣，通宵达旦，其声凄切，声尽泪绝，继之以血。”杜鹃是一个泣泪滴血、痛彻心扉的形象，古人常借此意象表达失意、痛苦、孤寂、落寞。陆游此词亦不例外。题中“夜”字，不但交代了时间，更暗示词人心事重重、彻夜未眠的境况。心事不眠，惊闻杜鹃，好比雪上添霜，伤口撒盐，内心的痛苦难熬可想而知。

词作上片写景，借景抒情，情景交融。词人被闲置西南，远离抗金前线，任凭理想付之东流，任凭光阴一去不返，满心苍凉无奈，这种体验渗透在写景的文字当中。居住的环境是“茅檐蓬窗”，简陋寒碜，破败萧条，烘托出寓居他乡的萧索境况。人静灯暗，不但点明夜深人静、孤灯相伴的艰难处境，更暗示词人心事浩茫、长夜难眠的痛楚凄凉。没有朋友推心置腹的安慰，没有亲人问寒问暖的关照，就只有词人孑然一身，枯坐昏灯。看夜色沉沉，看灯影幢幢，看四壁森森，心中涌起万千感慨。翻江倒海，风雨苍茫，是词人的想象之景，更是词人心烦意乱，愁绪错杂的心理倾泻。王昌龄送别朋友，有诗云：“寒雨连江夜入吴，平明送客楚山孤。”（《芙蓉楼送辛渐》）以漆漆黑夜和茫茫风雨烘托离别的茫然心绪；陆游滞留西南，怀才不遇，以江天风雨和无边黑暗烘托志士失意的凄凉痛苦。两位诗人手法一致，情意相通。早春时节，莺飞燕舞，本可赏心悦目，可是一到晚春，竟然燕懒莺残，悄然无声，寂静得令人害怕，令人恐惧，只有那些明月高悬的夜晚，通宵可闻杜鹃的凄楚哀鸣之声。无声反衬有声，生意反衬惨淡。词人通过莺燕和杜鹃的对比，凸现刺耳惊心之痛和凄切哀愤之愁。完全可以说，那只彻夜啼鸣、泣泪成血的杜鹃其实就是抱负沦空、怀才不遇的词人的化身，词人一直在抗争，在呐喊，在奔走呼号，总想竭尽全力抗金复国，建功立业，可是朝廷不给他机会，权贵打压他的主张，一生才志，满腔抱负，只落得两泪涟涟。另外，莺燕的退隐销息，不仅仅是无声衬有声的考虑，也含有时光流逝、岁月无情之叹，特别是对于陆游这样大志欲为的人来说，时间就是机会，时间就是希望，只可惜，莺燕无声，留不住时光，也留不住抱负！

词作下片抒情，直抒胸臆，沉痛至极。杜鹃啼鸣，一声紧似一声，声声刺耳惊心，触动词人隐痛，引发词人诸多联想，情至悲处竟然泪眼婆娑。词人客中无聊，寄之于梦，梦中尽是金戈铁马，沙场拼杀，过足了杀敌之瘾，消释了心头之恨。可是，好梦不长，屡被打断。杜鹃哀鸣，又把词人从梦中唤醒，拉回到冰冷的现实，杜鹃又拣深枝，且飞且鸣，深深刺痛词人受伤的心！杜甫写杜鹃："客愁那听此，故作傍人低！"（《子规》）客中愁闷时哪能听这啼声，可是那杜鹃却故意追着人飞！屈原写杜鹃："恐鹈鴂之先鸣兮，使夫百草为之不芳。"（《离骚》）咏叹杜鹃啼鸣，时序倏忽。陆游咏杜鹃，哀鸣声声，痛彻心扉，深入骨髓。词人感时忧国，伤怀身世，明言就是身在故山也不忍听闻；更何况此时此境，已是漂泊半世（陆游写作此词当在49岁），岁月蹉跎；又是功业未遂，壮志沦空；外加朝廷打压，沉沦下僚，凡此种种，百感交集，真是万箭穿心，悲不自胜啊！

全词忧时念国，感伤命运，融失意孤愤于暮春景物之中，于杜鹃啼血见热血赤诚。英雄的泪水不为儿女情长、功名富贵而流，不为仕途升迁、家族小利而流，英雄的热泪洒在理想抱负上，洒在抗金前线上。苍天无语，英雄洒泪！这泪水，流淌千年，照见词人的爱国之心，澎湃你我的热血胸怀。

敛尽春山羞不语

——苏轼《蝶恋花》散读

苏轼词作，既有大江东去浪花淘尽英雄的豪迈高歌，也有十年生死茫茫不见阴阳的哀婉低回；既有天风海雨扑面而来的磅礴大气，也有山间清泉叮咚流淌的浅吟低唱。多姿多彩，变化生辉。人见人爱，人品人欢。很多文人墨客擅长描写女子相思绵长，柔情似水，佳期如梦；也有不少词坛大家深入男性内心情感世界，微察波澜，暗起风潮，直笔相思，穷尽绵远。苏轼就是其中大家之一，词作《蝶恋花》落笔男子爱恋相思，深情款款，回忆悲喜缕缕交加，烘染细腻缠绵、低回惆怅之情意，再现男女欢聚兴高采烈之欢喜，撩人情思，动人心怀。

记得画屏初会遇。好梦惊回，望断高唐路。燕子双飞来又去。纱窗几度春光暮。

那日绣帘相见处。低眼佯行，笑整香云缕。敛尽春山羞不语。人前深意难轻诉。

苏轼吟诗作词，一向率性随心，率意随情，一任心绪舒卷如云，一任情感奔泻如水，不加节制，不加阻挠，行于所行，止于所止，往往收到行云流水、舒卷自如之效果。这首词作写男子爱恋苦忧，悲喜起落，给人感觉是词人追随笔墨，笔墨追随心迹，意识流趟，情感奔腾，男子想到哪里，词人就紧随至哪里，男子思维跳跃，词人思维跳跃。一开篇就是一场甜美如蜜，芳香如兰的回忆，那间屋子，雕梁画栋，彩绣辉煌；那座屏风，锦绣绚烂，鸳鸯相向；那些熏香，袅袅升腾，清香四溢；那幅窗帘，如绿如墨，柔柔垂拂。那是人生的第一次相会，男子心怀期待，大喜过望；女子含羞带涩，腼腆不安。屋子里没有多余的人妨碍相会，窗户外没有调皮的小孩一窥好奇。两个人眉来眼去，脉脉传情。似乎心有灵犀，缘定前世，大有一见钟情，一见欢心，相见恨晚，似曾相识之感。

可以预言，幸福的日子正在展开，美丽的爱情正在绽放。可是不知由于什么原因，不知男子怎样思维，记忆的闸门刚刚打开，缤纷的思绪马上跳转到现实的残酷与凄凉。就像一场美梦正在进行，突然几声鸟啼打破了屋子的宁静，打乱了男子的思绪。好梦惊醒，一身冷汗。心在颤抖，手脚错乱，眼眸迷茫，面容忧郁。不得不面对，不得不承受，女子已经远去，消失得无影无踪。一场相恋相爱，就像一场高唐邂逅，眉来眼去，云欢雨爱之后，美丽多情的女子，化作一朵云彩，飘然远去，不知踪影，留下怅然若失、一筹莫展的男子。

想起了宋玉《高唐赋》中的神女，幽艳俏丽，风姿绰约，来无影，去无踪，神秘莫测，变化多姿，让楚怀王神魂颠倒，心旌摇荡。同样，在苏轼词作之中，那位美丽多情的女子，时刻萦绕男子脑海，令男子情不自禁，心向神往。可是，现实是女子远去，不知天涯何处，不知芳容如何。留下男子形销骨立，望眼欲穿的灰暗剪影，留下男子泣泪滴血，徒呼无奈的悲戚表情。

一个“断”字，掷地有声，痛断肝肠。写出了男子的目断神枯，撕心裂肺，也写出了男子的痴心热望，一往情深。一个“惊”字，也是颇具表现力。一者体现男子美梦方醒，怅然若失，意态恍惚，眼眸迷茫的神情；二者体现男子沉迷美梦，受惊而醒，错愕不已，大为惊讶的姿态。读者细品神思，可能还会联想起唐代诗人金昌绪的《春怨》：“打起黄莺儿，莫教枝上啼。啼时惊妾梦，不得到辽西。”诗中女子讨厌黄莺啼叫，打扰梦中幽会。苏词中男子则是控诉世俗的阻力破坏了自己的爱情。一样的相思，一样的不舍，一样的不甘心，不情愿。

正因为藕断丝连，割舍不下，正因为一片痴情，一片赤忱，男子仍然念念不忘，敏感兮兮。哪怕看到眼前任何风物景观，都会勾起男子丝丝缕缕的念想。梁间燕子，成双成对，春来秋去，年复一年。纱窗风物，逢春明媚，逢秋凋零，春秋代序，几多沧桑。但是，不管怎样风物变迁，时光流逝，人事更换，男子对女子的思念依然如故，不改初衷。印证一句话，你在我身边的时候，你是我的一切；你不在我身边的时候，一切都是你。我的心，你懂得；我的爱，你体会。多么希望，和你在一起，时时刻刻，日日夜夜，年年月月，世世代代。笔者读到此处，感慨春风秋月，韶华易逝，感慨爱入骨髓，不可分离。

想起匈牙利诗人裴多菲的爱情名篇《我愿意是急流》：“我愿意是急流，山里的小河，在崎岖的路上、岩石上经过……只要我的爱人是一条小鱼，在我的浪花中快乐地游来游去。我愿意是荒林，在河流的两岸，对一阵阵的狂风，勇敢地作战……只要我的爱人是一只小鸟，在我的稠密的树枝间做窠，鸣叫……”千般设想，万种激情，全是为了爱情，为了心爱的姑娘。一生一世一双人，不分彼此共风雨。这才是爱的真谛，这也是苏轼词作之中男子的心声。

相思伴随着痛苦，相思也伴随着甜蜜。失望之余，痛楚至极，男子自然格外思念那些亲密相处的幸福时光。没错，你的青春时光，我曾经来过；你最美丽的容颜，给我灿烂的回忆。记得那一天，一间布置精美，装饰华丽的屋子里面，帘幕低垂，屏风静立，我们坐在桌子的两边，面面相对，眉目传情。我激动得语无伦次，脸热心跳，你羞涩得低头弄发，手脚失措。我想说一生一世陪伴你，相亲相爱到白头；你不语，静默羞笑，笑容姣好，如桃花两朵，粉红惊艳，悄然绽放；如红霞两抹，飘逸脸庞，流光溢彩；如睡莲吐艳，风姿绰约，神韵迷人。你轻言细语，娇羞不胜，说是要走，假装要走，其实，你不想走，你想留下，和我一起，共享美好时光。你的笑容，你的举动，透露了你心中的秘密。真是美极了，我看到你的娇美和羞涩，你的芳华和青春。你低眉垂眼，笑脸盈盈，伸出纤纤玉手，理弄如云秀发，丝丝秀发飘逸眼前，幽幽清香沁人心扉。我说不出话来，一味激动，一味幸福。你不言不语，沉默抒情；你收敛眉目，弯弯似月；你心似春深，明媚多情。一生最大的决定在心间酝酿，一生最幸福的体验流露眉宇之间。我深深感激，深深懂得，懂得你的内敛克制，懂得你的深情缱绻，懂得你的羞羞答答。你出现在我面前，就像一朵玫瑰，悄悄绽放，流散芬芳。陶醉了我的爱，俘虏了我的心。

喜欢一个动作“佯行”，要行不行，似真似假，忸怩不安，羞涩有态。喜欢一抹笑容，含羞带笑，轻淡自然，古典唯美，至情至性。喜欢一头秀发，如云如墨，如瀑如泻，妩媚风情，摄人魂魄。喜欢一种温柔，低首不语，娇羞不胜，轻声细气，芬芳如兰。最是美人多风韵，醉倒爱情自风流。赤诚如苏轼，率性如情种，人生值得，爱情幸福。即便分离，曾经拥有，也不枉来一世。

深秋千里念行客

——晏几道《思远人》散读

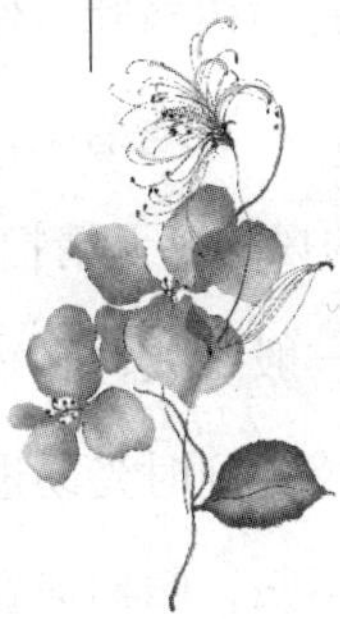

总是感动古代女子的相思苦念，独守空房，望眼欲穿，以泪洗面，度日如年，不知脆弱的心灵已经遭受了怎样的煎熬和折磨，不知瘦弱的身体还会因为相思变得怎样形销骨立，一方面深深同情可怜女子的不幸命运，另一方面又深深震撼柔弱女子的坚忍执着。她们用苦苦坚守、痴痴等待来追寻自己的爱情，她们用辛酸泪水，无边孤寂来打发无聊的人生，她们的一言一语，一举一动，都充满着期待和渴盼，也伴随着恐惧和绝望。晏几道的词作《思远人》描写一个留守家中的女子对远行千里的男子的思念。虽然这种题材非常普遍，非常平淡，但不管词作运用那种表现手法，不管词作描绘怎样的生活情境，也不管词人经历怎样的离愁苦忧，只要是出自内心的情感，只要是和墨带泪的抒写，只要是揪心断肠的哭诉，都能动人肺腑、催人泪下。晏几道这首作品以情意真挚，细节奇特，心思纠结为人称道。

红叶黄花秋意晚，千里念行客。飞云过尽，归鸿无信，何处寄书得？
泪弹不尽当窗滴。就砚旋研墨。渐写到别来，此情深处，红笺为无色。

日月如梭，光阴似箭，又是一年秋风至，可怜的女子还是没有盼到心上人回家，也无从接到远方的片言只语，她在等待，她在思念，她还在焦虑。这样的日子不知过去了多少，这样的伤怀不知还要延续多久。秋风一日凉过一日，秋霜一天冷过一天。看满树枫叶，经受严寒风霜拷打，渐渐变红，甚至脱离枝头，悄然飘落。看满地菊花，凋零狼藉，一派破碎，不忍心拾起，很害怕风雨。深秋的风啊，无情扫荡，摧残花朵，吹落树叶，催寒天气。女子的心也和黄花一般残败，和秋风一样寒凉。只是因为，天气转凉，日子变短，更容易感觉到时光易逝，青春难葆。更容易想起远方的行人，久别亲故，久久不归，归期何在，归程哪里，一切都是未知数。难道这样形影相吊，茕茕孑立的日子还要继续下去？难道远方的你竟然没有一点心灵感应？

抬眼望天高云淡，长风浩浩，几朵白云随风飘移，远远地离开，直至淡出自己的视野。几只大雁，由北至南，飞过天空，留下几声凄厉的鸣叫，也给女子留下几道凄然的背影。不见书信捎来，不闻行人声响，久久伫立，呆呆凝望，空空荡荡的天空，辽阔高远，层层叠叠的山峦，连绵起伏，恍恍惚惚，产生一种幻觉，白天站立，深情痴望，竟然进入梦幻世界。相思托付梦幻精灵，飞越万水千山，穿过秋风秋霜，停落在行人的身边。泪满面，鬓如霜，面面相觑，无言无语。好像认不出，好像不相信，一下子，欣喜如狂，心花怒放，两个人紧紧相拥，呢喃相亲，泪眼婆娑。不知为什么，梦幻很快醒来，还是冰冷的深秋，还是孤独的身影。更加沮丧，更加伤情，也更加迷惘。想倾诉自己的愁苦想念，想宣泄自己的绵绵忧思，可是，纵然满腹相思，千言万语，写成之后，又寄往何方？寄给谁呢？就像很多相思女子一样，枯坐桌前，展纸落笔，抒写自己的相思，汩汩滔滔，源源不断，却是寄不出去，最后只能封存抽屉，烂在心间。这位女子也一样，相思如水，忧心如焚，任凭怎样倾诉也倾诉不尽。即便书信写完，又如何传递？如何托付？

可怜女子悲苦兮兮的翘首盼望，望尽秋风过大雁，望尽白云过天际，望尽秋光草木老，一切渐渐消失，还是没有盼来心中念念不忘的行人。一个“尽”字，写活了女子仰观天宇，目视白云，久久凝滞，一动不动的神态，隐隐透露出女子渴盼鸿雁传书，久候不至，以至失望沮丧的心情。可以理解，对于女子来说，天空就是全部的希望所在，鸿雁就是全部的信心所在。盼星星，盼月亮，这位女子盼望行人回归，即便不能回来，哪怕托鸿雁捎来书信一封也好，可是，目断神枯，身心憔悴，还是等不来心中所愿。真不知道，一个人苦苦守候，痴心等待，这样的日子如何挨过。两地分离，音信不通，无法联系，无所交流，特别是一心所愿维系对方，这对双方来说，都是考验，都是挑战。

改变自己的选择，或是另外开辟生活空间，也许，对于现代人来讲，这是合情合理的选择，可是，在古代绝大多数女子看来，却是不可以接受的。嫁鸡随鸡，嫁狗随狗，虽然多少有些低视女子的意味，可是，换个角度看，却可以反映出女子忠贞、执着，痴心不改的态度，很多相思刻骨的女子并不因为对方音信杳无而毅然决断，一走了事，相反，她们一如既往，不改初衷，早已将自己的青春和幸福完全交给了生命中最重要的男子。不管遭遇怎样的意外，或是何等强大的外力阻挠，都不能改变她们的心意。晏几道词作中的女子就是如此。寄书不能到达，相思不能如愿，时日持续长久，还是要继续，还是要坚持，不需要外在压力，不需要世俗约束，出自内心，自然而然，坚守自己当初的选择。

因为久盼不来，因为离别长久，也因为联系不便，女子想到，该写的书信还要书写，该表达的情意还得要表达。提起笔，铺开纸，端坐桌前，正对着窗户，看外面的风景，写自己的心事。一边写，一边想，眼泪潸然而下。不知道为什么，不知道想起了什么生活情境。一个人，临窗而立，簌簌落泪。泪落连珠，一滴一滴，一颗一颗，滴落砚台，融进墨汁，女子和墨带泪，一笔一画，写下自己的情意。也许不再去想行人漂泊何方，归期何日，也许不再去考虑字句词语，只是尽自己的心意，纵情挥洒，想到哪里写到哪里，想怎么写就怎么写，一任笔墨流淌，一任心情舒展。越写越多，越写越动情，似乎不是面对粉红的信笺，乌黑的墨汁，而是面对亲爱的行人，四目相对，久视无言。最是动情，情到深挚，心潮澎湃，情不自已，心在狂跳，手在颤抖，笔在晃动，强忍着不安与战栗，用尽心力，写下缕缕相思。慢慢地，女子发现，信笺上的粉红浅淡，渐渐湿润，渐渐褪色，墨汁与泪水，浸渍开去，在信笺上扩展为一大团墨迹。说不清楚是墨水的扩散，还是眼泪的侵蚀。女子看到，摆在眼前，就是一张写满文字，饱蘸深情的信笺，由粉红到淡红，最后变为白色。看不清字迹，看不出墨迹，一片白，一片空荡。女子心中也是惆怅迷惘，无语天涯。

世间情书万千，有用浓墨撰写，有用红粉涂就，有用诗词表达，有用歌舞呈现，但是，像晏几道词作中的女子一样，用尽心思，耗尽情意，饱蘸泪水，带墨抒写，的确不同寻常。可以看出女子相思入骨，忧念铭心。当然，作为读者，吟咏词作，更可以感受到情到深处不拘一格的表达，还可以体会到人生一世，用情至真的可贵。笔者总在想，今天的社会，物质繁荣，经济发达，物欲汹涌，情思淡漠，很少有人再像古人，特别是古代那些为相思困扰的女子一样，用一生的心血来守候，用一世的情缘来等待。我们缺少的，不是情爱，而是爱情，不是庸俗，而是纯粹。

为君沉醉又何妨

——秦观《虞美人》散读

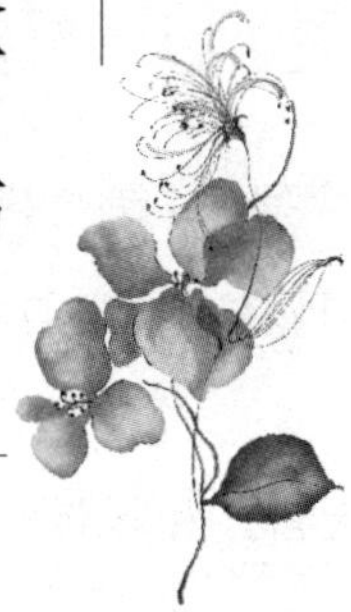

很感动于那些诗意浪漫的温馨，“洞房昨夜停红烛，待晓堂前拜舅姑。妆罢低声问夫婿：画眉深浅入时无？”（朱庆馀《闺意献张水部》）新娘子一夜未眠，描眉画黛，涂脂抹粉，心怀忐忑，高度专注，终于打扮出一个光艳亮丽，熠熠生辉的崭新形象，目的是要等到第二天天亮的时候上堂拜见公公婆婆，给他们留下一个完美的印象。临见面之前，新娘子羞羞答答，轻言细语，试问夫君，我画的眉毛是深是浅，是否时尚。未等夫君评点，诗人实际上也未描写夫君回答，故意留下悬念。我早已感动得一塌糊涂，脑海里蹦出一句歌词“让他一生为你画眉”。男女一世，为爱而生，为爱而死，能够一生一世、一心一意为心中的最爱描眉画目，别簪插花，这是一件多么幸福，多么风雅的事情。近日读到秦观词作《虞美人》中的句子“为君沉醉又何妨”，颇有感慨。不管男子钟爱女子，还是女子眷恋男子，不管文人迷恋花木，还是花木痴情诗心，倾其所爱，竭尽心意，为对方歌吟沉醉，为对方手舞足蹈，为对方天马行空，为对方跋山涉水，都是心甘情愿，都是幸福无比。因为心中有爱，人生就足以战胜任何艰难险阻。

秦观这首《虞美人》不是爱情词，更像是咏物伤怀，托物言志的词作，人与物，情与景，水乳交融，浑然一体。很多句子，很难区分是咏叹花木还是暗赞人情，是感伤自我还是怜花惜春。当然，要把它当作爱情词来品读也未尝不可。

碧桃天上栽和露，不是凡花数。乱山深处水萦回，可惜一枝如画为谁开？轻寒细雨情何限，不道春难管。为君沉醉又何妨，只怕酒醒时候断人肠。

言桃树，灼灼其华，桃之夭夭，来自天宫，和露带水，鲜活灵性，自有高雅不凡，清洁不俗之美。远非红尘浊世凡花俗卉可以相比。谁也没有见过天上仙花奇异珍贵，谁都见过人间百花姹紫嫣红，以可见比不见，以凡俗比奇异，对比鲜明，反差强烈，有力凸显碧桃花开，品质神奇，气韵清逸。可见词人心中推重碧桃至高无上，超凡脱俗。似乎不难理解，桃花开在词人心中，永开不败，光艳万古。想起唐代诗人郎士元的诗歌《听邻家吹笙》：“凤吹声如隔彩霞，不知墙外是谁家。重门深锁无寻处，疑有碧桃千树花。”在诗人听来，邻家吹笙，恍如神仙歌吹，从天而降，飘飘动人；又像碧桃千树，朵朵绽放，艳丽辉煌。同样以仙乐比笙箫，以仙花比音乐，衬托笙乐婉转动听，妙不可言。秦观写桃花，朗士元写乐，所见所闻，均来自人间现实，感觉却像天外奇葩，天宫仙乐，超乎见闻，神乎其神，具有引人入胜，动人心弦的艺术效果。

桃花虽好，好似仙品，可是，生不逢时，长不逢地，不为人知，不为人赏。置身乱山深处，幽深沟谷，被峭壁山崖阻挡，被参天大树笼罩，被繁茂杂草缠绕。小鸟不能发现她的艳丽，蜜蜂不能品味她的芳香，文人难以领略她的风采。陪伴她的只有清幽山泉，萦回盘绕，潺潺流淌。一样的冷清，一样的幽静。甚至感到孤寂、落寞。可惜啊，一季花开，如诗如画，如云如霞，灿烂了山谷，惊艳了荒野，却是无人知赏，无人钦羡。词人反问，一枝如画为谁开，表面上是在为花鸣抱不平，实质上也是在为自己鸣冤叫屈。自己不也就是一枝桃花吗？才华横溢，品质高洁，能力高强，可是，不遇知音，不被重用，荒落深山，默默无闻，不就类似一枝桃花，空有其美，不得其用。想起了陆游的词作《卜算子 咏梅》：“驿外断桥边，寂寞开无主。已是黄昏独自愁，更著风和雨。无意苦争春，一任群芳妒。零落成泥碾作尘，只有香如故。”梅花长在荒郊野外，断桥水边，风吹雨打，寂寞流年，无语伤悲，独向黄昏。和秦观心中的桃花一样凄绝，一样落寞。不过，好在陆游笔下的梅花，还有一腔傲气，一身傲骨，不怕流俗嫉妒，不畏粉身碎骨，永葆清香本色。秦观笔下的桃花则要温婉细腻、情意柔和得多。

喜欢“一枝如画为谁开”这个句子，延伸开去，推而广之，总能引发人生诸多感触。花事如此，爱情亦然。笔者想到一些美丽超群，光彩照人的女子，因为生长在荒野乡村，或是遭人诬陷诽谤，一生美艳，无人知赏，一世年华，付诸东流。何等悲凄，何等悲凉。笔者还想到，人生一世花开只为一人，艳丽光芒只照一人。一心一意，为你美丽，为你芬芳，为你灿烂。印证那句“士为知己者死，女为悦己者容”。倘能如此，人生快意，幸福至极，复焉何求？

也曾记得唐代诗人高蟾有诗《下第后上永崇高寺郎》曰：“天上碧桃和露种，日边红杏倚云栽。芙蓉生在秋江上，不向东风怨未开。”诗人羡慕天上仙家的碧桃树沾染着雨露种下，太阳边的红杏倚靠着云彩而栽。暗叹自己这朵芙蓉长在萧瑟的秋天的江边，抱怨春风为何不来吹开我这朵荷花。诗歌写于诗人应考落第之后，对于一些举子依傍权贵金榜题名颇为不满，对于自己无依无靠，不被知遇愤愤不平。诗歌之中出现的碧桃红杏的形象意义与秦观词作刚好相反。

一枝桃花，迎春绽放，流光溢彩，熠熠生辉。特别是暮春时节，细雨如烟，轻寒似雾，桃花娇艳，朦胧绽放，沐浴微微清风，浸润凉薄烟雨，别有一番迷人意态。犹如梨花带露，泪光点点的美人，又像怀抱琵琶，半遮颜面的歌女，楚楚动人，不胜娇羞。可是她不知道，她更不能阻挠春天的流逝。与春天一块流逝的还有她美丽动人的芳颜，生机勃勃的风采。词人站在花前，暗自着急，着急风雨残花去，着急落红化作泥，着急无可奈何花落去，着急一朝春尽红颜老。这份忧心、顾虑，桃花不能觉察，不能体谅。可是，心怀悲悯，多情善感的词人，并不因为花木无知，风雨无情，就变得漫不经心，不屑一顾。相反，听风是雨，草动惊心，只要是一点风雨苍茫，一春悄然流逝，他都敏感意识到生命的凋谢，芳华的褪色，流露出无奈与悲伤，流露出惊愕与迷茫。

如何呵护这份美丽？如何珍惜一树花开？词人想到好花需要好酒，好酒需要豪饮，倒不如席坐花前树下，摆一张小方桌，上一壶老酒，握一卷诗书，举一个小酒杯，独自畅饮，吟哦有声，眼眸泛光，为桃花青春难驻，为桃花美丽寂寞，为桃花烟水凄迷。哪怕喝个面红耳赤，眼热心跳，酩酊大醉，人事不省，也是无妨，完全不必顾忌。这番纵情，这番放浪，才是性情挥洒，才是自由飞扬啊。就像当年重阳节时的陶渊明，他在东篱下赏菊，抚琴吟唱，忽而酒兴大发。由于没有备酒过节，只好漫步菊丛，采摘一大束菊花，坐在屋旁惆怅。就在这时，他看见一个白衣使者向他走来，一问才知此人是江州刺史王弘派来送酒的。王弘喜欢结交天下名士，曾多次给陶渊明送酒。陶渊明大喜，立即开坛畅饮，酒酣而诗兴起，吟出了《九月闲居》这首名诗。表达了诗人以菊自娱、淡泊名利的胸怀。词人秦观则为桃花生于幽僻，长于山野，寂寞开放，无人知赏而忧愤、焦虑，也为桃花仙品高格，盈盈如画，含情脉脉，仪态绰约而欢喜、兴奋，放声歌唱，纵情畅饮，只因为一树桃花永开心间。

可是，酒醉心头醒，词人又担心，酒醒之后，还得面对春残花落，流水无声，更加令人肝肠寸断。如此看来，沉醉不是，清醒不能，如何是好，非常揪心，非常矛盾。正是通过这种复杂微妙的心理活动，我们感受到了词人对于风雨桃花的怜爱与珍视。

总感觉词作不仅仅是在描绘、赞美花朵，更像是借花朵寓托身世之感，或是寄寓一份缠绵忧伤的爱情心曲。有理由相信，词人自己就是一株桃花，才情绽放，品质芳洁，风采清逸，但是出身卑微，难遇知音，不被知赏，一生一世只好默默无闻，落魄潦倒，心间充盈多少无奈与凄凉，多少孤愤与抗争，没有人能够说得清楚。或者，联系桃花意象来想，也可能艳艳桃花隐喻一位美人，风华艳丽，光彩照人，却是出身草野，埋没乡村，不为人知，不为人赏，只好寂寞一世，沉沦一生。不管哪种设想，都不难体会，词人心意真诚，情感真切，几乎是含悲带恨，含欢带喜，给我们描绘一枝桃花，绽放一季芳华，也流泻一季忧伤。喜为桃花，忧为桃花。

新声含尽古今情

——秦观《临江仙》散读

文人流离天涯海角，士子贬官蛮荒异地，免不了一路辗转，一路伤悲，无限忧患隐痛翻涌心间，无穷山水迢迢横亘眼前。纵目所见，全是枯淡冷涩；张耳所闻，全是凄凉冷声；所思所感，全是古今苦难。宋代词人秦观，才华超群，品质高洁，风情卓异，为官京师，却遭遇不测，贬谪蛮荒郴州。一路南奔，昼夜兼程，饱览了山水幽胜，触动了仕途忧患，心潮起伏荡漾，神思穿越千古，挥笔而就，一气呵成千古名篇《临江仙》，抒发词人的贬谪之思，千古不平。

千里潇湘挼蓝浦，兰桡昔日曾经。月高风定露华清。微波澄不动，冷浸一天星。

独倚危樯情悄悄，遥闻妃瑟泠泠。新声含尽古今情。曲终人不见，江上数峰清。

踏上迢迢之路，行走万水千山，前途茫茫无知，心绪闷闷不乐。

词人眼前所见是千里潇湘，绿波如蓝，莹莹泛光，幽幽清冷。词人楫舟所行是千年古道，屈子行程，风光依旧，风骚依旧。贬官流放，心生悲凄；同行屈子，稍感欣慰。千古同冤，异代同悲。喜欢潇湘大地风光景物，江河潺潺，向南蜿蜒，绿水荡漾，清波粼粼。蓝得透明，蓝得纯净，纤尘不染，如镜似玉，如梦似幻。似乎可以照见词人的赤诚之心，似乎可以映照词人的本色之情。如果不是贬谪之身，如果不是郁结在心，风流儒雅，欢悦山水的秦观肯定会沉湎山光水色，大饱眼福，大快心意。就像当年白居易一样，流连江南山水春光，我心激动欢乐无极。“江南好，风景旧曾谙。日出江花红胜火，春来江水绿如蓝。能不忆江南？”（白居易《忆江南》）只可惜，今番远游，不为山水名胜，不为赏心乐事，只因宦海狂澜汹涌，只因文士高洁蒙冤，只因孤身落拓蛮荒。

喜欢“兰桡”美称，顾名思义，即指兰木制作的船桨，也泛指舟船，婉见制作精美，雕饰精致，质地优良，人见人爱，人见人夸。远在屈原《湘君》有云“桂棹兮兰 ”，唐代诗人柳宗元《酬曹寺御过象县有寄》有云“骚人遥驻木兰舟”，当代苏轼《赤壁赋》云“桂棹兮兰桨，击空明兮溯流光”，屈子乘坐的兰舟，屈子摇过的兰桨，屈子走过的山水，今天依然，清幽宁静，洁净美好。如今词人秦观是步屈子之后尘，一路向南，一路漂泊。有品质芳洁，情操高迈，引屈子为同调的骄傲与自豪，更有才情埋没，理想落空，品节蒙污的忧愤与愁闷。还有舟行水上，风舞衣襟，神思千古的慷慨与苍凉。“曾经”千年没有过去，“曾经”屈子没有消亡，“曾经”山水依然不改。历史总是惊人的相似，悲剧总是重复上演，在这方山水之间，在这块多灾多难的土地上，在这个满目沧桑的国家里。中唐大诗人韩愈被贬官岭南，途经湘中山水，楚天大地，心中同样翻涌对时局的愤慨，对屈子的追念，“猿愁鱼踊水翻波，自古流传是汨罗。苹藻满盘无处奠，空闻渔父扣舷歌”（《湘中》）。再往前面追忆，汉代贾谊贬官长沙，亦有《吊屈原赋》问世，抒发伤人伤己之思。历朝历代，文人志士，贬官他乡，沦落天涯，多半引屈子为知音，吐胸中之块垒。秦观南行，轻点行舟，暗指山水，其实也是抒写内心忧愤。

回到千年前那个夜晚，回到千年前那条江上，词人孤舟前往，水路颠簸，漂泊在星月辉映之下，漂泊在水波动荡之上，漂泊在长夜漫漫之中，真还不知道哪里才是停泊的港湾，哪里才是安顿心灵的家园。抬头望天，月朗星稀，风息夜静，露重霜浓，天空弥漫冷冷寒气。低头看水，清风徐徐，波澜不惊，星月沉潜，水面萦绕一片蒙蒙水雾。明月当空，银辉四射，天地空明，江山肃静。一切悄无声息，一切沉沉入睡，只有词人还站立船头，俯仰天地，沉思古今。心潮起伏汹涌，心思纷乱如麻，心绪浩茫无边。喜欢词人的用词和感觉，喜欢读词时候那份清幽绵邈的联想。清风、明月、玉露，清波、星辉、静夜，似乎都蕴含一份清洁不俗，一份高清雅韵，一份孤寂清冷，很容易引发读者对词人品节操守的联想。同时，又做天真假设，如果不是贬谪蛮荒，如果此去游览名山胜水，那么今夜无眠，只为风月，只为江山，只为自由。何等惬意，何等欢悦。一轮明月高挂蓝天，一江清水流淌大地，一天星辉倒映清流，一夜清风徐徐拂面，一叶轻舟荡漾山水。这不就是南朝吴均《与朱元思书》所言的“从流飘荡，任意东西”，或是苏轼《赤壁赋》所写的“浩浩乎如冯虚御风，而不知其所止；飘飘乎如遗世独立，羽化而登仙”的自由世界吗？心之所向，身之所往，引人入胜，逍遥成仙啊。只可惜，悲情的词人无福消受如此美好的江山风月。

还是收敛视线，反观自身，反观内心，词人泊舟浦口，站立船上，独依桅樯，神思幽远，心潮起伏，忧思翻涌，久久不能平静。人生就像这样一场旅行，风雨奔波，南北辗转，昼夜兼程，好不容易小憩一下，疲惫至极，大口喘息，大口呼吸，心儿咚咚直跳，听得见声音，感受得出不安。恍恍惚惚，不知不觉，进入幻境，远处传来隐隐约约的弹瑟之声，清清冷冷，幽幽怨怨，如泣如诉，如慕如怨，凄神寒骨，断肠惊心。

听得出，这是舜帝二妃的幽怨诉说，凄苦哀鸣。想起了久远的历史，想起了凄美的爱情，想起了动人的传说。四千多年前，尧见舜德才兼备，为人正直，办事公道，刻苦耐劳，深得人心，便将首领的位置禅让给舜，并把两个女儿娥皇、女英嫁给舜为妻。后来舜帝巡视南方，娥皇、女英追踪至洞庭湖，闻舜帝死于苍梧之野，二女便在君山泣血而死，从此君山的青竹浸染了斑斑血泪。楚人哀之，将洞庭山改名为君山，并在山上为她俩筑墓安葬，造庙祭祀。湘妃墓周围多斑竹，竹上有斑斑点点，仿若泪滴，据说是二妃投湘水前哭舜帝洒上的泪滴。唐代高骈有诗咏："虞帝南巡去不还，二妃幽怨云水间。当时血泪知多少？直到而今竹尚斑。"（《湘浦曲》）词人秦观遥闻传说中的悲音遗响，感慨二妃泣血悲情，感慨自身落魄江湖，一时半会，真还说不清，这潇湘深夜的泠泠瑟声，到底是二妃所奏，还是自己听闻幻觉。总之备感凄凉，备感寒心。

余音袅袅，不绝于缕，回荡夜空，回荡心空。久久不能散去，丝丝纠结心魂。对于千古亡灵而言，屈子含冤悲鸣，二妃声泪泣下；对于今人而言，词人贬官降职，迁客闻声惊心。声声悲咽，融汇古今伤情，浓缩风骚遗韵。时间一分一秒流逝，瑟声悄然停歇。江天一片沉寂，远山肃穆苍凉。词人久久沉浸乐音之中，不能释怀，不能自已。抬眼望，云天之下，沧江之上，只见青山隐隐，绿水迢迢，不闻人声言语，不闻鼓瑟悲鸣。天高水阔，地老山荒，悠悠余音似乎仍然回响江畔，丝丝缕缕萦绕词人心怀。

词作结尾两句，是词人直接引用唐代诗人钱起《省试湘灵鼓瑟》中的诗句，却用得自然熨帖，如从心出，浑然天成，如图如画，如梦如幻，撩拨读者的想象，激发读者的回味。余音留白，人踪不见，瑟声不闻，景物活现，清静逼人，将读者带入千古潇湘，带入幽远历史。你我站在泊舟靠岸的渡口，观览千年流水，沉思千古幽魂，感慨风雨云烟变迁，感慨宦海沉浮起落，心中一定是风云激荡，潮起潮落。历史与心灵交汇，过往与现实对接，一个古老的渡口，定格了一幅从古代走到今天的流动图景。

依然一笑作春风

——苏轼《临江仙·送钱穆父》散读

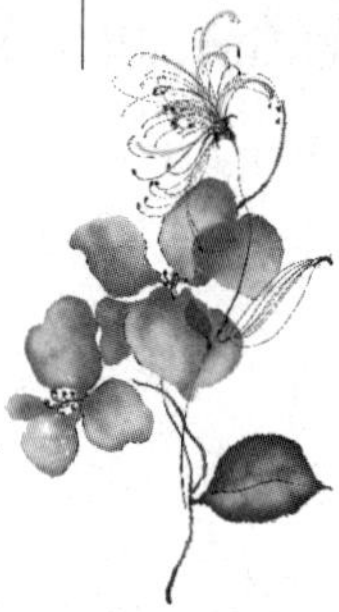

文人生一世，迎来送往，聚散离合，多姿多彩，万象纷纭。情人送别，执手相看，无语凝噎，缱绻连绵，依依难舍。友人送别，举杯痛饮，话语滔滔，一别天涯，相思无限。亲人送别，千般叮咛，万般嘱咐，牵肠挂肚，忧心如焚。少年送别，仗义远行，才气干云，心怀阔大，抱负高远。老年送别，举目长天，俯仰人生，百感交集，唏嘘慨叹。志士送别，超拔流俗，志在天下，砥砺德行，修养身心。品读宋代大文豪苏东坡的送别词作《临江仙》，感觉不是一般世俗往来应酬，不是一般儿女情长不舍，不是一般朋友交接趣味，而是君子相交，志士共勉，气节相激，豪迈相送。

一别都门三改火，天涯踏尽红尘。依然一笑作春温。无波真古井，有节是秋筠。

惆怅孤帆连夜发，送行淡月微云。尊前不用翠眉颦。人生如逆旅，我亦是行人。

词作另附一个小标题“送钱穆父”，钱穆父，何许人也？与苏轼是何关系？今番送行又是走向何方？诸多问题，需要联系时代背景和人物遭遇来理解。苏轼此词作于宋哲宗元祐六年（1091）春，时任杭州知州。钱穆父，名勰，又称钱四，吴越让王之诸孙。元祐三年（1088）九月，因坐奏开封府狱空不实，出知越州（今浙江绍兴）。元祐五年（1090）十月，徙知瀛洲（治所在今河北河间），次年春天赴任，途经杭州，与苏轼相聚，苏轼作此词送行。早在元祐初年，两人同朝为官，苏轼为起居舍人，钱穆父为中书舍人，气味相投，情趣相同，志节相类，友谊深厚。这次离别相送，可谓冰心送冰心，玉壶比玉壶。

叹人生，浪迹天涯，漂泊宦海，沉浮起落，不由自主，难免感慨悲凉，心怀落寞。就像钱穆父获罪京师，贬官外放，一贬再贬，流离边远，辗转奔波，不知不觉，已是三年时光。三年颠簸江湖，三年挣扎宦海，三年煎熬心灵，三年屈辱失意，多少忧愤苦恨，多少伤怀痛心，谁能说得清？谁能道得完？笔者吟味苏子词句，感受最深有两点，一是叹息时光易逝，二是感慨人生苦难。使用“三改火”，不说“三年整”，给人感觉大不一样。古时钻木取火，四时各异其木，故称改火。唐宋时于寒食日赐百官新火，系沿古制，预示吉祥好运，顺风顺水。后以改火为一年，三改火即指过了三年。在苏子看来，一别帝都，三次改火，皇恩不遇，机会错失，不仅流逝了宝贵的时光，而且流逝了宝贵的机遇。这在才情卓异、志在家国的人们看来，无论如何都是一种巨大的人生挫折。换说“三年整”，只是泛泛言说时间流逝，不见志士心怀。言及朋友的宦途奔波，“天涯踏尽红尘”，给人以仕途茫茫，人马困顿，心力交瘁，不堪其苦的感触。有一点夸张，三易其地，往返奔波，未必到了海角天涯，但是苏子偏说“天涯踏尽”，似乎替朋友鸣抱不平，似乎也在控诉朝廷不公。“红尘”是尔虞我诈的官场，是熙熙攘攘的尘世，是污浊不堪的社会。说朋友“踏尽红尘”，多少有点贬损官场，鄙视流俗的意味，但是，同时也抬高了钱穆父的趣味与品性。我自品节高逸，德性清明，自然不是庸碌凡夫，蠢蠢诸公所能相比。

尽管对于朋友来说，时运不济，仕途多舛，人生落魄，心意沉沦，但是，今天看到朋友气象一新，春风拂面，谈笑风生。真是让人无比惊喜，无比钦佩。不记恨过去，耿耿于怀，不嗟愁叹苦，牢骚满腹，不自暴自弃，沉沦不振。相反，将过往的一切诬陷、诽谤，将过往的一切算计、讥讽，一切攻击、伤害，全都轻轻拂去，不以为意，不在话下。这是怎样的超脱和豁达，这是怎样的大度和宽广，这又是怎样的修养和品性。“依然一笑”很能看出朋友的人生态度，向来如此，一直如此，不以物喜，不以己悲，淡然处世，从容应对，特别是面对异己力量的无情打击，能够不惊不惧，不荣不辱，超然应对，这就是一种常人难以企及的境界。这需要非同寻常的气量。

词人很感动，很欣喜，情不自禁地称赞朋友，就像古井无波，见心见性，平静如镜，纤尘不染；就像秋竹有节，坚劲挺拔，两袖清风，一身正气。很喜欢这两个句子，虽然是议论，但是丝毫不亚于诗歌的风采，情韵、形象，意境、画面，兼而有之，形神具备。古井无波，千年明亮，千年幽静，纯净素朴，本真一色，很容易让人联想到君子情怀，淡泊名利，清廉自守，心境坦荡，磊落光明。秋竹生长，青葱翠绿，生机勃勃，瘦硬苍劲，笔挺有节，很容易让人联想到品节志士，不会见风使舵，点头哈腰，不会同流合污，沆瀣一气，不会二三其行，心志不一。相反，认定了的品节、操守，必会死死捍卫，绝不动摇。苏子看来，朋友钱穆父就是这样的清廉正直志士，自己作为朋友深感荣幸和骄傲。

词人送别朋友，埋怨世道不公，仕途诡异，盛赞朋友人心清明，品节高尚，其实未必没有自己的身世境遇和心志追求在里面。探究词人元祐年间的命运遭际，的确可以窥知一二。元祐中期，新旧党争仍在继续，蜀党、洛党的矛盾日益加剧。苏轼请求朝廷将自己外放杭州，就是为了保全名节，平息波澜。其《乞郡扎子》云："欲依违苟且，雷同众人，则内愧本心，上负明主。若不改其操，知无不言，则怨仇交攻，不死即废。"（《东坡奏议集》卷五）苏轼以道自守，明心见性，恰似古井不兴波澜，秋竹不改志节。心志追求，人品清迈，与朋友钱穆父大致相同。可谓"同声相求，同气相投"。想起唐代诗人王昌龄的送别诗《芙蓉楼送辛渐》："寒雨连江夜入吴，平明送客楚山孤。洛阳亲友如相问，一片冰心在玉壶。"诗人不仅送别朋友远赴洛阳，也是表明心志，激励朋友。显然，读者不难体会，只有志节高迈、品质纯明的朋友之间，才会有如此坦荡、如此光明的言语。

送别选在一个月朗星稀的夜晚，词人为朋友设宴饯行，渡口位于杭州城外。朋友钱穆父孤舟独去，前往瀛洲，免不了彼此伤怀、感慨。对于苏轼而言，朋友离去，人生起落，痛感世道不平，仕途失意，怅然若失，无语伤神。对于即将离开的钱穆父而言，肯定也是独向天涯，一心落寞，但是又一筹莫展，无可奈何。送者惆怅，行者忧伤。喝着酒，说着话，虽然通达，虽然看惯人生离散聚合，真正命运降临到自己头上，还是一时难以承受。需要叫来歌妓献歌、劝饮吗？需要用眼前的醉酒当歌，纸醉金迷来排解心间离忧苦恨吗？似乎一下子可以陶醉自己，麻醉心灵，可是，清醒如苏轼、钱穆父这样的人，非常清楚，歌舞繁华落尽还是清冷伤心，美酒豪饮之余同样是挥之不去的忧伤离愁。与其这样，还不如，我们自己举杯对饮，说说话语，叨叨世态，交流心志，勉励人生吧。

想得通达一些，看得高远一点。人生在世，天地为家，来往如风，天南地北，聚散匆匆，实在是太平常，太普通了，何必如此在意？何必伤怀不已？李白早就说过：“夫天地者，万物之逆旅；光阴者，百代之过客也。”（《春夜宴从弟桃花园序》）人生如过客，蜉蝣天地，白驹过隙，萍聚萍散，东西南北，实在难以把控，实在不由自主，倒不如顺其自然，因缘随运吧。如此想来，天地宽阔，心胸亦随之宽阔，精神亦随之振奋。苏轼放言，人生是旅店，你我是过客，行走山川，行走人世，行走风云，免不了接触各种各样的风景，各种各样的世态人心，不必为它们生气，不必为它们伤怀，我自清风放歌，我自江湖逍遥，足矣足矣！

争寻双朵争先去

——魏夫人《卷珠帘》散读

文人墨客，心怀悲悯，多愁善感，容易连类及人，生发联想，容易设身处地，将心比心，因而心中多了深沉与厚重，生命多了悲凉与欢乐。换句话说，他人的痛苦，也是我的痛苦，一起分担，一起承受；他人的快乐，也是我的快乐，一起分享，一起体验。许多诗词言情说爱，道尽相思，流自肺腑，动人心弦。很难区分是在说别人，还是在写词人自己。或者是人我交融，普泛合一，给人以人同此心，心同此情，情同此理，理达万类之感。读宋代词人魏夫人的作品《卷珠帘》，笔者悲鸣不已，唏嘘落泪，为天不遂人愿，为爱不顺人情，为人心之粗率，为世道之凉薄。词作描述一个女子的爱恋悲喜，大喜大乐，大悲大痛，两相对比，反差巨大，动人心魄。

记得来时春未暮，执手攀花，袖染花梢露。暗卜春心共花语，争寻双朵争先去。

多情因甚相辜负，轻折轻离，欲向谁分诉。泪湿海棠花枝处，东君空把奴分付。

暮春时节，早长莺飞，桃红柳绿。一个女子站在一株海棠花下，凝眸花枝，神情忧郁，思绪飘到遥远的天涯，记忆回到曾经的爱恋。记得真真切切，记得清清楚楚。也是暮春时节，晨雾尚未散去，东边的天空已经泛红，一派光亮。园子里，海棠花开，粉红惊艳，夺人眼目。女子就在这里约会男子，约会美好的爱情。心儿如花，悄悄绽放，溢满芳香。心怀小兔，怦然跳动，喜上眉梢。一个俊美少年出现在花园里，神清目秀，风度翩翩，白衣飘飘。女子一见欢喜，热情相迎。两个人手牵手，肩并肩，漫步花园，欣赏晨雾笼罩下的风景，分享彼此跳动的喜悦。他们情投意合，相亲相爱，将爱洒满花园的每一株花木，将情融汇如纱似梦的雾霭。站在一株高大挺拔的海棠花下，但见花朵硕大艳丽，光色灿烂缤纷，每一瓣花朵上面都沾满露珠，清新明亮，闪闪发光。像珍珠，像星星，像水晶。两个人情不自禁伸出手去，攀折美丽的花朵，闻一闻花香的清幽，瞧一瞧花色的绚丽，摸一摸花枝的妩媚。露珠滚落，沾湿衣袖，花枝摇动，亮丽眼眸。年轻的一对情侣，心中充满了喜悦与激动。他们的爱情兴许就像眼前灿烂绽放的海棠花一样，令人期待，令人神往。

读到此处，总是备感美妙。想起唐代诗人崔护的诗歌《题都城南庄》：“去年今日此门中，人面桃花相映红。人面不知何处去，桃花依旧笑春风。”春风拂拂，桃花艳艳，人面俊美，桃花美人，交相辉映，相得益彰。同样，在魏夫人笔下，海棠花开娇艳，少女俊俏迷人，人与花，情与景，相融相生，浑然一体。少女处于花季年华，美丽花儿属于少女，一株海棠，绽放美艳，也照亮少女美好的爱情与幸福的生活。她会想，此时此刻，海棠知晓我的心意，少年知晓我的心意，羞于直说，喜形于色，轻轻对花倾诉。似乎花开艳丽，光彩熠熠，就是预示一场红火、热烈的爱情即将上演，一种美好的生活即将展开。两心相印，灵犀相通，在这个美丽如画的早晨，这对情侣都不由自主，争先恐后地追寻并蒂双花，希望赢得爱神庇护，希望这次约会满载而归。

“暗卜”不一定是指暗自占卜打卦，预测吉凶否泰，预测爱情好坏。词作之中，当指女子暗自祷告、祈求，念念有声，轻言细语，说给自己听，说给海棠听，希望好运降临，希望爱情顺意。想起唐代于鹄的《江南曲》：“偶向江边采白萍，还随女伴赛江神。众中不敢分明语，暗掷金钱卜远人。”女子暗掷金钱，占卜“远人”何时归来，这一切她做得很小心，怕人发觉而遭人取笑，占卜时口中虽然念念有词，却不敢“分明语”，“掷金钱”装模作样，采取“暗掷”的方式来掩人耳目。诗人着力描摹少妇欲言又不敢语，欲卜又不敢掷，欲罢又不甘休，只是“暗掷”的那种神情，既逼真又细腻，委婉曲折地表现了这位少妇的微妙深情。相比而言，魏夫人词作中的这位女子，只是“暗卜”悬想自己的心事，推测祈祷自己的爱情。并没有实际占卜的行动。一个“暗”字写出了女子内心的急切与焦虑，激动与欣喜。一个“共”字更是交通花语和人意，互诉衷肠，深情暗通。两个“争”字，前一个极言争先恐后寻找并蒂双花，祈求爱情幸福的急切动作，后一个极言不甘落后，为爱争先的微妙心理。两个“争”字，活现这对情侣欢悦、狂喜、幸福、陶醉的神情，有形有态，有滋有味。

俗话说，有情人终成眷属，按照初恋的深情、美好发展下去，也许男女双方应该一生幸福，白头偕老。可是，命途多舛，时运复杂，不知怎样的原因，这对原本相亲相爱的情侣竟然分手了，各奔东西，天各一方，给女子留下无穷的遗憾与懊恼。像她这样多情深情，重情重义的女子，应该获得男子的真爱，可是，她想不通，男子为何看轻情意，轻易离别。是世俗社会的强大阻力，还是男子的移情别恋？是天遥地远的时空阻隔，还是独守空房的难以忍受？女子没有明言，词人也不会直说，留给读者想象和回味的空间。总之，感觉到这不是一个理想的结局，因为这个结局严重违背了大众的惯常心理。女子心间充满了难以言表的痛苦与惆怅，向谁诉说呢？又怎么好诉说？谁又能理解？幽怨、委屈、悔恨、痛苦、沮丧、悲观……种种复杂的情感涌向心头，久久折磨着女子。想想当初那些亲密甜美，那些耳鬓厮磨，那些卿卿我我，那些打情骂俏，嬉戏逗乐，莫非全都是假？或是一场精心布置的骗局？不至于吧，至少通过女子单纯、敏感的眼光看来，男子是真诚的，率性的，像她一样，倾注了所有的眷恋和真爱。但是万万没想到，事情结局如此出乎人的意料，太难以承受，太令人失望了。

站在海棠花下，凝眸良久，目瞪口呆，神思恍惚，眼泪不争气地流下来，像决堤的江河，一派汹涌，一派飞溅，淋湿了海棠花朵，淋湿了眼前这个美丽的花园。女子不明白命运为何对她如此不公平，不明白男子为何弃她而去，更不明白他又奔向何方，一别很快几个春秋，不知下落，不知音讯，心头实在放不下。她埋怨命运，埋怨上天，埋怨司春之神，不该将她弃置在这里，这个给她以美好回忆，也给她伤心痛苦的花园。一所园子，春暖花开，春风浩荡，春光明媚，可是，这一切不属于她，不属于失恋的心灵。我们看到，泪水浇灌海棠，海棠一派凄美。

古往今来，万千女子失恋、失意、失望，万千文人忽略、忽视、不屑，其实，正眼相看，平心相待，就像魏夫人一样，心怀悲悯，感同身受，用泣血文字记录人生爱恋苦恨，用真挚情意理解不幸生活，诗词就是一道凄美而感伤的风景，诗词就是一副抚慰苦难人生的良药。我相信，于文人而言，走进苦难，体会悲凉，分担痛苦，才能铸就诗词高贵的品格。

【第六辑】

千古风流今何在

坐到黄昏人悄悄

——王诜《蝶恋花》散读

喜欢一句话，只要心中充满阳光，世界就会一片光明灿烂。只要心中充满阴霾，世界就会一片幽暗昏惑。意思是勉励人们要有一种热爱生活，积极乐观的生活态度。其实，换个角度来看，古今文人，历经坎坷沉浮，仕途颠簸动荡，吟诗作词，观花看水，总是将心情投射到风光景物之上，将遭遇隐含在花花草草之下。我们读诗品词，除了感受风光旖旎，景色明媚之外，更要深入人物内心，体会情感颤动，感受生命悲凉与深刻，感受人世复杂与沧桑。读王诜词作《蝶恋花》，匆匆一眼，光色浓艳，风物清新，格调欢快，似乎感觉赏心悦目。可是，细读寻思，却发现，欢快后面隐含辛酸无奈，风光之下潜伏人生失意悲戚。

小雨初晴回晚照。金翠楼台，倒影芙蓉沼。杨柳垂垂风袅袅。嫩荷无数青钿小。

似此园林无限好。流落归来，到了心情少。坐到黄昏人悄悄。更应添得朱颜老。

词作上片描绘了一幅幅美丽柔和的图景，一句一景，景景入画，令人着迷，令人神往。不看全词，不论背景，就词品词，玩味文字，颇能引发读者的欢欣愉悦之情。一场小雨过后，天空晴朗明媚，空气清新洁净，万物欣欣，生机勃勃。时候恰是黄昏，夕阳缓缓沉落，余晖斜照，灿烂一园花草，惊艳一池芙蓉。一个男子，徘徊荷塘边，看夕阳无限，看莲叶田田，看芙蓉朵朵，看清波粼粼，看春风杨柳飘，一切柔和清美，一切秀丽迷人。湖岸边上，耸立着一座阁楼，雕梁画栋，彩绣辉煌。楼阁周围种植一些花草柳树，绿柳婆娑，葱葱茏茏，花草吐艳，芬芳四溢。楼台倒映，花木荡漾，湖光闪烁，形成一幅光色交融、虚实变幻的奇妙图景。

男子睁大眼睛，贪婪地欣赏，生怕错过一株青草、一朵荷花、一丝柳絮、一道波纹。欢喜有神的眼眸，就像一架老旧的照相机，不停按动快门，定格每一幅灿烂的风景。似乎想带走，将整个园林风光，装进眼帘，铭记心间。似乎又想离开，眼神流露怜爱和不舍。不管怎样，都是一副忘情投入，痴心向往的模样。想起一首现代诗歌：“你站在桥上看风景，看风景的人在楼上看你。明月装饰了你的窗子，你装饰了别人的梦。”（卞之琳的《断章》）词作之中的男子站在岸边看风景，一园春光、一湖生机，迷醉了他的心魂，恍惚之间，他好像融进了风景，成为风景的一抹色彩、一丝光艳、一片寂静。作为读者的你我，站在词作之外，品读旁观，欣赏品味，也是兴致勃勃，忘情忘我。我们和词作中的男子一样欣赏风景，我们也欣赏男子忘情投入的凝固画面。我们收获感动与幸福，我们收获美丽与宁静。

袅袅春风吹过，丝丝柳絮飞扬，摇曳多姿，婀娜娇媚。像青春少女的如云秀发，像亭亭舞女的翩翩裙裾，像温润柔软的纤纤玉手，像飘逸轻盈的缕缕春风，像快乐的精灵，像美丽的天使。随你怎么想，穷尽一切美妙的想象，穷尽一切美丽的词语，似乎都不足以描述清风杨柳的曼妙舞姿。看得出，欣赏风景的主人公很高兴，很激动，甚至到了心旌摇荡，意乱情迷的程度。很多时候，我们也和词作主人公一样，浪迹江湖，醉心山水，忘怀世俗，忘记自我，任凭心灵沉醉风景之中，任凭情感泛滥山水之间，我们变成了山水，我们吸取了山水精魂，我们就是山水自然的儿女啊。有一种说法，钟情自然，意淫山水，也许不太文雅，但是我相信，热爱山水，亲近自然的人，对于天地山川、花草虫鱼的热爱绝不逊色于对于美丽女子的痴望。男子特别留意，湖中，荷花朵朵，荷叶茂盛，那些初出水面，展露生机的嫩荷，格外引人注目。形状娇小，颜色鲜嫩，叶片圆整，很是精神，放眼望去活像无数铺展水面的青钿。代表着生机，代表着活力，代表着美丽。和杨万里笔下的“小荷才露尖尖角，早有蜻蜓立上头”相比，杨氏新荷初初崭露头角，生机无限，希望无限；王诜笔下的新荷，清新嫩绿，娇小玲珑，层层叠叠，舒展美丽。一样的清新，一样的引人入胜，一样的动人心弦。

词作下片掠过风景，直逼人物内心世界，抒写词中男主人公，其实多是词人自己的落寞凄凉感受，完全颠覆了我们品读词作上片所产生的情感体验，印证了王夫之那句话：“以乐景写哀，以哀景写乐，一倍增其哀乐。”上片极言景美心乐，其实是为了反衬下片词人内心的失落迷茫之情。词人一开笔就是句“似此园林无限好”，先要肯定，也是先前游览园林的感受，此地风光旖旎，非同寻常，的确很好。然后，加上一个“似”字，全盘推翻自己的感受，表面如此，其实不然。大起大落，反差强烈。“似”好而已，实际不好。何故？为何面对如此美丽的风光，竟然感觉不妙呢？原来，风景美不美，好不好，不在风景本身，而在人物内心和人生遭遇。词人毫不隐晦自己的内心感触——流离天涯，浪荡异地，有幸归来，故地重游，感慨万千，哪里还有心情欣赏风景？哪里还有兴致吟咏风月？

沉湎往事，历历如画，浮现脑海，伤痛久久不能平息。此词创作，背景特别。宋神宗元丰二年（1079），苏东坡以讥讽新法之罪名被逮捕入狱，王诜受到牵连，被贬官流放，罪名是“留轼讥讽文字及上书奏事不实”，“（轼）作诗赋及诸般文字送王诜等，致有镂刻印行。”（《乌台诗案》）元丰三年（1080），王诜贬官均州（今湖北均县）。元丰七年（1084），转置颍州（今安徽阜阳）。哲宗元祐元年（1086）始得召还。这首《蝶恋花》即作于元祐元年。经历了七年贬谪，词人回到汴京，妻子早已病故，自己也是垂垂老矣。年华不多，身世悲凉，命运坎坷，家园离散，诸般不幸翻涌心头，隐隐作痛，不能自已。词作含蓄地流泻出词人悲凉的心境。

没有朋友同游陪伴，没有妻子相依相随，一个人来到园林，寻寻觅觅，冷冷清清，若有所失，悲从中来。需要冷静，需要孤寂，需要一个人好好想想，痛定思痛，伤叹往事与时光，伤感命运与姻缘。词人坐在石凳上，吹着清凉的晚风，看着一湖绿荷，神思恍惚，沉迷过往，不知今夕何夕。黄昏降临，四处悄无声息，词人备感孤独。尤其是想到自己无端耗去宝贵的七年时光，想到自己秋霜满头，红颜不再，真不知心头是怎样的煎熬难受。一切都已经过去，过去的一切都让人伤痛万分，好在自己还能有幸回来，履职京师，谋食安身。

走笔至此，我倒是想起了中唐诗人刘禹锡的《再游玄都观》：“百亩庭中半是苔，桃花净尽菜花开。种桃道士归何处？前度刘郎今又来。”刘禹锡身陷政治争斗，被贬官降职多年，如今重回故地，雄心不灭，壮志不减，勇敢如初，嘲笑“种桃道士”（隐喻失势政敌）灰飞烟灭，欣喜自己翻身重见天日，字里行间流露激动、欢悦之情。词人王诜也是贬官召回，故地重游，没有欢喜狂放，没有讥讽嘲笑，而是静坐黄昏，静对风景，静思伤痛。就像一位被战火灼伤的士兵，从战场上下来，慢慢包扎伤口，孤独舔舐伤痛。眼前那些花草荷香，远方那些余晖晚霞，无一不烘托出词人的老迈与沧桑。读着词句，透过华丽光色，深入词人内心，你会觉得唯有孤独和宁静才是对词作最好的解读。

杨花犹有东风管

——苏轼《蝶恋花》散读

一个冬阳灿烂的早晨，坐在阳台的书桌前，泡好一杯清茶，翻开一卷宋词，静静地品读一首少女思春怀人的词作，别有一番风味。阳光从窗外照进来，透过透明的玻璃，透过轻薄柔软的窗帘，身上感觉温暖。似乎可以看见，无数纤细的尘埃在空中游动，像舞蹈的精灵翩翩作态；像神秘的天使降临人间。窗外小院，几株梧桐树，光秃了绿叶，留下枝丫，几只不知名的小鸟叽叽喳喳叫个不停，好像很开心、很快乐。不过，我的心情却欢乐不起来，只因为苏轼词作之中的伤春惜花，只因为少女幽怨难言的怀春伤情，感觉怏怏不快，怅然迷茫。这个早晨，虽然阳光照在词作之上，虽然阳光温暖忧郁的少女，但是，我还是情不自禁，深陷忧思。词作这样展开一个少女的隐秘心曲。

蝶懒莺慵春过半。花落狂风，小院残红满。午醉未醒红日晚，黄昏帘幕无人卷。

云鬟鬅松眉黛浅。总是愁媒，欲诉谁消遣。未信此情难系绊，杨花犹有东风管。

春天，不管是早春二月，春暖花开，还是暮春时节，春花落尽，对于少女来讲都是美丽的风景，明媚的时光。可是，一旦心怀郁结，不论是看花看草，观水观鱼，还是闻风听音，闻鸟听声，都会伤怀，都会生怨。这首词作中的主人公就是一位幽居闺房，多愁善感，心事浩茫，逢春伤怀的少女。在她看来，一切都无精打采，一切都寡淡无味，提不起精神，吊不起胃口。埋怨春天，伤叹风景。放眼所见，张耳所闻，都是不快，都是无聊。蝴蝶爱花，飞舞花丛，翩然作态，轻盈灵巧，可是，在少女看来都是懒懒散散，毫无生气；黄莺爱唱，鸣叫树枝，婉转流利，圆润清脆，可是，在少女看来却有气无力，五音不全。春天过去一大半了，风光景物逐渐暗淡，爱花惜春的人们多半会抓住时机，努力寻找即将消逝的芳华，纵情欣赏最后的美丽。可是这位少女却是哀叹、悲悯，无可奈何花落去，满院狼藉是残红。看狂风扫荡花木，花枝颤抖，花瓣凋零，落叶纷飞，无语伤悲。一朵一朵鲜花，纷纷离开枝头，飘零狂风之中，哀哀无助，楚楚可怜。有的落地蒙污，腐化成泥；有的落入溪水，漂流他乡；有的高挂树枝，遍体鳞伤；有的随风飞去，不知去向。每一朵鲜花凋谢，都是一道凄美艳丽的风景，深深刺痛少女的心。她看到满院残红，七零八乱，恍惚想起了什么，心中隐隐作痛。春花绿叶，风华正茂，意气飞扬，却遭遇风吹雨打，悄然流逝。美丽的少女好似一朵春天的鲜花，青春亮丽，激情飞扬，可是经受不了时间风雨的无情拷打，经受不了世俗风情的残酷摧折。结局也许就像满院残红一样，暗淡红颜，凋谢生机，枯萎生命。

何以解忧？唯有杜康。一个人，闷在屋子里，透过纱窗，目睹风雨摧花，落红委地，无法排解心中烦忧，无处释放自我郁闷，端起酒杯，当作清茶一杯，慢慢品饮，慢慢回味，任浅淡酒意麻醉感情的神经，任满屋孤寂麻木敏感的心灵。不知不觉，脸热心跳，眼花头晕，酒意熏熏上脸，昏昏沉沉醉去，倒头便睡。也许沉沉酣睡可以忘怀一切，包括自己的心事、自己的青春，还有自己花样的年华。也许入梦可以改变一切，包括孤独一春、苦闷无聊，也包括莫名烦恼、临风流泪。也许似梦非梦，似醒非醒，留一半清醒，留一半糊涂，让自己觉得时光好过，日子葱茏。总之，一睡了事，人事不省，烦忧抛到九霄云外。哪怕惬意一时半会儿也让人心满意足啊。可是，梦再好，总有醒来的时候。就在少女醉意阑珊，满眼昏花的时候，她透过窗户看到，红日偏西，余晖晚照，缕缕阳光透过帘幕，斜斜照进屋子，在地面，在梳妆台上，投下一道道浓淡不一的影子。有点清幽，有点昏暗，还有丝丝寂寞。

黄昏降临，帘幕低垂，朦胧了春天的明媚，暗淡了屋外的风景。没有人刻意卷起，以便饱览外面的美丽。没有人刻意放下，以便遮蔽屋内的心情。少女不去理会，懒得打理。她的心思不在春天，她的念想不在风光。她的内心充盈不安与希冀，充盈难耐与渴盼。总希望这个季节，这段年华，自己生命的旅途应该发生一些故事，出现一个白马王子，或是儒雅书生，白衣飘飘，风度翩翩，闯进她的生活，闯进她的心灵。就像李清照笔下那个聪明灵慧的少女一样，“蹴罢秋千，起来慵整纤纤手。露浓花瘦，薄汗轻衣透。见客人来，袜刬金钗溜，和羞走。倚门回首，却把青梅嗅。”（《点绛唇》）拥有一座庭院，一架秋千，自由玩耍，无忧无虑。突然园子里闯进一个陌生少年，面若中秋之月，色如春晓之花，鬓若刀裁，眉如墨画，面如桃瓣，目若秋波，风度翩翩，仪表堂堂。少女的心怦然跳动，激动不已。一时目瞪口呆，一时又恍然觉悟自己失态，顺手扯过一枝青梅，装模作样嗅一嗅，其实眼角余光暗暗留恋英俊的少年。和这位女子相比，苏轼词作之中的少女非常不幸，朝思暮想，盼星星，盼月亮，都盼不来生命中的白马王子，哪怕一丝幻影都不曾出现，这春天不属于多情的少女。

回到屋子里，回到内心里，少女明白自己所思所想，可是不便向人倾诉，羞于直白表达。只是无精打采，萎靡不振地生活。如云秀发蓬松散乱流泻肩头，半遮芳颜，半遮眉目，颇有琵琶女“千呼万唤始出来，犹抱琵琶半遮面”的韵味。眉目之间，柳眉如黛，眼线如丝，草率描色，深浅不一。不好看，不漂亮。全无心情梳妆打扮。“士为知己者死，女为悦己者容”，打扮得漂漂亮亮，给谁看呢？总不能整天对着镜子，自我欣赏，自我陶醉吧。心事重重的少女，找不到一个地方存放自己的孤寂，美丽动人的大好春光都不能引发她的勃勃兴致。所见所闻，所思所感，无不与春思相关，无不触动她的寂寞。无人相伴，无处诉说，不能表达，只能隐藏心间，慢慢发酵，酿成一满腹苦酒，醉倒自己的青春。

不相信这份情感没有个依靠和寄托，不相信这份情感没有个了结和圆满。看到眼前杨花飘飞，随风起舞，少女敏感地联想到自己，悲喜交集，感慨唏嘘。杨花尚且归宿春风，我的归宿又在哪里呢？悲从中来——杨花一世漂泊，无依无靠，随风起落，我不也就一生红颜，命薄如花吗？忧从中来——杨花似花非花，似絮非絮，处境悲凄，命运悲苦，不也就隐隐暗示了我的命运吗？无言绝望——想起唐代诗人李益的《江南曲》：“嫁得瞿塘贾，朝朝误妾期。早知潮有信，嫁与弄潮儿。”女子虽然朝朝暮暮与夫君分离，错过美好青春，可是毕竟还是心存盼头，心有所依。相比而言，苏轼词中这位少女却是苦苦期盼，痴情相信，会有生命中的另一半出现。但是，何时出现？哪里出现？我心漂泊，毫无归宿，眼看一个又一个美丽的春天即将过去，我的青春也将悄然流逝，想起这些，心中无限伤悲，甚至绝望。于是，我们看到，这个春天早已远离了可怜的少女。

黄花白发相牵挽

——黄庭坚《鹧鸪天》散读

自古及今，官场凶险，仕途坎坷，万千文人志士怀抱经纶，寻找大展宏图机会，矢志不渝大干一场，但是往往由于各种复杂因素阻挠，多半四处碰壁，落魄江湖。遭遇排挤打压，贬官降职，或是沦落监牢，一生不得复用，也是常有之事。这个时候，面对人生重大挫折，面临前途茫茫困惑，有人不以为意，不屑一顾，逍遥山水，怡乐性情，释放自由；有人佯狂作态，装疯作癫，醉酒当歌，嬉笑怒骂，自显风流；有人与世沉浮，同流合污，泯灭自我，苟且名利，一世谄媚；也有人兀傲不屈，勇于抗争，不顾流俗，不拘形式，狂放不羁。宋代文人黄庭坚属于后者，为官京师期间被诬修撰《神宗实录》与事实不符，于绍圣二年（1095）贬谪涪州别驾黔州安置，后又移置戎州安置，历时五年有余。初至戎州时，寓居南寺，将其称为“槁木寮”“死灰庵”，隐喻其心已如死灰冷寂，槁木枯萎，沉沦不振，绝望至极。这首《鹧鸪天》也是写于贬谪流离时期，心态大不相同，情趣疏放脱俗，格调张狂放肆，意兴酣畅淋漓，词人似乎尽情放纵自我，藐视外物，不屑流俗，笑对人生，以惊世骇俗之态，轻豪迈之姿，展示一个风骨凛凛，精神刚健的士子形象。

黄菊枝头生晓寒。人生莫放酒杯干。风前横笛斜吹雨，醉里簪花倒著冠。身健在，且加餐。舞裙歌板尽清欢。黄花白发相牵挽，付与时人冷眼看。

重阳佳节前后，天气瑟瑟生寒，百花纷纷凋谢之后，菊花闪亮登场。一片金黄，绽放枝头，笑迎冷风。一阵晓寒，如烟似雾，裹挟而来。黄菊微微颤颤，摇曳无声，冷艳如初，不改光芒，坚强如铁，不变幽香。空气中弥漫着淡淡的清香。词人徜徉庭院，信步游赏，不时流露出惊喜与激动，不时吟诵出诗作与新词。想起了唐末大英雄黄巢，上马能打仗，下马能吟诗，一生对菊情有独钟，一心赏菊风骨卓异，曾经如此高歌秋菊：“待到秋来九月八，我花开后百花杀。冲天香阵透长安，满城尽带黄金甲。”（《菊花》）菊花不畏寒流，迎风怒放，香气冲天，光芒四射，无异于一片片金甲，无异于一把把刀剑，透露出凛凛寒光，散发出激越豪气。写花言人，托花抒情，借花明志，展示乱世英雄的雄心壮志。想起唐代大诗人元稹，堪称情种，怜香惜玉，如痴如醉；交朋结友，深情款款。偏爱菊花，深情致意：“秋丛绕舍似陶家，遍绕篱边日渐斜。不是花中偏爱菊，此花开尽更无花。”（《菊花》）一边爱菊成痴，朝朝暮暮，形影不离，一边赏菊至深，经霜耐寒，历久不凋。菊花从来都是淡泊名利，彰显风骨的文人志士的形象写照。黄庭坚词作开笔写菊，烘染清寒，盛赞光色，自然也隐隐暗示词人自己的一腔孤傲，一身风骨。

重阳佳节，赏菊离不开饮酒，吟诗离不开饮酒。词人要是春风得意，顺风顺水的话，也该吟赏花木，举杯痛饮，可是，今天饮酒却是苦酒、闷酒，借酒解愁，浇灭心中块垒，涤荡万千不快。一句“人生莫放酒杯干”，几多豪迈，几多洒脱。是海量，千杯万盏不嫌多；是大气，畅快淋漓无拘忌；是不平，心怀百忧无处诉；是委屈，万千苦楚压心头。酒杯不能空，豪饮不能停，人生能有几回醉？醉酒当歌大笑时。李白诗曰：“人生得意须尽欢，莫使金樽空对月。”（《将进酒·君不见》）罗隐有云：“今朝有酒今朝醉，明日愁来明日愁。”（《自遣》）词人自己亦言：“桃李春风一杯酒，江湖夜雨十年灯。”（《寄黄几复》）不管怎样，沉醉酒中，自有欢乐，自有天地，忘情忘我，忘世忘俗，畅快一时，放纵一心，这是酒中君子的最高境界，这是文人墨客的痴心向往。当然，细品词人惊人豪迈之语，似乎不难体会其间贬官谪居，愤世傲物的情绪。也许在词人看来，目空一切，狂喝豪饮，放言无忌，放浪形骸，不拘礼俗，不畏人言，这才是自己反抗流俗，挑战异己的最好方式。

一不做，二不休，干脆我行我素，无拘无束。越是大胆放肆，越是彰显自我锋芒；越是惊世骇俗，越是扬眉吐气。风雨苍茫之时，一人独坐门前，横握竹笛，吹奏心曲，目中无人，心无旁骛，不在乎风急雨骤，不在乎路人侧目。自吹自唱，自娱自乐，自狂自傲，自由自在。或是不顾年老体迈，不怕影响观瞻，满头簪花，倒戴帽子，一边饮酒，一边豪笑，醉眼昏花看世界，醉言出口惊天下。何等快意，何等风光，何等洒脱。忘却那些烦忧苦恼，忘怀那些人世得失。越是狂放，越是证明自己活得风光精彩；越是快乐，越是给予对手沉重打击。词人心中，狂欢与自傲同在，孤愤与抗俗共舞。想起杜甫对李白的描写：“天子呼来不上船，自称臣是酒中仙。”（《饮中八仙歌》）以及李白的自述：“百年三万六千日，一日须饮三百杯。”（《襄阳歌》）李白海量惊天，豪气惊世，其实，诗人哪里是狂呼自己好酒贪杯，一醉不醒，分明是通过这种过激言辞，惊人夸饰，表达自己不遂心愿，不满世道的无边忧愤啊。同样，黄庭坚词作之中，也是张狂行动，放肆言语，婉曲道出自己一腔苦水，一心隐痛。只是我们品读，稍微疏忽，就容易误解甚至冤屈了词人心声。

如果说词作上片是侧重勾勒词人自我形象的轻狂疏放、孤高傲世的话，那么词作下片更多是对词人轻侮世俗、挑战世风的内心情感的抒发。词人身陷污浊社会，不堪官场挤压，深恶机关算计，只想早点离开，只想远祸全身。在他看来，能够健健康康、快快乐乐、潇潇洒洒地过好自己的逍遥日子，就非常知足了。徜徉山水旖旎，流连花木扶疏，享受佳肴美味，强健身体筋骨，抖擞抖擞精神，娱乐娱乐心志。时而观赏歌舞，清歌尽兴；时而沉醉诗酒，畅快淋漓；时而白发簪花，风流不凡；时而登高凭栏，心游万峰；时而冷嘲热讽，调侃世道。凡此种种，不一而足，尽情尽兴，不拘礼俗。词人活在自己心中，活出真我风采，活得有滋有味。同时，对于自己的政敌，或是异己力量而言，你越高兴，他越气愤；你越高傲，他越卑下；你越精彩，他越黯淡。你的幸福与欢乐，就是对他最大的打击和嘲讽。词人誓言，自己就是要超拔流俗，与众不同，以傲霜而开的菊花为友，与冷眼旁观的世俗为敌，坚守气节，不苟操守，展示一个雄赳赳、气昂昂的自我形象。

就像唐代诗人柳宗元《江雪》所写：“千山鸟飞绝，万径人踪灭。孤舟蓑笠翁，独钓寒江雪。”哪里是要去垂钓，哪里在乎半点得失，而是钓成一副姿态，凝聚一种精神，与世俗抗争，与政敌战斗。风雪交加，天寒地冻，万物沉寂，百鸟归巢。一个人披蓑戴笠，荡舟江心，兀兀独坐，凝神垂钓，无视周围世界的冰冷苦寒，无视世俗眼光的冷热讥讽，无视政敌的幸灾乐祸，我自岿然，一动不动，战天斗地，自有凛凛风骨不可侵犯，自有信念如山不可动摇。相比柳宗元的沉寂与冷峻，黄庭坚则表现得较为疏放与张狂。一番歌舞，一番吟唱，一头秋霜，一秋菊黄，一支横笛，一场豪饮，无不意兴飞扬，精神振奋，无不乐在其中，痛快淋漓。面对打击，面对挫折，不甘沉沦，意气昂扬，高歌猛进，这才是人生应该采取的正确态度。

千古风流今何在

——苏轼《念奴娇》散读

如果马年要我挑选一首诗词送给爱好诗词的朋友们，我会毫不犹豫选中北宋词坛巨匠苏轼这首《念奴娇 · 赤壁怀古》，因为是马年，万马奔腾，一马当先，争先恐后，各不相让，马年预示一份奔腾不息，奋勇拼搏，建功立业，扬名立万的风范，马年激励每一个热血志士勇立时代潮头，劈波斩浪，锐意进取，高扬自由大旗，高唱胜利凯歌，展现舍我其谁风采。苏轼这首词作其实也在塑造一匹战马，昂首长鸣，气血蓬勃，四蹄腾空，飞扬鬃鬣，奔腾如风，气势如虹，驰骋万里疆场，踏平艰难险阻，所向无敌，势不可挡。志在远方大漠戈壁，志在高天阔地山川。

当然，感觉到这是一匹老马，类似曹操诗句所写“老骥伏枥，志在千里；烈士暮年，壮心不已”，豪勇不减少壮，力量不逊当年，热血不少分毫，又像沙场老将廉颇，不顾年事已高，不顾流俗非议，依然披挂上阵，横刀立马，志在杀敌，志在建功。苏轼词中，字字喷涌热血，句句洋溢豪气，一股不服输、不认命的精神，一股神往江山壮丽、痴心家国天下的情怀，一股看穿历史千年烟云、挥洒人生豪情快意的襟怀，无比激动人心，遗响千年。

大江东去，浪淘尽，千古风流人物。故垒西边，人道是，三国周郎赤壁。乱石穿空，惊涛拍岸，卷起千堆雪。江山如画，一时多少豪杰。

遥想公瑾当年，小乔初嫁了，雄姿英发。羽扇纶巾，谈笑间，樯橹灰飞烟灭。故国神游，多情应笑我，早生华发。人生如梦，一樽还酹江月。

骏马驰骋千里，踏响山河，离不开一望无垠的高天阔地；英雄施展抱负，建功立业，离不开如火如荼的时代舞台。苏轼词作一开笔，抢占时空制高点，俯仰千古历史，横扫八方地域，口吐豪语惊天下，气盖山河撼人心。君不见，自古及今，长江滚滚东去，浪花澎湃山河，气势如虎如龙，声威似电似雷，力敌千钧，震撼天地，不可阻挡，不可遏制。犹如一匹脱缰的野马，长驱直入，一往无前。朵朵浪花，点亮了古今眼眸，也照亮了历史时空。人们很容易联想，千年光阴如水流逝，一去不返，永不回头，千年历史如烟似雾，消散无形，虚无成风，还有那些叱咤风云，呼风唤雨的英雄人物，多如繁星点点、芳草萋萋，至今也是荒芜成烟，消散似雾。是啊，谁能阻挡时间的脚步？谁能阻挡流水的方向？谁又能改变历史的走向？在漫漫历史长河中，风流天下的英雄人物只不过相当于朵朵转瞬即逝的浪花，照亮时间一瞬，归于永恒虚无。沉思千古，心怀悲怆却又激动不已，神思黯然却又心血振奋。悲感风流如水，英雄如烟，功名如灰；激动短暂生命也可以精彩一时、光耀一世、流芳千古。种种复杂的感慨翻涌心头，面对一片江山胜地。

词人很清楚，写作这首词的时候，他是戴罪之身，贬谪黄冈，前途迷茫，功业无望；词人也很清楚，今天游览黄冈赤鼻矶，并不是当年三国名将周瑜火烧曹军，制胜天下的赤壁古战场。但是，他管不了那么多，他有满腹块垒需要宣泄。借题发挥也罢，触景生情也罢，悲从中来也罢，反正要宣泄，要释放，宣泄久积于心的愤愤不平，释放挥之不去的豪情壮志。苏轼心中，认定眼前这个地方，就是距今八百七十多年前的东吴名将周郎坐镇指挥，挫败曹军的古战场。赤壁战场因为一场赫赫有名的以弱胜强、以少胜多的战争而千古留名，赤壁这个地方也因为一位风流儒雅，指挥若定的青年将军而天下显扬。赤壁因英雄而增辉添彩，英雄借赤壁而彪炳史册。英雄与胜地，彼此帮衬，相得益彰，光照千古。人们都说，故垒西边，就是三国周郎赤壁，就是历史风云汇聚所在。言语之间，几多自豪，几多钦佩，几多羡慕，几多向往。黄冈地区一个普通地名，涂染纷飞战火，涂染历史烟云，涂染英雄豪气，深深烙印在苏轼心里。说起它就充满自豪，看见它就无比激动。似乎这个地方，这段历史，这个英雄，冥冥之中与自己有着某种难以言表的默契与呼应。

这是怎样一个古战场啊？但见乱石林立，锋芒毕露，直指云霄；但见浪涛汹涌，虎吼雷鸣，拍打江岸；但见浪花飞溅，晶莹似玉，洁白如雪。江山如画，豪情冲天。不知道在这片雄奇壮丽的土地上，演绎了多少英雄豪杰纵横驰骋，南征北战的精彩故事。想起毛泽东的雄霸天下的豪气："江山如此多娇，引无数英雄竞折腰。"（《沁园春·雪》）自古英雄只为江山天下，只为红颜美人。苏轼慨叹，江山壮美，英雄如云，豪杰竞逐，风云激荡。内心思潮翻滚，汹涌澎湃。神思千古，意兴飞扬。那些人，那些事，那些精神，那些气度，深深震撼苏轼的心灵。

笔者喜欢苏轼的豪放大气，磅礴苍凉。不但从词作意境、格调、气韵、神采上面可以看出词人的风格，而且从用词造句、涂色绘形上也可以让人大快朵颐，大饱眼福、口福、耳福。一个"尽"字，涵盖时空，牢笼万千。长江东去，飞花逐浪，淘洗冲刷，一切泥沙草木，一切砖石瓦砾，一切时间尘埃，无一幸免，无一逃避。时光千年，历史千古，英雄千百，也逃不过江流冲刷，也躲不过命运的虚无，终归走向千古烟云。一个“千古”穿越浩渺历史，浓缩古今人事，概括无数英雄，写尽永恒无尽。一个“乱”字状写江岸石崖，突兀狰狞，陡峭险峻。充满原始野性，倍现粗犷苍劲。一个“穿”字，又可看出乱石林立，争高直指，刺破青天锷未残，锋芒毕露展神威。一个“惊”字写浪涛，惊世骇俗，惊天动地，惊心动魄。一个“拍”字写浪涛轰然有声，力敌千钧，震天动地。“千堆”是虚数，是夸饰，极言浪花朵朵，数不胜数，美不胜收，光芒四射，璀璨天地。凡此种种，举不胜举，比比皆是。可以设想，如果没有一腔豪情，一腔热血，一腔才华，断然写不出如此激动人心的词句。苏轼骨子里充满了英雄情结，热爱脚下这方山水，素有入世为官，造福万民的志向，因此他的笔下，字字都有力量，句句凝聚豪情。

历史长河波涛滚滚，浪花朵朵，千秋百代，永放光芒。但是，苏轼偏偏对三国战将周瑜这朵最为璀璨、最为绚丽的浪花格外情有独钟，大加赞赏。回到八百七十年前，回到遥远的古战场，一个身着儒服，头戴青丝头巾，手摇鹅毛羽扇，目光清澈有神，言谈笑语不断的青年将军形象出现在我们面前，这就是苏轼敬仰已久的周瑜。他凭借自己的文韬武略，演绎了一场战争，谈笑之间制敌灰飞烟灭，稳坐帷幄却能大获全胜。军事才华堪称天下第一，军功卓著大概盖世无双。事业顺风顺水，爱情如鱼得水。年纪轻轻，娶了江东美女小乔。雄姿英发，柔情蜜意，气宇轩昂，战功显赫。一个文武双全，才智兼备的大英雄。上有主公孙权赏识重用，下有千军万马可以调度，家有娇美妻子悉心照应，身有卓越战功熠熠生辉。何等幸福，何等威武，何等风光。苏轼嫉妒、羡慕、神往，想想自己，也是一身才华，一腔抱负，一心忧国，可是屡遭贬谪，沉沦僻远，仕途无望，功名渺茫，怀才不遇，壮志未酬，心有不甘，情有不平，愤愤于心，耿耿于怀。沉潜品味，不难体察，其实苏轼骨子里很是希望能够像周郎一样，得天时地利，得人和知遇，能够施展才华，大干一场，建立不世之功，树立千古美名。如果可以，他愿意，或者说，他就是一匹战马，驰骋沙场，杀敌报国，建功立业。金戈铁马，气吞山河，跃马横刀，扫荡敌寇如风。只可惜，虎落平阳被犬欺，贬谪黄冈不见日。

苏轼这里，巧妙地改写了历史事实，精思附会，为我所用。凸显主旨，畅达情意。据史载，建安三年（198）东吴孙策亲自迎请二十四岁的周瑜，授予他“建威中郎将”的职衔，并同他一起攻取皖城。周瑜娶小乔，正在皖城战役胜利之时，十年之后，他才指挥了著名的赤壁之战。苏轼将十年之间的事情错综交织，组接虚化，其实正是为了突出心中大英雄周瑜的高大完美，也正是为了表达词人自己的无限敬仰，当然也隐隐流露出词人的沉痛伤感。苏轼很清楚，周瑜是周瑜，苏轼是苏轼，异代相隔，千古同调。只能算是心灵上的知音，情感上的共鸣。现实中，苏轼还是一位重游故地，荡舟江面，神思恍惚，心绪迷茫的文人，还是一位被贬官放逐，不遇知音，未酬壮怀的落魄者。我笑我自己人到壮年，满头秋霜；我笑我时光不多，生命苍凉；我笑我自作多情，百无一用。别人笑不笑我，别人又是如何看我，不得而知，想来悲凉。

对比越是鲜明，反差越是巨大，这往往容易产生两种极端，一是走向绝对的自负与自强，自尊与自傲，另一种是绝对的自卑与自责，自放与自沉。不管怎样，均不如意，想像周郎那样大展拳脚，建功立业，不可能；想像凡夫一般庸庸碌碌，不求进取，也是不甘。能够怎样呢？深陷矛盾的时候，道家思想拯救了苏轼，抚慰了这颗躁动不宁的心。人生如梦，转眼即逝，还是对酒当歌，临风赏月吧，沉浸无边风月之中，流连青山绿水，放飞自由性灵，或许这是一种解脱。不过，我们相信，对于苏轼而言，也是一种暂时的麻醉。谁又能保证，另外一个日子里，苏轼泛舟赤壁，徜徉山水的时候，不会生发出一腔壮志豪情呢？

我看青山无限好

——晁补之《临江仙》散读

一个朔风凛冽，大雪纷飞的早晨，读到这首贬谪天涯的词作，有感词人才情抱负付诸东流，有感词人沦落僻远前路茫茫，立刻想到白居易的千古名句“同是天涯沦落人，相逢何必曾相识”（《琵琶行》），感慨万千，思绪翻涌，一团乱麻缠绕心头，一腔郁愤压抑无处发泄。曾记得，白居易被贬官江西浔阳，秋夜送客江口，邂逅流落江湖的琵琶女，听音观人，依声寻思，发现女子竟然和自己一般遭遇，一般苦命，于是唏嘘长叹，潸然泪下，和血带泪，写下千古名作《琵琶行》。白居易描述自己的贬谪苦旅：“我从去年辞帝京，谪居卧病浔阳城。浔阳地僻无音乐，终岁不闻丝竹声。住近湓江地低湿，黄芦苦竹绕宅生。其间旦暮闻何物？杜鹃啼血猿哀鸣。春江花朝秋月夜，往往取酒还独倾。”浔阳贬居之地，远离帝京长安，环绕黄芦苦竹，幽僻荒凉人烟少，旦暮不停杜鹃啼，加上诗人自己心怀郁结，疾病缠身，整个人精神萎靡不振，神思恍惚，出门不知所往，进门无依无靠，就像是被时代遗弃，被社会排斥，被世道白眼。那种感觉胜过万箭穿心，万刀割面。词人晁补之也有白居易的类似遭遇和体验，这首《临江仙》大概就表达了词人刻骨铭心、痛入骨髓的体验。

谪宦江城无屋买，残僧野寺相依。松间药臼竹间衣。水穷行到处，云起坐看时。

一个幽禽缘底事，苦来醉耳边啼？月斜西院愈声悲。青山无限好，犹道不如归。

据史书记载，晁补之幼而能文，有经世济民的远大抱负，三十几岁任职秘书省，并出知齐州，治理有方，政绩显赫。但是，因为身陷新旧党争，于哲宗晚年，以“修神宗实录失实”罪名降为通判应天府亳州，又贬监处信二州酒税。词作《临江仙》应是谪居苦唱，流血心声。说自己谪宦江城，面对大江茫茫，依傍残僧野寺，寄身荒寒僻远，心怀郁结，苦闷无聊。无异于置身大牢，不见天日，难以出头。无异于遗弃荒野，喊天不应，叫地不灵。“无屋买”，可以两解，一曰有屋无钱，买不起，住不起；二曰，地僻人稀，屋宇寥落。笔者倾向后一种理解，夸张言之，突出此地偏远封闭，人烟稀少，交通不便，信息难通。逐客至此，犹如扔入深山幽林，担惊受怕，惶惶度日。

“残僧野寺”，源自杜甫诗句：“野寺残僧少，山圆细路高。”（《山寺》）不同在于，杜诗饱含情趣，格调轻松，诗人可是兴致勃勃地欣赏荒山僻静之景，津津有味地描绘野寺残僧之境。晁补之则不然，境由心生，情染万物，词人所见所栖是“野寺”，远离市井红尘，远离滚滚名利，冷清幽僻，荒芜凄凉。词人交接往来是“残僧”，不是四肢不健全，不是身心有缺陷，极言寺僧寥寥，寺院冷清，香火不旺，人气不旺。所依所往，一派清寒，一派萧索，自然非常吻合词人的处境与心境。人生天地，负罪贬谪，逃无所逃，依无所依，寄居如此，苟安身心，岂不悲哉？岂不郁愤？言辞表面，颇有几分不问世事的清闲自在，远离人烟的清幽淡泊，但是，骨子里面却是耿耿于怀的隐隐痛楚，不遂心愿的愤愤不平。

平日里无所事事，不染官场名利，不与世俗交接，倒像一个隐士，自成天地，自在山水，自得其乐。于青松幽林之下捣药，于青葱翠竹丛中漫步，不是采药行医，游走江湖，悬壶济世；无心观花赏草，流连山水，行吟湖光。表面闲适旷达，其实郁闷在心，如鲠在喉。青松翠竹，山林深深，何等幽静，何等幽远，折射词人内心沉寂，性情孤独，犹如千年古井，经风遇浪，不起波澜；犹如山风习习，风姿神韵，依然故我。特别一提松竹，暗含自我期许，自我砥砺，不改心志，不变节操之意。在古诗词中，青松挺立，经霜耐寒，不凋不谢，象征正直不阿、坚强不屈的人格意志。翠竹森森，挺拔修直，清韵幽幽，象征君子清廉自守、光明坦荡、磊落无私的心志追求。青松也罢，翠竹也罢，形象洁美，神韵清芳，隐隐透露词人高洁不俗，孤芳自赏之情怀。虽然遭遇仕途挫折，虽然贬逐僻远苦寒，虽然心意不平，却还是不愿沉沦世俗，同流合污，还是不屑苟且度日，改变志节。

行走山林，游荡荒野，无心赏景，无意吟诗，只为散心解闷，只为安神养心。有时沿着山间溪水慢行，水源已到，无路可走，却不停止沉沉步履；有时游目山川，心无所托，目无专一，风起云涌，暮色苍茫，却不停止痴痴眺望。不想回家，不知道在寻找什么，不知道在等待谁的出现，好像在欣赏风景，又好像在躲避风光，好像漫不经心，信步而行，又好像心事重重，神情凝重。一个心绪茫茫、神情恍惚、行踪不定、漂泊山林的词人形象浮出词句，走向你我，深深打动我们的心怀。一起凄婉，一起郁闷，一起悲凉，一起感慨。词句源自唐代诗人王维的诗句："行到水穷处，坐看云起时。"（《终南别业》）稍加调整词句顺序，既是照应词作声韵的缘故，更是情意表达需要。王维真心归隐，寓居终南山，每当兴起，信步山林深处，直至水源尽头，索性席地而坐，仰观云卷云舒，侧听松涛竹韵，一派清闲自在，一派恬静淡泊。晁补之截然不同，失魂落魄，恍恍惚惚，游走山林，不知所往，不知所终，根本无心山水风光，更无闲情逸致浪漫。因此，尽头已到，脚步不停，暮色已起，不思归途。明眼人一看即知此人内心苦涩，初读者最容易被表面词句迷惑。

如果说词作上片侧重描述词人白天行走山野，彷徨自怜的孤凄与冷清的话，那么，词作下片则重点描绘词人夜晚无眠、忧心不宁的痛苦与凄凉。听，来自幽幽山林、深深黑夜的杜鹃彻夜啼叫，叫得人心慌意乱、凄神寒骨、坐卧不安。哪来的干劲，哪来的激情，如此啼鸣，不知疲倦，不知好歹，不讨人爱！本来杜鹃啼鸣，或悲或喜，或高或低，与人无关，可是，在创伤满怀，仕途坎坷的词人听来，分明就是幸灾乐祸，分明就是惹愁添恨。"一个幽禽缘底事"，是质问，是追问，是指责，不需要回答，也无从回答，但是流露出词人的愤愤不平，心意不宁，甚至暗含恨花恨草、恨屋及乌的意味。一句"苦来醉耳边啼"，有埋怨，有责怪，更有无奈和愤恨，翻译过来，你何苦呢？何必呢？整夜凄厉鸣叫。你可知道，声声啼鸣犹如一支支利箭深深刺痛我的心灵！声声啼鸣犹如阵阵哀号搅动我的心事！一个"幽"字用得好，说明杜鹃孤独，神出鬼没，无以为伴，幽灵一般，声色俱厉。冷色调的字眼，烘托出词人幽深孤寂的心灵世界。一个"醉"字也用得好，正话反说，不是醉耳，而是刺耳，而是乱心；真是"醉耳"的话，应该是"如听仙乐耳暂明"（白居易《琵琶行》），或是"此曲只应天上有，人间能得几回闻"（杜甫《赠花卿》）。

然而，这些都不是！词人“但愿长醉不愿醒”（李白《将进酒》），心怀郁愤，不能忘却，闻声惊心，睹鸟惊魂！

杜鹃一直鸣叫，不管词人眼在流泪，心在流血。直到月亮偏西，缓缓沉落，杜鹃鸟还在凄厉鸣叫，声声刺痛词人的心。此恨何时消？此声何时休？一心孤独，一腔忧愤，度夜如年，像挨刀一样疼痛，像钻心一样难熬。天快亮了，青山隐隐透露出轮廓，风光渐次呈现出美丽。也许是突然之间灵光闪现，也许是经过一夜不眠煎熬，词人幡然醒悟：还是回去吧！回到山水之间，回到风光田园，那里才是心灵自由的所在，那里才是忘怀尘俗，远离官场的乐土。杜鹃的啼鸣不是明明白白地提醒吗！不如归去！不如归去！但是归往何处？从何处归？为何要归？杜鹃鸟不知道答案。但是自己呢，混迹官场，沉浮尘世，多年摸爬滚打，追名逐利，不也四面碰壁，吃尽苦头吗？

青山无限好，犹道不如归。回归依依青山，回归隐逸山林，才是正确的选择啊。词人幸运，一番颠簸，一番折腾，一声啼鸣，唤醒了自己。活在滚滚红尘之中的你我，疲于奔命，忙于算计的时候，是否也有一丝心怀悠游山林，亲近远古之情呢？

鸳鸯两字怎生书

——欧阳修《南歌子》散读

读高中的时候，学习汉乐府民歌《孔雀东南飞》，对一段文字格外喜欢，印象深刻："鸡鸣外欲曙，新妇起严妆。著我绣夹裙，事事四五通。足下蹑丝履，头上玳瑁光。腰若流纨素，耳著明月珰。指如削葱根，口如含朱丹。纤纤作细步，精妙世无双。"喜爱刘兰芝的美貌绝伦、光彩熠熠，赞赏刘兰芝精心打扮、纹丝不乱的镇定与沉着，钦佩刘兰芝强忍内心痛苦所表现出来的矜持与自尊，作为下堂妻离开夫家，不是哭哭啼啼、大吵大闹，而是从容冷静、坦然面对，自有一番处变不惊，临危不惧的风度。刘兰芝不但外貌美丽，而且心灵美好，热爱生活，离别时候，尚且如此，平时居家更不用多说。看她的梳妆打扮，从头到脚，全面兼顾，唯美至极，不差分毫。面对离开，她视同初嫁，修饰面容，花冠繁复，那样考究，展示了她的美丽和尊严。

最近读到欧阳修这首《南歌子》，感觉天下年轻女子一样爱美，天下新婚夫妇一样甜蜜。他们的世界里只有爱情两个字。柔情蜜意，耳鬓厮磨，打情骂俏，谈笑风生，缠绵似胶，恩爱不离。没有忧伤与痛苦，没有烦恼与忧愁。生活幸福、浪漫，情趣生动、雅致。

凤髻金泥带，龙纹玉掌梳。走来窗下笑相扶，爱道画眉深浅入时无？

弄笔偎人久，描花试手初。等闲妨了绣功夫，笑问“鸳鸯两字怎生书？”

看看欧阳修笔下的这对年轻夫妇吧。女子打扮精细入时，用心考究，几乎到了完美无缺的程度。头上发髻，状如凤凰，高挑灵动，翩然欲飞。束发丝带，金光闪闪，彩绣耀眼。龙纹发梳，造型生动，玉质莹润。透过扮饰，不难想象，女子梳妆时的慎重、小心，幸福、激动。词人没有描绘女子如何美丽，仅通过一头繁饰，就让我们感受得到年轻女子的光彩照人。全身上下，美轮美奂，无以复加。你能想象她有多美，她就有多美，她的美丽和快乐与你的想象呈正比。你大可用自己的生活经验去填补词人留下的空白。这是词人的高明——以自己的体验去唤醒读者的体验，从而感同身受，心灵共鸣。相对而言，《孔雀东南飞》中对刘兰芝的描写，只能让读者感受到刘兰芝的美，明白地知道她的美在何处——美得华丽，美得庄严，美得繁复，却不能激发读者的想象。

这位年轻女子在梳妆打扮的时候是怀着怎样的心情？会想些什么？今天是什么日子？需要如此全面细致的装扮吗？王昌龄笔下的女子因为春天来临，要登楼寻春、饱览风光，给自己一份美丽的享受，才精心梳洗，端庄打扮——“闺中少妇不知愁，春日凝妆上翠楼。忽见陌头杨柳色，悔教夫婿觅封侯”（《闺怨》）。但是，她却后悔了，懊恼了，当初千不该、万不该叫年轻英俊的夫君远赴疆场，追求功名富贵。而欧阳修笔下的女子是满怀激动喜悦、幸福向往的，不知道发生了怎样的喜事，不知道迎来一个怎样重要的时刻，反正，我们可以感觉到她沉浸在幸福的海洋之中，快乐得像个小鸟，飞来飞去，兴高采烈。

刚刚装扮完毕，急忙跑到窗前，面对夫君，照照镜子，笑容满面，喜上眉梢。轻轻拉着夫君的手，娇羞带涩地询问夫君："你看看，仔细看看，我的眉毛画得怎样？是否时尚？是否符合流行的式样？"别的不说，女子最关心她的容颜装饰和夫君的反应。何故？女为悦己者容！女子心中，要把自己最美丽的形象展示在夫君面前，要让夫君喜欢、激动、陶醉。一世花开只为一人，一世美丽只为爱情。完全可以理解女子的良苦用心。她一定是期待夫君夸赞几句，美言一番，夫君的表扬无异于蜜糖，足以让她激动一天，幸福一生。词人没有写夫君的反应，将你我万千读者当作"夫君"，去想象，去猜读，面对如此热烈，如此多情，如此美丽的女子，还能说什么呢，一切言语都是多余。

喜欢这位女子，很懂生活，很懂他人心理，很有心思。细心经营自己的美丽，其实就是精心呵护自己的爱情。一点一点地描画，一笔一笔地涂染，一件一件地佩戴，一项一项地添加，一定要将自己最美丽、最幸福的形象展示在爱人面前。何等用心，何等深情，又是何等执着。一个"走"字写出了她的活泼机灵，青春热烈，也写出了她的急切、激动。一个"笑"字，是喜悦的流露，是幸福的绽放，像一朵花，美丽迷人。一个"相扶"，动作亲昵，相依相偎，恩爱甜蜜，多么温馨的画面，多么诱人的场景。人生一世，不就是希望与自己最心爱的人牵手相依，白头偕老吗？祝福欧阳修笔下这位聪慧多情的女子一生幸福、爱情甜美。

"画眉深浅入时无"源自唐代诗人朱庆馀《近试上水部》："洞房昨夜停红烛，待晓堂前拜舅姑。妆罢低声问夫婿，画眉深浅入时无。"诗中描写刚过门的女子第一次拜见公婆时的梳妆打扮，要在二老面前展示最美丽、最可人的形象。化好妆，故意试探夫君，效果如何。内心充满了紧张和不安，激动和期待。欧阳词作援引朱诗字句，描述女子试探夫君自己的装扮是否入时、是否讨人喜欢，很在意，很幸福，很风趣，也很见心机。

词作下片进一步展示女子的内心世界。依偎在夫君身旁，久久不离，缠缠绵绵，犹如小鸟依人，温婉可爱；又如磁石吸引，紧紧粘附，无法脱身。本来，纤纤玉手轻握彩笔，想一试身手，描红绘花，想一展芳华，动人心目，但是夫君在旁，情不自已，心难专注，以致妨碍了刺绣，索性停下笔来，不描了，不绣了，举起彩笔，娇嗔带笑地问夫君，“鸳鸯”两个字怎么写呢？很风趣，很深情，很温馨。读到此处，想起红袖添香，寒夜伴读的故事。曾记得，明代散文大家归有光写过一篇催人泪下的文字《项脊轩志》，文中回忆作者与妻子相处的美好时光，有这样的记载：“余既为此志，后五年，吾妻来归，时至轩中，从余问古事，或凭几学书。”夫妻相伴，读书习字，谈古论今，其乐融融，令人羡慕。可惜归有光妻子英年早逝，留下作者一生遗憾。欧阳修词作中这位女子则幸运得多，夫妻情投意合，恩恩爱爱，一起描红刺绣，一起读书习字，一起插科打诨，一起相依相亲。幸福无比，令人羡慕。

词作一个“笑”字，不再含蓄羞涩，不再内敛节制，倒是显得机智灵巧，聪慧多情。女子明明知道自己依偎夫君，耽搁了刺绣，失手描红，不是惊慌失措，不是紧张兮兮，而是就势一转，将错就错，干脆开起玩笑，考问夫君。多么机灵，多么聪敏。而且所问所写不是一般字眼，而是蕴含着真情爱意的“鸳鸯”二字。女子的轻松愉快，女子的一往深情，女子的风趣幽默，全都在匆忙一问中展示出来。

全词上下，不见男子任何言语动作，表情神态，只写女子几个细节，却是与男子息息相关。男子的反应，男子的感受，男子的感情，全是空白，留给我们去回味，去揣摩。女子的出场就像一只火把，照亮了我们的双眸，点燃了我们好奇而渴望的心。是的，在火热的爱情面前，在甜美的生活里，谁能保持克制与冷静呢？谢谢词人的细心，谢谢女子的多情，你们的言行教会我们珍视生活的点点滴滴。

横槊赋诗壮志飞

——周紫芝《临江仙》散读

看惯了宋词的春花秋月，读多了爱情的悲欢离合，突然之间读到周紫芝这首壮志激昂的词作，备感惊奇振奋，眼前一亮，心头一喜，大呼过瘾，大快心志。词人周紫芝不是词坛大腕，不是达官显贵，不像柳永、王安石那样风流天下，也没有苏轼、辛弃疾的豪放奔腾。但是，这首送别词表达了一股英雄豪气干云霄，一腔文采风流传天下，一生情深义重动心怀。

记得武陵相见日，六年往事堪惊。回头双鬓已星星。谁知江上酒，还与故人倾。

铁马红旗寒日暮，使君犹寄边城。只愁飞诏下青冥。不应霜塞晚，横槊看诗成。

曾使君，何许人也，身世背景如何，有何事功，文采风流几许，

史料阙如，无从考据。但从词作的只语片言来看，略知此君与词人是关系非比寻常的好朋友。光州，地处淮河南侧即今天的河南潢川，是南宋时期北部边疆重镇，位置靠近北方金国。曾使君此番与词人相遇江湖，旋即又要离开，远赴边地，重任在身，前路苍茫。朋友一场萍聚萍散，触动了词人的敏感心灵，思绪汹涌，感慨万千，一气奔腾不息，一心悲凉慷慨。

回忆过往，六年前，相见武陵，相得甚欢，一起谈诗论文、流连花木、指点江山、壮志共勉，何等风流快意，何等意气飞扬，何等痛快淋漓。武陵是个好地方，江南胜地，世外桃源，文脉久远，风物古朴，风光旖旎，风情热烈。那时，两人也许游山玩水，行走江湖，相遇武陵，相知人生；也许是为官武陵，造福百姓，不期而遇，志趣相投。人生总是非常奇巧，命运的因缘常常将两个有缘之人捆绑在一起，一聚一散，一悲一喜，一言一语，一诗一词，春夏秋冬，难以忘怀。

时光已逝六年，人事消磨六载，鬓发丝丝染霜，心境渐渐苍凉。多少离情别绪涌上心头，多少人生坎坷塞满心间。回首往事，激动无语，感慨无言。惊讶于人生飘蓬，流离天涯，出没风波，竟然还能再次相遇，竟然还会生年相逢；惊讶于各奔东西，颠簸江湖，挣扎人世，竟然还能平安相见，竟然还会彼此相认。岁月风霜染白了满头青丝，世道烽烟憔悴了忧患心灵。词人言说“堪惊”，其实是不堪回首，大为惊讶，大为震惊。既有出乎意料之惊，又有万分庆幸之喜；既有饱经沧桑的沉默无语，又有风平浪静的欣慰平和，百感交集，融汇一“惊”，万千坎坷，一言难尽。两人面对面，眼觑眼，久久无语。时间才过去六年，在漫漫人生长河中不算很长，可是两人都已满头秋霜，面容苍老，印证了李白那句诗：“君不见，高堂明镜悲白发，朝如青丝暮成雪。”（《将进酒》）可见世道艰难，人生悲苦。

庆幸有生之年尚能相见，彼此安慰，互相激励；庆幸时光流逝，世态炎凉，友谊不变，情意犹存。举起酒杯，开怀畅饮，在他乡，在漂流的江上。暂时忘记过去的颠簸与挫折，暂时忘记人生的挣扎与艰辛，重温美好快乐的往事，享受人生难得的因缘，将痛苦消融酒杯，咽下心肠，化作汹涌的激情，化作欢乐的泪花。将幸福斟满酒杯，饮进心怀，化作脸上的笑容，化作眉梢的喜悦。能够相逢，平安相逢，知心知音，知情知意，感谢命运，感谢生活。珍惜眼前哪怕一分钟的相处，珍惜当下哪怕一刻钟的话别。

谁都清楚这一时刻的相逢是为下一时刻的离别做准备，谁都明白下一时刻的离散天涯才是苦难人生永恒的归宿。但还是要珍惜，要祝福，要勉励。祝福、勉励之后，朋友各向东西，漂泊天涯。多少不舍，多少不甘，多少不满命运，多少无可奈何。没人说得清楚，因为不是当事者，就无法体会那份刻骨铭心、肝肠寸断的情意。词人用“谁知”来表达一己郁闷，一心无奈，一腔不平。无人知道，无人分担，无人理解。纵然跋涉万水千山，纵然颠簸万里迢迢，也只能自己咽下泪水和苦楚。词人又用“还与”来表达对世道与命运的不满，曾经这样一场相逢一场离别，现在还是这样一刻相逢一刻离别，很可能以后也是这样聚散不定，前路茫茫。不能承受，却又不得不接受，还是交给眼前这杯酒吧。悲欢离合一杯酒，春夏秋冬一杯酒，万千感慨一杯酒，希望借助这杯酒抛洒离愁，麻醉心灵；希望喝下这杯酒，遗忘过去，超脱现在。用醉眼昏花送别朋友，用痛心彻悟勉励朋友。海内存知己，天涯若比邻。朋友赴边关，情谊永相随。

情到深处，心到彻悟，词人与曾使君，绝非等闲之交，庸碌之辈，重情重义，志趣相投，一腔壮志，搦管为文，跃马扬鞭，文韬武略，经纶天下。此番离别，还要振作图强，还需高歌人生。曾使君远赴边塞，身兼重任，御敌戍边，塞外之长城，边民之仰仗，怎可只为眼前离情、过去坎坷，伤怀感叹、嗟愁叫苦？大丈夫处世，志在四方，心怀天下，建功立业，扬名四海，这才是志士所为，这才是人生壮举。

词人想象，也是激励，用一幅幅雄壮豪迈的图景激励朋友，用一番番惊天动地的豪气鼓舞朋友。朋友啊，你可想象得到？塞外边城风萧萧，日落莽原寒光闪，一望无边野旷低，战马奔腾铁蹄响，旌旗猎猎秋风劲，气吞万里如猛虎。多么豪迈潇洒的人生，多么激越慷慨的士气，多么大气磅礴的场面。人生一世，寒窗十年，练就一身本事，饱读天下诗书，不只是为了一番功业，一世英名吗？此时不拼，更待何时？不愁天荒地老，不怕苦寒绝域，不畏强虏如麻，不惧血雨腥风，怕只怕一纸诏书，班师回朝；怕只怕怀才不遇，报国无门。曾使君，你我各赴天涯，如果能够，我多么希望，能够与你一道，扬鞭跃马，投笔从戎，驰骋沙场，杀敌报国。你远赴边疆，寄身塞外，激励着我的心，召唤着我的魂。你下马为文，文不加点，一气呵成，文采风流；你跃马扬鞭，纵横驰骋，征战东西，豪气干云。都是我的骄傲，都是我的向往。

身为军人，一身是胆无畏生死；身为诗客，一身才华文采风流。人生最高境界，像吟风弄月一样舞刀弄枪，莫过于像吟诗作文一样英勇杀敌。天下热血男儿，哪个不想建功立业，扬名立万？天下有志之士，哪个不想大展宏图，流芳百世？词人深深了解朋友，也深情激励朋友。一幅画面，几多豪情：不顾风霜苦寒，不畏塞外烟云，也要横槊赋诗，高歌天下，高扬功名。人生如此，豪情奔放，功业显扬，复何求焉！

曾使君读罢词作不知做何感想，读者你我定会气血勃发，豪情汹涌，定会心神振奋，跃跃欲试。一次聚散，一次悲欢，一次送别，一场鼓舞。人生就是这样，立志高远，壮心不已，就会忘怀得失，忘记自我，心中只有天下家国，只有英雄豪情。国家危难，黎民艰辛，呼唤英雄横空出世，呼唤志士蹈死效命。周紫芝相信朋友，更忧虑这个国家，这方土地。因此，他的心中，朋友不仅是兄弟，更是国家和黎民所呼唤的英雄。

松下幽人昼梦长

——苏轼《减字木兰花》散读

苏轼是一个情趣高雅，生活潇洒的文人，一生为官，几经颠簸，但心在山水，情在诗酒，总是忙里偷闲，四处出游，或是徜徉山水，观花赏草；是交接雅士，谈诗论文；是会晤高僧，谈禅说法；是躬耕山地，活动筋骨。情趣勃勃无处不在，饮食起居，来往交接；诗意欣欣遍地皆是，花鸟虫鱼，草木清泉。《减字木兰花》是一首无意之作，随性随情，随心随意，流自肺腑，一派天然，蕴含生命真谛，透露佛法禅机，既有生活意趣，开阔心怀，陶冶情趣，更可启迪人生，开启智慧，丰盈生命。

双龙对起，白甲苍髯烟雨里。疏影微香，下有幽人昼梦长。

湖风清软，双鹊飞来争噪晚。翠飐红轻，时下凌霄百尺英。

词作前面附有一段小序：“钱塘西湖有诗僧清顺，所居藏春坞，门前有二古松，各有凌霄花络其上，顺常昼卧其下。余为郡，一日屏骑从过之，松风骚然，顺指落花求韵，余为赋此。”不看词作，单读小序，感觉苏轼是一个文章高手，情趣高人，寥寥几笔，简单勾勒，写活了风光景物，写活了人物神韵，写活了真情意趣。笔者喜欢那份不问世事，超然物外的疏放高旷；喜欢那份松风泠然，落花无声的清幽绝俗；喜欢那份古松苍老，四境肃穆的神奇幽静。看得出，苏轼随手涂写，散漫由心，自有高情雅韵，自有满腹诗意。笔者尤其欣赏一幅画面：一位诗僧昼卧松、花之下，安享清梦，气息酣畅，呼噜有声，没有世俗喧嚣打扰，没有官场名利烦心，没有心计纷争乱耳，倒有松风习习拂过，落花朵朵轻吻，浓荫凉意润身，无比快意，无限自由。这是一个人的世界，这是随心随梦的自然。

读罢词作，看到苏轼的想象，幽人清梦，一睡自然，白昼无声，落花有意，更是心怀怦然，心向神往，如痴如醉，情不自禁。想起一个典故“梅花妆”的由来。据北宋初年编撰的大型类书《太平御览》记载：南朝宋武帝刘裕的女儿寿阳公主，在某年正月初七仰卧于含章殿下，殿前的梅树被微风一吹，落下来一朵梅花，不偏不倚正好粘在公主的额上，怎么都揭不下来。于是，皇后就把公主留在自己身边，观察了好长时间。三天之后，梅花被清洗下来，但公主额上却留下了梅花的印记。宫中女子见公主额上的梅花印非常美丽，都想效仿，于是就剪梅花贴于额头。但蜡梅不是四季都有，于是她们就用很薄的金箔剪成花瓣形，贴在额上或者面颊上，叫作“梅花妆”。

传说很美妙，很奇特，给人以美好享受，无尽联想，我愿意想象寿阳公主美丽绝伦，光彩照人，再加上梅花点缀，诗意涂染，这份美丽更加神奇，更加动人，几乎到了令人心旌摇荡、意乱神迷的程度。然而苏轼词作所写不是张扬女子的美艳迷人，不是张扬装扮的奇特动心，而是描绘一幅清闲安逸、陶醉不醒、自得其乐的生活图景，凸显一份高卧松风、超然物外、我自逍遥的生活情趣。这个人是谁？这个人就是苏轼的朋友，经常诗词唱和，谈经论佛的诗僧顺清。两个人，一个入世为官，一个出世为僧；一个沉浮宦海，出没风波，一个闭门谢世，坚守宁静；一个历经颠簸，饱经沧桑，一个心如古井，微澜不起。但是，作为朋友，他们志趣相投，声气相通，魂犀相应，性喜山水，纵情自然，崇尚自由，疏狂不羁。在苏轼笔下，顺清的生活多么清闲自由，多么无所顾忌。徜徉庭院散心，吟花赏草，扶柳抚松，闻香睹影，沐风清心。若是遇到晴空夏日，烈日炎炎，暑浪灼人，诗僧干脆搬来一张大竹床，摆在花木掩映，浓荫匝地之处，泡上一碗浓茶，翻阅一卷诗稿，任清风拂拂吹过，任花朵习习飘落，无声无息，无拘无束，沉浸在诗意飞扬、美妙无比的世界里。累了，倦了，闭目养神，悄然入睡，美梦萦绕心头，浅笑浮现嘴角，幸福自由，享受极了。任时光悄悄流逝，任花朵无声轻抚，不知不觉，睡至傍晚。几只鸟雀飞来，一阵叽叽喳喳的叫声，打破了诗僧的美梦，一觉醒来，花影还在，清风还在，清凉还在。苏轼看到了朋友的沉醉不醒，自由快意，无比羡慕，赞叹不已。相比官场倾轧，相比是非算计，这份无忧无虑、无欲无求的生活才是自己所追求的、所向往的啊。

苏轼一边分享朋友的自由与疏放，一边表达自己的赞美与向往，在他看来，朋友拥有一处院落，一方宁静，一个世界，一份自由，这就是最大的满足和幸福。朋友的一言一行，一举一动，院落的一花一木，一山一水，都充满了诗意，都浸润着禅机。门前两棵古松，冲天而起，铜枝铁干，屈伸偃仰，犹如银甲苍髯的两条巨龙，正在张牙舞爪，正在兴风作浪，似乎天地即刻变得烟雨苍茫，黯淡无光，世界即刻变得风起云涌，电闪雷鸣。一幅惊世骇俗的画面幻现在词人脑海、眼前，迷离了现实，迷幻了你我。我们有理由相信，此地非凡绝俗，此人高迈不羁，此松才有如此神奇，如此磅礴的气象。是谓写景状物，虚处落笔，图形写貌，气象非凡。

再看凌霄花，攀沿青松而上，绽放红硕花朵，光色灿烂耀眼，掩映在墨绿苍翠之间，飘落在清风徐来之时，散发出淡淡清香，舞弄出轻盈姿影，何等空灵，何等自由，何等自然。还有那些无名无字的清风，从辽阔的西子湖吹来，带着绿水荡漾的清凉，裹挟花木泥土的芳香，穿越松叶竹林，悄悄抵达诗僧院落，悄悄滋润诗僧身心，生怕吹醒沉沉大梦的幽人，生怕弄坏生机灿然的花朵，动作轻盈，姿态优雅，有情有义，温柔似水，像母亲的手轻轻抚摸着你，像姑娘的秀发轻轻掠过脸庞。任你想象有多美妙，多温情。

成双成对的喜鹊飞来，满载而归，兴高采烈，叽叽喳喳，喧闹不休，似乎令人讨厌，令人烦心。可是喜鹊报喜，欢叫吉祥，欢庆好运，乡下流传着“喜鹊早，贵人到”的说法。此外，喜鹊归巢，暮色降临，一阵鸟欢鸟叫之后，寺院更显幽深，更见宁静。是谓以声衬静，以动写静，诚如隋朝诗人王籍诗句“蝉噪林逾静，鸟鸣山更幽”（《入若耶溪》）一样。读到此处，笔者斗胆猜想，飞鸟投林，有巢可依，也隐喻着诗僧的皈依之处在寺庙，词人的归宿之地在何处，耐人回味，引人深思。

读完全词，明显感觉一切都是机缘，一切都是自然，一切都远离红尘浊世，一切都超然物外。清风温柔摩挲松叶，松叶微微摇动；清风轻轻吹拂花朵，花朵轻盈飘落；清风捎来缕缕清香，滋润诗僧身心；清风拂过词人眼前，清爽词人心怀。如此境界，令人神清气爽，俗虑顿消，整个身心似乎都融化在一片花朵、一缕清风、一叶松针、一脉清香之中，进入了一个无我、无物、无思、无虑，纯任自然，天机自运的世界。这是禅意深埋的形象暗示，也是诗僧情趣的生动写照。那一天，苏轼路过寺院，看到了，读懂了，沉醉其中，不能自拔。他用肺腑清音浅唱一曲，用流水文字轻写一章，留给我们生活智慧和生命的启迪。

别离滋味浓于酒

——张耒《秋蕊香》散读

俗语道，画虎画皮难画骨，画人画面难画心。对于宋代词人来讲，体味一个人物，摹绘一段心曲，察言观色，体物入微，洞察内心，捕捉微妙，恰恰成为他们创作的擅长。词多艳科，浓情似水，佳期如梦，曲折变化，灵妙无穷，百个词人，百种情意，多姿多彩，动人心魂。张耒词作《秋蕊香》深入女子内心世界，体察爱恋忧思，抒写无尽缱绻，画春风杨柳，画金碧华阁，画如水月华，画形销骨立，目的全在画出一个青春女子的幽微情思。我们品词，其实是在凭借一景一物、一词一句，感受人物怦然跳动，隐隐伤怀的心境。

帘幕疏疏风透，一线香飘金兽。朱栏倚遍黄昏后，廊上月华如昼。
别离滋味浓于酒，著人瘦。此情不及墙东柳，春色年年如旧。

一座楼阁雕梁画栋，金碧辉煌，掩映在婆娑花木之中。一座庭院空空荡荡，冷冷清清，给人浓荫幽寂之感。词人目光落在屋子里一个不为外界知晓，也不让外人踏入的居所。一个年轻漂亮的女子枯坐桌旁，双手托腮，双眉紧锁，面色凝重，心事重重，眼睛久久盯着屋里的熏香。一帘帷幕松松下垂，遮掩了雕花精致的窗户。微风透过窗帘缝隙，悄悄吹进来，拂动一丝一缕烟雾。金色兽形香炉，静静立在屋子一角，青烟袅袅，慢慢升腾，被微风轻拂，形成一道奇异的风景。香气慢慢扩散屋内，空气中充满了淡淡的香味。女子心不在焉，百无聊赖，眼睛也曾透过窗帘缝隙，窥视外面的春色。可是，女子心绪不宁，心神不振，毫无心思欣赏风景，似乎也不想让外面的春光照亮这个暗淡幽寂的屋子，不想让明媚的春色闯入疲倦的眼帘。一切都索然无味，一切都孤寂无聊。女子的心，犹如一只小鸟，展开翅膀，飞向天空，飞向遥远的地方。她在寻觅，她在追寻，她在梦想，发现曾经的相爱，发现心爱的他。我们不知道她是否幸运，能否圆满她的梦想。一屋子的虚空，一屋子的孤寂，一屋子的无聊，正像李清照的词作所描绘的："薄雾浓云愁永昼，瑞脑消金兽。"（《醉花阴》）心不在焉，无聊之极，只能盯梢熏香烟雾，观察云雾变化打发孤寂的时光。

也许是待得太久生倦，也许是不堪郁闷窒息，不知过了多少时间，女子推开门户，踱步回廊，似乎想透透气，散散心，或是心怀期盼，等待心中的他突然降临。女子一边信步回廊，一边观花赏草，走走停停，停停走走，总是提不起精神，总是恍恍惚惚，若有所失。她依靠栏杆，冥思遐想，思绪回到从前，回到那些激情燃烧，相爱如火的日子。那个时候，她和他，手牵着手，肩并着肩，相依相偎，漫步庭院，漫步游廊，看春花绽放，蜂飞蝶舞；看杨柳依依，婀娜飘曳；看双燕翻飞，形影不离；看春风飞扬秀发，看小鸡啄食米粒。他们眼中，总有看不完的风景，领略不尽的诗意，何等幸福，何等甜蜜。总是天真地想象，生活要是这样，天天相伴，恩恩爱爱，甜甜蜜蜜，该有多好。每当月华朗照，天地空明，他们两人便并肩赏月，举酒临风，甚至吟诗论文，风雅一番。或者，对月许愿，对天发誓，一生一世，执子之手，与子偕老，海枯石烂，永不变心。过去的一切多么美好，难以忘怀。可是，好景不常在，好花不常开，不知这种甜蜜如糖的生活延续了多久，也不知他们之间发生了怎样的变故，两人不得不分手，分得远远的，几乎中断了联系。是命运有意的捉弄，还是生活本身的无奈？是自己不懂得珍惜，还是世俗的横加干涉？无从得知，词人也无须考察、交代。词作描述从过去的回忆跳入冷峻的现实，从白天到黑夜，从黄昏到月亮升起，很长一段时间过去，女子还沉浸在痛苦相思之中，不能自拔，似乎也不想自拔，大有不见一人誓不罢休的劲头。月华如昼，杨柳依依，回廊空寂，女子还是倚栏遐思，心绪茫然。

喜欢词人的用心，用心安排每一道孤寂的风景，用心斟酌每一个字眼。“一线”写熏香青烟，至纤至微，至细至轻，十分精准，有力烘托出女子的敏感多虑，百无聊赖。“倚遍”说明女子走走停停，不时倚栏沉思，倚栏凝望，心事无边，心怀郁结。“倚遍”也是夸张，夸张女子心事重重，无以释怀。唐代诗人杜牧的诗句“秋山春雨闲吟处，倚遍江南寺寺楼”（《念昔游三首》），杜牧曾在扬州为官十年，对于扬州的名胜风光，风流生活，情有独钟，念念不忘，日后回忆起来，仍是深情款款，有滋有味，唯有用“倚遍”二字方可传达诗人游赏江南楼阁，畅快诗意心怀的兴致与激情。张耒词作之中的女子“倚遍”栏杆，一是常温过去的温馨与幸福，二是消解今日的郁闷与无聊。一词跨越今惜，一词凝聚悲欢，情意厚重，耐人回味。“月华如昼”，是清美画面，令人想见一幅月光如水水如天，天地光明如白昼的画面。曾经，两情依依，互诉衷肠，风月无边，亲密无比。可是，今夜无眠，今日无心，忧心忡忡，月华不美，花柳不媚。

月挂高天，银辉四射，孤独的女子仍然徘徊回廊，心神不定。不知道这份痴望要持续多久，不知道这种坚守要感动何人。这个夜晚，这间屋子，还有这颗相思的心，一样清冷，一样迷惘。词作下片将视角深入女子内心世界，体察心的律动，感受情的煎熬。离别长久，天各一方，音信杳无，相聚无缘，女子整天以泪洗面，度日如年。相思入肠，痛到骨髓，心力交瘁，精疲力竭，日复一日，月复一月，甚至年复一年，女子明显变得身体消瘦，面容无光，神情惨淡。没有爱情滋润，没有夫君相伴，无心打扮，无心赏景，一切了无意趣，一切黯淡无光，似乎这个世界跌入万丈黑暗，似乎自己掉进冰冷地窖。此情此景，谁人能解？谁人抚慰？谁人分担？或许小饮几杯，可以暂时麻醉一下敏感的神经，暂时遗忘眼前的痛苦，可是酒醉心头醒，酒醒之后也好，酒醉之时也罢，都不能真正解脱，还得面对无穷无尽的相思折磨。

朗朗月光映照之下，隐约看见东家墙头重重烟柳，女子心头不禁感慨，杨柳青青，年复一年，周而复始，自己的爱情却是一去不回，无影无踪，甚至不知道他的具体所在，无法联系。天宽地阔，人海茫茫，何处寻找？何以寻找？喊天不应，叫地不灵，心如刀割，裂肺断肠！

感动于词人的用词，一个“瘦”字，极言相思愁苦，折磨女子，憔悴面容，暗淡目光，一点一点击溃女子的精神状态。古诗有言“相去日以远，衣带日以缓”，李清照亦言“人比黄花瘦”，柳永词云“衣带渐宽终不悔，为伊消得人憔悴”，这些名句都是言说相思入骨，形销骨立，让人感动，唏嘘不已，为爱情不遂人愿，为等待遥遥无期。换个角度看，我们还是感动，为这份坚守、这份痴情、这种几近绝望的希望。

张耒词作写得如此深情，如此悲凄，背后一定有一段故事，或是一个痴心恋人。考察词人的人生轨迹，发现张耒为官许州时，曾经如痴如狂地爱上一位歌妓刘淑奴，受世俗阻挠，两人不能结合。后来，张耒卸任离开许州，还是念念不忘这位女子，为她填词作歌，宽慰相思。这首《秋蕊香》应该是歌词之一。当然，词人作了角色置换，词说女子思念男子，其实是代言词人自己对心仪女子的刻骨思念。用情至深，用心之苦，的确感人。

一段酸楚在眉间

——周邦彦《诉衷情》散读

生活总是充满故事，活色生香，有滋有味。很多时候，不需艺术加工，只需慧眼灵心，敏锐捕捉，就会发现一段经历，一曲新词，一瞬精彩，一篇故事。读罢周邦彦的《诉衷情》，浮想联翩，意味深长，很容易唤起我对生活的联想。词作中描写的生活情节，感觉格外熟悉、亲切。不过，其情思意蕴远比我的童年故事来得复杂微妙。词作描绘了一个怀春少女由尝试杏子所引发的一段爱恋忧伤。

出林杏子落金盘。齿软怕尝酸。可惜半残青紫，犹印小唇丹。

南陌上，落花闲。雨斑斑。不言不语，一段伤春，都在眉间。

春夏之交，杏子接近成熟，天真好奇的少女，偷偷摘来几个，放在自家精致秀丽的盘子里，以备品尝。端详再三，欣喜无比。杏子颜色青紫，体态玲珑，个头不大，令人垂涎。少女满怀激动，纤纤玉手拿起一枚青杏，樱桃小口轻轻一咬，满口酸涩，大为惊讶。感觉连牙齿都是软的，酸溜溜，麻乎乎，闭嘴不言，面色尴尬，再也不敢尝试。她不知道，这些杏子尚未成熟，不甜不香，不脆不爽，反倒又酸又涩，略带苦味。盘子里放着一枚残缺的青杏，上面还留着一道小小的口红印记。这是一个特写镜头，词人故意将它放大，给人留下深长回味。

一道口红，一张小嘴，一枚青杏，一声惊讶，很容易让人想到，这名女子正当妙龄，青春蓬勃，面容俊俏，热爱生活，热爱美丽，对事物充满好奇，对未来充满期待。她的尝鲜举动，她的修饰打扮，她的不胜酸楚，她的心情急切，一一跃然纸上，感染人心。这是一个不仅漂亮，而且活泼可爱的少女。词人满怀深情，满怀爱怜来描绘她的举止，“可惜”呼应后面的“犹”字，有词人会心一笑，也有心生疼爱，还有嗔怪指责，更有风趣幽默，生活的意味从词句之中流泻出来。

笔者读词，忽发奇想，将少女与青杏联系起来，感觉这位青春少女其实就是一枚酸涩不熟的杏子，一样不到时间，一样还未成熟，一样滋味酸涩。杏子还是青紫相间，隐隐泛红，应该是苏轼所写“花退残红青杏小”那种暮春时节的杏子。少女涉世未深，不谙世事，缺乏生活经验，不能识别杏子成熟与否，因此所作所为稍显幼稚，引人发笑。不过，她的行为却给我们带来许多生活趣味。宋代诗人叶绍翁的诗句“满园春色关不住，一枝红杏出墙来”（《游园不值》），又是另外一种风味，早春时节，满园生机，欣欣春意，全在出墙红杏上面。杏子尚未出现，结果还需时日，给人期待，给人希望。今天，人们常用“一枝红杏出墙来”喻指那些风流出轨，不守节操的女子，含有明显贬责、批评意味。这就与周邦彦词作中的青杏形象截然不同了。一个是爱怜有加，赏玩不尽；一个是指桑骂槐，暗含讥讽，两相比较，可以加深我们对词作情意的理解。

当然，如果词作仅仅是描写一位少女尝试鲜果的神情姿态，凸显她的天真可爱，无知有趣，充其量不过是给读者带来一些轻松、愉悦而已。这首《诉衷情》其实尚未倾诉女主人公的衷情，词作下片才是全词亮眼动心所在，也是词意深婉所在。词人一笔转入郊野阡陌，简淡几笔，勾勒一幅画面，蕴含无限情思。暮春时节，风雨潇潇，繁花凋落，铺满一地。女子看在眼里，痛在心头，思绪由眼前风雨落花延伸到遥远的地方。自己不就像这一树鲜花一样吗？青春亮丽，姿容俊俏，生气蓬勃，活力无限。但是，时光流转，人事变迁，谁又能够确保青春永在，花颜常存呢？所有的美丽都抵不过无情的岁月，所有的鲜花都抵不过严酷的风雨。看眼前落花残败，七零八乱，想必自己有一天也会人老色衰，黯淡无光。人如花，花似人，两相悲悯，可怜兮兮。眼下，正逢青春年华，谁来爱抚我的美丽？谁来俘虏我的芳心？女子心中萌发一股莫名的激动与向往，多么希望，在这如花似玉的年华，邂逅一位风度翩翩、仪表堂堂的白马王子，他应该骑着高头大马，一袭宽袍白衣，迎着暮春惠风，打马而来，闯入我的庭院，闯进我的心房。可是，这个人在哪里？怎么还没出现？是在赶往我的庭院的路上吗？会不会一路顺风？会不会另有波折？眼看一春又要过去，风物暗淡，青春萎靡，甚是急人！

注意词作两个词，一个是“闲”字，不是悠闲自在，不是轻松愉快，也不是清闲好玩，类似李清照词句“一种相思，两处闲愁”，是少女眼中落花无意，见者有心，是怀春之愁，是相思之忧，是无聊之苦。一个叠音词“斑斑”，暗含“桃花乱落如红雨”的凄楚，也有风急雨骤的无情，沉痛下笔，掷地有声，足见少女睹花伤己，怜花惜玉之心理。

落花如此，人何以堪？女子心事敏感，忧虑连绵，临风伤感，寂寞一春。无人能够理解，无人能够分担，也不便向人倾诉，万千思绪，忧思苦闷，唯有自己承受。无言无语，暗自伤神，这番伤心酸楚，这番怀春愁怨，全在眉宇紧皱之间，全在徘徊低回之时。不禁担心，一个春天很快过去，美丽的女子何时才能盼来自己的春天，自己的爱情，心是酸酸的，犹如那枚青杏。苦涩忧伤，如烟似雾，久久萦绕少女心头。